Spieler wie wir

DIE SPIELER-TRILOGIE
VON CORNELIA JÖNSSON

BAND 1
Spieler wie wir

BAND 2
Spieler unter sich

BAND 3
Spieler für immer

WEITERE INFORMATIONEN
UNTER WWW.ANAIS.DE

Cornelia Jönsson

Spieler wie wir

Roman

ANAIS

Für alle meine Spielgefährten

Dank an Klara-Johanna, Anja,
Sandra, Ilke und Frithjof

Spieleröffnung

1

Franzi und Pauline trinken Prosecco zu schwarzem Kaffee, immer im Wechsel einen Schluck Heißes und einen Schluck Kaltes. Es ist elf Uhr vormittags, und die beiden feiern in der Küche Franzis Striemen. Sie feiern noch etwas anderes, etwas, das Pauline heute Nacht immer wieder aus dem Schlaf gerissen und das ihr den Magen verkrampft hat. Aber davon hat ihre Mitbewohnerin bislang keine Ahnung.

Franzi stürmte vor gut einer halben Stunde arschwackelnd und tassenschwenkend in Paulines Zimmer: »Guten Morgen, Pauline, kuck mal, kuck mal!«

Verschwommen nahm Pauline, die sich eigentlich gerade an einem ganz anderen Ort weit entfernt von ihrer gemütlichen WG befand, die große Gestalt ihrer Mitbewohnerin wahr. Die langen dunklen Haare lagen ihr strähnig auf dem beachtlichen Busen, die muskulösen Arme hielt sie hoch, während sie sich drehte, um Pauline ihre Rückseite zu präsentieren. Da waren zwei schöne Pobacken, glatt und weiß, mit ein paar violetten Linien darauf. Das sah hübsch aus, aber die innerlich abwesende Pauline wusste nicht so ganz, was von ihr erwartet wurde. Mit ihrer morgendlichen Langsamkeit fiel ihr schließlich doch wieder ein, dass sie sich seit Monaten rotweingetränkte Nächte hindurch Jammertiraden über Marius' und Franzis Sexualität anhört, die daran krankt, dass sie nicht passiert.

Marius hat sich vor gut zwei Jahren mit einem Freund als Rechtsanwalt für Strafrecht selbstständig gemacht, was gerade in Berlin kein Zuckerschlecken ist. Franzi wiederum arbeitet, nachdem sie ihr Studium der Theaterwissenschaft abgebrochen hat, als freie Produktionsleiterin von Theaterprojekten, unter anderem für eine Gruppe, die Theaterstücke mit Gefangenen erarbeitet. Auch das ist nicht gerade einfach. Die Sexualität, die früher einfach so passiert war, hatte unter Erfolgsdruck und Existenzängsten ihre Leichtigkeit eingebüßt. Entweder ist er zu müde oder sie, oder er hat noch zu tun, oder sie muss telefonieren, oder er ist angespannt, oder sie hat Bauchschmerzen, oder er ist zu schwach, um dominant zu sein, oder sie zu schwach, um schwach zu sein. Aber letzte Nacht hat es plötzlich wieder geklappt.

»Das hat sich einfach so ergeben«, sprudelt es aus Franzi heraus, während sie sich dunkle Strähnen aus dem braun gebrannten Gesicht streicht. Die großen dunklen Augen glänzen, die ausgeprägten Kiefer- und Wangenknochen wirken weicher als sonst, die breiten Lippen ungewöhnlich voll. »Es war überhaupt nicht geplant oder so, ich meine, eigentlich wollten wir ins Kino gehen, in diesen Film mit dieser Dingsda, du weißt schon, aber ich bin so dermaßen erschöpft gewesen, also habe ich mich kurz hingelegt.«

Franzi hatte den ganzen Tag über und eigentlich die gesamte Woche schon renoviert. Ihr Gefängnistheater-Team war gerade sehr günstig an ein kleines, dringend benötigtes Büro gelangt, das allerdings momentan eher wie eine Mischung aus Baustelle und Rattenheim wirkte. Franzi war also völlig erledigt bei Marius angekommen, hatte sich unter die heiße Dusche gestellt, sich fürs Kino angezogen und sich dann doch noch einmal ganz kurz aufs Bett gelegt. Marius lief durch die Wohnung auf der Suche nach einem frischen Hemd, dem schnurlosen Telefon, einem funktionierenden Feuerzeug. Jedes Mal, wenn er dabei an Franzi vorbeikam, versuchte er, sie wach und aus dem Bett zu kriegen. Schließlich setzte er sich zu ihr auf die Bettkante. »Franzi, wir müssen los, sonst verpassen wir den Film!«

»Hmm, ich steh schon auf«, brummelte Franzi und tat nichts dergleichen.

Marius zerwuschelte sich im Bad das kurze braune Haar und rasierte sich sein Gesicht. Möglich, dass es etwas voller geworden ist in letzter Zeit. Marius ist nicht dick, aber er hat einen kräftigen Körperbau. Und er kommt momentan einfach nicht zum Sporttreiben. Er zahlt nicht wenig von seinem sauer verdienten Geld an ein Fitnessstudio, aber er findet die Zeit nicht, dort hinzugehen.

Marius zupfte an den dichten dunklen Locken auf seiner Brust. Einige davon waren tatsächlich schon grau. Oder silbern, vielleicht. Er verabschiedete sich von seinem Spiegelbild und wendete sich wieder den dunklen Haarbüscheln unter der weißen Bettwäsche zu, die von der Anwesenheit seiner Freundin zeugten.

»Na los, Süße!«, sagte Marius, zog ihr die Decke weg und unterstrich seine Worte mit ein paar Klapsen auf ihren Hintern. Franzi machte »mhhmmm«.

Marius schlug fester zu. »Muss ich dich aus dem Bett prügeln?«

»Jaaaaa!«

Marius schob Franzis Rock hoch und zog ihr die Strumpfhose samt Slip hinunter, bis knapp über die Kniekehlen. Das liebten sie beide. Den Strumpfhosenbund, der in das pralle Oberschenkelfleisch schnitt, der, schwarz und glänzend, die Blöße des weißen, nackten Hinterns hervorhob. Franzi fühlte sich so ge- oder entkleidet wie ein kleines ungezogenes Mädchen, das den Po versohlt bekommt, oder auch ein bisschen wie sein Vergewaltigungsopfer. Überwältigt so oder so und gedemütigt in jedem Fall. Marius' große Hand schlug zu. Die Arschbacken wackelten fröhlich und färbten sich rot, wo Finger sie getroffen hatten. Marius schlug, und Franzi bewegte ihren Hintern. Schob das Becken etwas nach oben, Marius und seinen Schlägen entgegen. Seufzte und stöhnte, während Marius sich in Fahrt schlug.

»Das gefällt meiner kleinen Schlampe, was?«, fragte er.

Franzi seufzte bejahend.

»Willst du mehr?«

Sie wollte. Sie hörte, das Gesicht in die Kissen gepresst, Marius seine Gürtelschnalle öffnen. Das Öffnen einer Gürtelschnalle bedeutet: Gewalt, Sex, Erleichterung. Der Gürtel gehörte, ebenso wie die heruntergezogene Strumpfhose, zu den zärtlich geliebten Objekten, die Marius und Franzi vor Jahren als Quell ihres gemeinsamen Vergnügens entdeckt hatten. Sie schätzten die breitflächige Wirkung des Instruments wie die Brutalität der Geste.

Marius fing sachte an und wurde prägnanter von Schlag zu Schlag. Er erwischte damit exakt den Rhythmus, den Franzi jetzt brauchte. Ohne Vorankündigung, das erste Mal seit Monaten, glitt sie in diesen Zustand hinein, in dem sie unersättlich war und ansatzweise grenzenlos. Es tat weh, aber es war alles andere als unangenehm. Es stellte sich eine Verbindung her zwischen ihrem Arsch und ihrer Klitoris, die Schläge auf Ersteren schwangen in Letzterer nach.

Kurz darauf im Arbeitszimmer wand sie sich stöhnend, bettelte um mehr, bettelte um den Rohrstock, über den Schreibtisch gebeugt, knickte ein, wenn er sie traf, und schob mit dem Kopf Akten vom Tisch, als Marius' Finger sie fickten, während ihre Brüste an Papier rieben. Sie trotzte Marius Klammern ab für ihre Schamlippen, die ihr weh taten, als sie kniend seinen Schwanz lutschte, mit dem Hintern dabei unter seiner Peitsche zuckte und seinen zwingenden Griff in ihrem Nacken, ihrem Haar genoss. Er ergoss sich auf ihr Gesicht, was sie nicht mochte, aber tolerierte.

*

»Wie stehst du zu Sperma, Pauline?«, fragt Franzi, an das sonnengewärmte Küchenfenster gelehnt.

»Männliches Sperma fällt nicht in mein Interessengebiet«, erwidert Pauline und sieht verträumt aus. Sie zündet zwei Zigaretten an, gießt Prosecco nach. Pauline hat ein ungutes Gefühl dabei, sich um elf Uhr morgens zu betrinken, während ihre Promotion darauf wartet, begonnen zu werden. Aber sie haben schließlich etwas zu feiern, und zwar nicht nur Franzis Striemen.

Franzi mustert ihre Freundin misstrauisch. Die kleine Gestalt mit angezogenen, leuchtend weißen Beinen, den hellbraunen, halblangen Haaren, die ihr schmales Gesicht verdecken, so gut es geht, und den seltsam glänzenden grünen Augen.

»Was ist los, warum kuckst du die ganze Zeit so *postorgasmisch?*«, will Franzi wissen.

»Ich hatte doch gestern dieses Bewerbungsgespräch bei Ann.«

Allein durch das Aussprechen des Namens wird Pauline feucht.

Ann ist Mitte vierzig, ungefähr zwanzig Jahre älter als Franzi und Pauline und ungemein sexy. Franzi hatte Ann kürzlich beim SM-Stammtisch in einem Zusammenhang, der ihr inzwischen entfallen ist, erzählt, dass Pauline von Männern genug habe, sich nach einer dominanten Frau sehne, aber die passende noch nicht getroffen habe. Das fand Ann nun sehr interessant, weil sie ihrerseits durchaus Lust verspürte, eine schöne junge Frau zu unterwerfen. Ihr Mann bot ihr regelmäßig seine Damen an, doch sie wollte ihr eigenes Spielzeug.

»Pauline würde sich sicher gerne mit dir treffen, ganz bestimmt!«, versicherte Franzi.

»Gut«, antwortete Ann, »dann soll sie sich Dienstag um 14 Uhr bei mir vorstellen.«

Pauline fiel es schwer zu glauben, dass diese Superfrau sie tatsächlich sehen wollte. Sie sagte alle Termine ab, die auch nur im

Entferntesten den betreffenden Zeitraum berührten, dann schlug sie sich stundenlang mit Kleiderbergen, Haarspangen, Lippenstiften und Düften herum. Schließlich sah sie nahezu perfekt aus beim Verlassen des Hauses und völlig derangiert, als sie eine halbe Stunde später verschwitzt und regennass bei Ann ankam.

Pauline konnte sich beim besten Willen nicht vorstellen, wie so ein »Bewerbungsgespräch« ablief. Franzi auch nicht. Franzi hatte Marius ganz romantisch kennengelernt, auch beim SM-Stammtisch, wo sie unter den Letzten waren, weil sie sich so angeregt unterhalten hatten – und zwar nicht über Sex, sondern über Gerechtigkeit, Freiheit und ähnlich noble Themen. Als alle aufbrachen, hatte er – ziemlich unsicher plötzlich – gefragt, ob sie nicht noch mit ihm woandershin auf ein Glas, er sei noch gar nicht müde und es sei ja auch noch so früh – es war drei – und sie gingen wirklich noch woandershin, auf ein Glas, bis er Franzi im Morgengrauen nach Hause begleitet hatte, wo sie Pauline zu einer Unzeit mit frischen Brötchen weckte. Beim nächsten Stammtisch sprachen sie schon über Eltern, Geschwister, Verflossene. Er fragte Franzi und Pauline, als alle gingen, ob sie nicht noch auf ein Glas woandershin, es sei doch noch so früh. Pauline hatte tatsächlich Lust, merkte aber auch, dass sie jetzt besser gehen sollte, und wusste am nächsten Morgen, dass sie recht gehabt hatte, als ihr Franzi beim Zähneputzen erzählte, wie ähnlich Marius ihr sei, rein seelisch und geistig und so.

*

Ann war sehr freundlich und vor allen Dingen unwahrscheinlich schön. Kurzes schwarzes Haar, kantige Brille mit Metallrand, grauer Nadelstreifenanzug – sie kam aus der Universität –, ruhige blaue Augen. Sie bot Pauline Limonade mit Eiswürfeln an. Sie führte sie in ihr Arbeitszimmer, platzierte sie auf dem

Sofa und setzte sich ihr gegenüber auf einen Stuhl. Der Raum war groß und luftig, links von der Tür stand Anns Schreibtisch, dünne Glasplatte auf schlanken Beinen, ein paar Bücher, Zettel und Stifte lagen ordentlich darauf. Parallel zu einem DIN-A4-Block ein metallenes Lineal, das Pauline den Atem raubte. Ein Macbook samt Drucker auf dem Computertisch, dazwischen ein schwarzlederner Drehstuhl. Das Sofa stand im rechten Winkel zum Schreibtisch, der Bücherwand gegenüber. Kein Beistelltisch, kein Sessel. Viel zu wenig Möbel für viel zu viel Raum.

Das sei natürlich kein Bewerbungsgespräch, erklärte Ann, sie wolle Pauline nur etwas näher kennenlernen, vor allen Dingen erfahren, was sie sich eigentlich wünsche.

»Na ja, einer Frau zu dienen, endlich«, murmelte Pauline, knallrot wahrscheinlich und heiser sowieso.

Ann stellte unerträglich viele Fragen, über Paulines Fantasien, Träume, Erfahrungen. Pauline schaffte es, eine geschlagene Stunde vor ihr zu sitzen und nichts zu sagen, ohne unhöflich zu wirken. Sie starrte auf das Bücherregal, alles französisch in ihrem Blickfeld – auf den Parkettboden, kein einziges Staubkorn – auf Anns Hände manchmal, lang und schmal, leicht faltig – selten, aus Versehen, auch in ihr Gesicht.

Ihre ernste Schönheit schockierte Pauline. Die swimmingpoolfarbenen Augen, ihre scharf geschnittenen Wangenknochen, die ruhige Mimik. Auf manche ihrer Fragen antwortete Pauline mit leise genuschelten Banalitäten, manchen hielt sie durch beharrliches Schweigen stand. Sie versuchte, sich hinter ihrem vollen, hellbraunen Haar zu verstecken, aber sie hatte seit ein paar Wochen diesen blöden Pony. Ann blieb geduldig, freundlich und schön. Ihre letzte Frage lautete: »Was versprichst du dir von einer älteren Frau?«

Die Lippen rot, geschürzt. Kleine, feine, goldene Linien zum weichen, feuchten Rot hinlaufend. Mit roten Lippen wird sie doch keine Vorträge halten, dachte Pauline plötzlich, keine Sitzungen leiten.

»Komm rein, ich bin auch gerade erst nach Hause gekommen«, hatte sie in der offenen Tür gesagt. Hat sich doch aber vorher die Lippen gerötet, für mich, für mich, oder? Hat sich mit dem Rot berührt und mich gedacht dabei.

»Ich sehne mich halt nach älteren Frauen, irgendwie, immer schon.«

Es lächelte nicht, das Rot. Es nickte bloß der schwarze Glanz, der schmale Kopf. Ann gab Pauline die Hand zum Abschied – warm und fest ihr Händedruck – und sagte, sie werde sich melden.

Das war alles und das feiern Franzi und Pauline jetzt, nachdem die Striemen von Marius zu Ende gefeiert sind. Pauline schwankt zwischen aufgekratzter Vorfreude auf das, was kommen wird mit Ann, und fürchterlicher Angst, alles falsch gemacht zu haben.

»Wahrscheinlich wird sie mich nie anrufen!«, befürchtet Pauline.

»Natürlich ruft sie dich an!«

»Aber wann denn?«

Franzi verdreht die Augen. Sie sieht nervöse Stunden mit dem griffbereiten Telefon auf sich zukommen. Sie schenkt nach.

2

Marius, Franzi und Pauline sind auf dem Weg ins Klit. Ann wird auch kommen. Mittwochabend begann Pauline, nervös zu werden. Von ihrer Promotion, der Bibliothek oder dem Callcenter, in dem sie jobbt, wollte sie nichts wissen. Sie ließ jedes Essen kalt werden, sie vergaß sogar das Rauchen. Sie half Franzi und ihren Kollegen beim Renovieren, hieb sich mit dem Spachtel blaue

Flecken auf die Hände und konnte manchmal kaum noch atmen. Als Freitag zum x-ten Mal das Telefon klingelte und zum x-ten Mal nur Marius dran war, brach sie in Tränen aus.

»Süße, wir haben ganz andere Sorgen«, sagte Franzi, »Lichtblick und die Telekom haben schon wieder Mahnungen geschickt, aber wir haben einfach keine Kohle.«

»Na und«, entgegnete Pauline, »es ist Anfang Juni, es ist permanent hell, also wozu brauchen wir Lichtblick!«

»Hey, wenn Strom und Telefon abgeschaltet sind, kann dich deine Ann mit Sicherheit nicht mehr anrufen!«

Pauline stöhnte. »Ich geh nächste Woche wieder in dieses dämliche Callcenter, ich versprech's!«

Samstagmorgen um neun rief Ann dann endlich an. Pauline leugnete, noch geschlafen zu haben, und sagte ansonsten ein paar Mal »ja«, mehr nicht. Als Franzi ewige drei Stunden später endlich ebenfalls geruhte, das Bett zu verlassen, verkündete Pauline: »Sie geht heute Abend ins Klit und sie würde sich freuen, mich dort zu sehen, bitte, du musst mit mir dahin gehen!«

Kurz vorher versuchte Pauline dann doch noch, sich zu drücken, entdeckte plötzlich ihren wissenschaftlichen Ehrgeiz, war mittendrin in der Arbeit und irgendwie auch nicht so richtig in Partylaune. Aber Marius schaltete ihren Computer aus, und Franzi zwang sie in die Badewanne.

In Marius' Auto unternimmt Pauline letzte Fluchtversuche. Es sei ja im Grunde gar nicht klar, ob sie wirklich auf Frauen stehe, vielleicht habe sie bislang einfach nur unglaubliches Pech mit Männern gehabt. Jetzt baue ihre arme Seele auf Frauen in der Hoffnung, diese seien weniger verletzend. In Wahrheit versuche sie aber bloß, keine Nähe – Marius unterbricht sie. Das sei konservativer als das Geschwätz seiner Kollegen, was sie da gerade von sich gebe, lässt er sie wissen, und Franzi klatscht Beifall. »Keine Chance, Süße«, sagt sie, »du entkommst deinem Glück nicht!«

3

Es ist 22 Uhr. Es wimmelt bereits von aufgekratzten Schwarzgewandeten. Die ersten Schöße beginnen zu kochen, rote Haut trifft heiße Hände, aber von Ann keine Spur.

»Vielleicht ist sie krank geworden«, raunt Pauline Franzi zu, die schon wieder die Augen verdreht.

»Wenn du das mit deinen Augen nicht mal bleiben lässt, schielst du bald ganz fürchterlich!«, orakelt Pauline.

Gegen Mitternacht kommt Ann. Betritt den Raum mit ihrem Mann. Trägt eine enge schwarze Wildlederhose, hohe Stiefel, weiße Bluse. Geht aufrecht und wird sofort von irgendjemandem begrüßt. Beginnt, Hände zu nehmen und Küsse zu verteilen, lächelt sich dabei langsam durch zu Pauline. Steht dann tatsächlich vor, direkt vor ihr. Lächelt, sagt: »Hallo Pauline, hallo Franzi« und geht weiter.

Geht weiter.

Geht weiter.

Ihr gerader Rücken, ihr schwarzes Haar. Ihr Arm auf fremden Schultern. Pauline starrt ihr reglos mit glühenden Wangen hinterher, und irgendetwas summt in ihrem Kopf.

»Das wird ihr Eröffnungsspiel sein. Ich glaube, die ist ganz schön grausam«, mutmaßt Franzi eilig, gibt dem Kellner ein Zeichen mit zwei Fingern und drückt Pauline kurz darauf einen Wodka in die Hand.

Pauline versinkt in düsteres Schweigen, also folgt Franzi Marius ohne allzu schlechtes Gewissen nach oben. Andreas und Simone warten dort, Letztere nackt. Andreas hantiert gerne mit Seilen. Marius ist nicht in der Lage, auch nur einen einzigen anständigen Knoten zu machen, aber er versucht, Andreas irgendwie dabei zu helfen, die beiden Frauen an einem Holzbalken unter der Decke aufzuhängen. Marius' unbeholfene Handgriffe machen Franzi aggressiv. Wie soll sie sich einem in die Hand geben, der sogar Karabinerhaken fallen lässt? Sie ist froh, als ihr die Augen verbunden werden. Sie spürt Seile in ihr Fleisch drücken, einen Zug am Bein plötzlich. Schwebend beginnt sie, sich zu entspannen. Immer dicht an Simone, ihren warmen Atem im Haar. Sphärische Klänge von unten, vereinzelt Peitschenknallen aus der Ferne, Schreie. Vor allen Dingen Simones schwerer Atem, ihr süßer Duft. Franzi sucht ihre Lippen, ganz spontan, und vertieft sich zum ersten Mal in einen langen Kuss mit Simone, während Wachstropfen ihre Haut heiß treffen und später auch Schläge. Ihr gefallen die Schmerzen im Hintergrund ihres Bewusstseins, während sie wirklich fasziniert ist von Simones Lippen.

Später, als die Männer sie wieder befreien, konzentriert sie sich auf die Brüste der anderen, die harten kleinen Nippel auf der Zunge, Simones Zucken, wenn sie zubeißt. Die schwarzen Tücher werden gelöst.

Franzi sieht Simone in die Augen, während sie ihre Brüste quält.

Unten überlegt Pauline, ob sie einfach wieder nach Hause gehen oder aber Ann ansprechen, vielleicht auch anschreien sollte. Sie beschränkt sich darauf, zu ihr hinzusehen, mit weichen Knien, und fast umzukippen, als sie ihr Lachen hört. Pauline geht zur Bar. Sie bestellt Wasser. Dreht sich um, den ersten Schluck noch im Mund, und sieht direkt in Anns Augen. Ihr Blau schmerzt auf Paulines Netzhaut. Pauline will sich jetzt in Luft auflösen, aber sie steht mittendrin in Anns Blick. Eine Bühne wächst unter ihren Füßen, Scheinwerferbataillone brennen ihr auf der Haut, Menschen entfernen sich diskret – sie steht direkt in diesem Blick. Sieht nach unten, sieht Anns Stiefel. Ihre schwarzen, starken, strengen Stiefel. Sie riecht das Leder. Sieht auf und prallt auf Blau. Das Blau hat sich auf sie eingeschossen. Paulines Blick rennt, springt, hastet, stolpert, hüpft und fällt quer durch den Raum. Anns hingegen ruht auf Pauline und rührt sich nicht.

Plötzlich.

Wirklich.

Tatsächlich.

Kommt Ann auf sie zu.

Setzt einen schwarzen Stiefel vor den anderen, ohne dass der Blick sich bewegt, und steht, kurz nachdem Paulines Atem aussetzte, direkt vor ihr. Nur ein ganz schmaler Körper würde jetzt noch zwischen sie passen. Das Blau strahlt. Ein schwarzer Strich auf dem Oberlid. Roter, ruhiger, schmaler Mund. Feine, kleine Linien in den Augen- und Lippenecken. Sie sieht Pauline unverwandt an. Ihr Blick hakt sich in ihren Blick. Packt ihn, hält ihn und lässt ihn nicht mehr los. Ihre Hand. Mit einem Mal ihre Hand. In einem schwarzen Lederhandschuh. Auf Paulines Dekolleté. Zittert plötzlich, das Dekolleté, und zuckt. Ann breitet Gänsehaut auf Paulines Oberfläche aus. Pauline schluckt. Die Flüssigkeit im Mund schlucken, bevor sie hinausläuft.

»Du willst mir also dienen?«, fragt Ann. Pauline nickt. Ann kopiert ihr Nicken. »Ja«, sagt sie, »das willst du. Das sehe ich.«

Höher der Handschuh an Paulines Hals. Streichelt schwarz um ihn herum, drückt sachte zu.

»Hast du dir das gut überlegt?«, fragt Ann.

Überlegen. Überlegen. Was denn überlegen. Pauline ist alles entfallen.

»Ich will, dass du mir aufs Wort gehorchst«, sagt Ann, »umgehend und bedingungslos. Du tust alles, was ich möchte. Was du möchtest, ist irrelevant.«

Pauline nickt.

»Willst du das auch?«

Pauline nickt.

»Dann wiederhole, was ich gesagt habe.«

»Ich gehorche dir aufs Wort, ich tue alles, was du möchtest.« Pauline ist heiser. »Was ich möchte, ist irrelevant.« Pauline ist heiß. Ann lächelt. Nickt und lächelt. Pauline ist heiß.

»Gut. Dann lege ich dich jetzt an meine Leine und du gehörst mir. Willst du das?«

Pauline nickt.

»Ich höre.«

»Ja, ich will das.«

Wie das Rot lächelt und das Blau brennt. Der schwarze Handschuh greift in die schwarze Hosentasche. Eine silberne Leine. Der schwarze Handschuh kehrt zurück an Paulines Hals, an ihr Halsband. Ann konzentriert sich. Wie rührend. Die silberne Kette fließt über die schwarzen Handschuhfinger.

»Dann mal auf die Knie.«

Ein schwarzer Zeigefinger deutet gestreckt auf den Boden. Pauline ist heiß, und sie hat Pudding in den Knien, die sich willig beugen, die hinunterstürzen, die den kalten Boden küssen, die von dem schwarzen Stiefel auseinandergedrückt werden. Der Handschuh wühlt in Paulines hellbraunem, halblangem Haar. Stößt ihren Kopf hinunter. Zum Stiefel hin. Paulines Lippen auf dem Leder. Das Leder auf den Lippen. Pauline küsst. Sie öffnet den Mund, sie leckt. So viel Wasser. So ein schöner Stiefel. So ein schöner Fuß. Pauline leckt.

Ann blickt hinab auf den zierlichen, kleinen, gebeugten Körper. Sieht, spürt Pauline lecken wie wild und kommen dabei. Paulines Kopf rutscht vom Stiefel und knallt auf den Boden – Ann reißt an der Leine. Sie greift unter Paulines Kinn, sieht sie an und lacht, lacht wärmelos. Krault ihr Kinn, Pauline ist schon wieder heiß. Der schwarze Zeigefinger streckt sich dem Boden entgegen.

»Der andere.«

Pauline leckt. Sie leckt, als ginge es um ihr Leben. Der Zug an der Leine. Der Griff ins Haar. Ann reißt Pauline aus ihrer Stiefelwelt. Ganz schön laut plötzlich hier. Und immer noch so voll. Ganz schön viele Blicke.

»Willst du etwas trinken?«

Ann lächelt mit Wärme. Weiße Zähne. Temperaturerhöhung in den Swimmingpools. Wasser. Pauline ist durstig. Pauline ist übel.

»Wie geht es dir?«

»Gut.«

Pauline ist schon wieder heiser. Inhaliert Anns Duft. Klar. Direkt. Schnörkellos. Der schwarze Lederhandschuh streichelt den flatterigen, dünnen Arm.

»Ist dir warm genug?«

Und wie. Ann lächelt. Gibt Pauline eine Zigarette aus deren eigenem Päckchen und Feuer. Was sie ihr alles gibt.

»Echt aufregend, ich fühle mich wie unter Drogen«, sagt Ann und, »du bist so schön, meine Kleine, so schön!«

Sie sagt noch alles Mögliche. Redet über die Party, den Club, die Menschen. Ihren Mann und seine Freundinnen. Pauline sieht die Worte an sich vorbeiziehen und hört immer wieder *meine Kleine*.

Plötzlicher Temperaturabfall in den Swimmingpools. Frostbildung auf der Gesichtslandschaft. Pauline wollte Ann gerade fragen, wo denn ihre Brille heute sei, jetzt frieren die Worte ihr in der Kehle ein. Und liegen da herum, die Buchstabenbrocken blockieren die Luftzufuhr. Aufmerksamer Blick, wird alles registriert. Jetzt nur nicht rühren.

»Hast du noch Lust?«

»Oh ja!«

»Komm!«

Ann greift Paulines Handgelenk mit festem Druck (und Wärme, ob sie will oder nicht). Führt sie nach hinten, um die Ecke in einen kleinen Raum, dessen Vorhang sie zuzieht.

Pauline steht vor Ann oder Ann vor ihr. Pauline muss den Kopf etwas zurücklegen, um Ann ansehen zu können, so groß ist sie und ihr so nah.

»Möchtest du ein Safeword?«, fragt Ann.

»Nein.«

Ann lächelt. Nur kurz, dann streift sie ihre Handschuhe ab. Sie umfasst Paulines kleines Kinn mit ihren langen, schmalen Fingern. »Erstens: Du rührst dich ab jetzt nicht mehr ohne meine Erlaubnis. Zweitens: Du senkst ab jetzt deinen Blick. Hast du das verstanden?«

»Ja. Ann.«

»Dann wiederhole, was ich gesagt habe.«

»Ich rühre mich nicht ohne deine Erlaubnis und ich senke, ich senke den Blick.«

Ann legt Pauline über eine Pritsche. Schiebt ihr langsam den Rock hoch. Berührt ihren Po. Will ihre Beine gespreizter und den Arsch weit nach oben gestreckt. Sie streicht mit einer Gerte über Paulines weiche weiße Haut. Und züchtigt sie. Ob sie wisse, warum sie geschlagen werde. Pauline weiß es nicht. Sie denkt, vielleicht weil es Ann Spaß macht, aber sie traut sich nicht, das zu sagen. Anns Schläge werden härter. Sie lacht leise, wenn Pauline aufstöhnt.

»Schlampen wie du, die sich ohne Slip anderen Frauen zu Füßen werfen, sind dazu da, geschlagen zu werden«, erklärt Ann.

Pauline soll sich auf die Liege setzen.

»Und zwar wie eine echte Schlampe«, verlangt Ann. Sie spreizt Paulines Beine mit ihrem eigenen Knie. Sie befestigt mit Ketten verbundene Klammern an Paulines Brüsten, ihren Schamlippen. »Schlampenschmuck«, flüstert sie.

Sie schlägt Paulines Schenkel mit der Gerte. Pauline legt die Hände zum Schutz darauf. Aber sie darf sich ja nicht rühren ohne

Erlaubnis. Paulines Reue, Anns kalte Wut und Paulines Furcht schaukeln sich gegenseitig hoch. Ganz schnell steht Pauline wieder vornüber gebeugt, knallt Anns Gerte härter als zuvor auf ihren Hintern. Ganz schnell, bleibt keine Zeit zum Luftholen. Danach wird Pauline zu Boden geworfen, Anns Stiefel zwischen den Beinen, wo es heiß ist, ihr Griff zwingend im Haar.

»Ich erwarte Gehorsam von dir.«

»Ja, Ann.«

Alles bleibt, wie es ist.

»Ich gehorche dir ab jetzt, Ann.«

Alles bleibt, wie es ist.

»Bitte Ann, verzeih mir, bitte!«

Ann setzt sich auf die Liege, die Beine übereinandergeschlagen, und lässt Pauline auf ihrem Stiefel wippen. Hoppe, hoppe, Reiter, wenn er fällt, dann schreit er ... sie findet Paulines Klitoris, eine spezifische Form kleiner Tritte und, ja, Pauline schreit.

Ann schiebt die inzwischen schon völlig zittrige Pauline in einen gynäkologischen Stuhl, antiquarisch, schnallt sie fest. Sie sagt: »Mein Opfer.«

Wieder Klammern an den Schamlippen. Sie inspiziert Paulines Geschlecht. Sie dringt mit zwei Fingern ein und stößt ein paar Mal zu. Zieht sich zurück.

»Willst du mich um etwas bitten?«

Pauline ist fast wahnsinnig vor Erregung und jetzt raubt ihr die Erniedrigung die letzte Kraft. Sie keucht, bibbert, keucht.

Ann fragt: »Wie lange soll ich noch warten?«

Pauline stößt den Satz hervor: »Bitte lass mich kommen« und bricht dabei in Tränen aus vor Scham. Weint weiter vor Erleichterung, als es endlich vorbei ist. Ann streichelt sie, hilft ihr auf die Beine, zieht ihr den Rock herunter und das Oberteil an. So fürsorglich, denkt Pauline, ihr wird übel. Sie stürzt auf die Toilette, kniet schon wieder nieder. Sie übergibt sich.

Kurz kaltes Wasser ins Gesicht gespritzt und das Erschrecken über ihr eigenes Spiegelbild. Die Haare zerzaust, die Lippen dunkel geschwollen, die Wimperntusche auf der Nase – Schlampen wie du.

Der Club ist erstaunlich leer inzwischen. Von Franzi und Marius keine Spur. Ann päppelt Pauline mit Wasser auf, dann fährt sie sie, in strahlendem Sonnenschein schon, nach Hause.

4

Am nächsten Nachmittag unterstützt Marius Franzi bei der Arbeit in ihrem Baustellen-Büro. Thorsten, der Regisseur, und Sven, der Autor der Knaststücke, sind glücklicherweise ebenfalls zugegen, denn die Stimmung zwischen Marius und Franzi ist nicht allzu harmonisch. Franzi hat sich letzte Nacht mit Marius angelegt, weil er sie im Club nicht gevögelt hat, überhaupt nie in Clubs vögelte, weil er nämlich völlig verklemmt sei, und im Anschluss zu Hause aber auch nichts mehr mit Sex wäre, weil er ja immer so wahnsinnig früh müde werde.

Marius fühlt sich unter Druck gesetzt.

*

Pauline verlebt die nächste Woche schwebend, hellwach und reglos. Ann hat angerufen, gleich am nächsten Morgen. Hat »hallo Kleine« gesagt. Sie wollte wissen, ob Pauline sich wieder berappelt hätte, ob es ihr gut gehe. Sie selbst fühlte sich bombig. Pauline wurde ganz schwach durch die Bombenlaune, die Ann durchs Telefon schickte.

Ann möchte Pauline am Freitag auf einer Party im Diesseits wiedersehen. Die Tage bis dahin erscheinen Pauline überflüssig. Die Welt dreht sich unter ihren Füßen, sie verhält sich ruhig. Sie sitzt in der Bibliothek mit Foucault auf dem Schoß und starrt vor sich hin. Sie sitzt an ihrem Schreitisch, die Finger auf den Tasten, und starrt vor sich hin. Sie steht im Supermarkt mit leerem Einkaufswagen und starrt vor sich hin. Sie vergisst das Essen, das Callcenter, ihr Shampoo im Haar. Franzi wird zur Lebensretterin, denn Pauline läuft vor Lastwagen und merkt es nicht.

Pauline verbringt einen verregneten Nachmittag mit Franzi im Büro. Sie kratzen Tapetenfetzen von der Wand. Im Radio werden die Charts rauf und runter gespielt.

Pauline hat Anns Worte im Ohr. Mein Opfer. Schlampenschmuck. Ihre eigene Bitte am Ende – Gott.

Franzi denkt über die seltsam weiche Beschaffenheit von weiblichen Lippen, insbesondere Simones, nach und auch über diesen herrlichen Abdruck, den ihre winzigen Brustwarzen auf ihrer eigenen Zunge hinterlassen haben. Sie blickt zur Seite, wo Pauline in rotem Kleid – sie hat ihre Arbeitsklamotten vergessen – hingebungsvoll an der Tapete pult. Ihre Brustwarzen zeichnen sich in aller Deutlichkeit unter dem dünnen Kleidstoff ab, da sie ja hochkonzentriert von Anns Händen träumt. Sie könnte vielleicht mal mit ihr, überlegt Franzi, wo man doch eh schon so vertraut miteinander – sie verwirft den Gedanken.

Später machen die beiden pubertierende Jungs aus der Nachbarschaft heiß. Pauline steht auf der Leiter, so breitbeinig es geht. Franzi drückt von unten ihren Kopf in Paulines Schoß. Beide lassen ihre Hüften kreisen. Die Jungs an der Schaufensterscheibe reißen Münder und Augen auf.

5

Endlich Freitag, Pauline hätte es kaum noch für möglich gehalten. Als sie im Diesseits ankommen, ist sie schon völlig am Ende vor Nervosität. Franzi hat zu enge Schuhe an und Marius eine miese Verhandlung hinter sich.

Die Musik aus harten Rhythmen ist eine Einladung zum Tanzen oder Ficken, der keiner folgt. Die Gäste wirken leicht angespannt, die Arbeitswoche steckt den meisten noch in den Knochen. Ann ist natürlich nicht da.

»Die braucht ihren Auftritt«, mutmaßt Marius. Als sie kommt, ist sie immerhin netter als beim letzten Mal. Sie begrüßt Franzi und Pauline als Erste und stellt sie ihrem Mann Z. vor. Groß, dünn, mit Glatze, in schwarzem Anzug, sagt Z.: »Du bist also Pauline.«

Er mustert sie von oben bis unten, von unten bis oben. Ann führt Smalltalk, Pauline zittert, Z. kuckt. Bis Ann sagt: »Gut, wir sehen uns später, Kleine.«

Sie streicht dabei kurz über Paulines Wange. Damit ist Paulines Bedarf an Glückseligkeit für die nächste Stunde gedeckt. Danach beginnt sie wieder, sich nach Ann zu sehnen, die immer irgendwo anders ist, mit irgendjemand anderem. Franzi knutscht ein bisschen mit Simone, was ihr großen Spaß macht. Sie würde gerne ihre Brüste berühren, traut sich aber nicht. Dann verliert sie Simone aus den Augen und Marius im Übrigen auch. Roland ist da. Pauline hätte ihn nicht bemerkt, aber er heftet sich an ihre Fersen, kaum, dass Ann von ihr lässt. Er küsst sie auf die Wange, ganz knapp am Mund vorbei. Wie das sein könne, dass sie immer schöner werde, und wann er sie endlich wieder erwarten dürfe, zum Abendessen, er koche auch Lamm und er habe noch ein paar Flaschen von diesem Wein – und Ann sieht endlich zu Pauline, mit einem Lächeln, das man jedem schenken könnte. Pauline aber will nicht jede sein für Ann, ist selbst erstaunt darüber, wie wenig sie das möchte.

Pauline überlegt wieder, ob sie nicht einfach zu Ann hingehen sollte, möchte aber nicht aufdringlich sein. Folgt ihr stattdessen mit gebührendem Abstand, Roland stets im Schlepptau. So nimmt der Abend seinen Lauf. Franzi betrinkt sich mit schlechtem Weißwein für fünf Euro das Glas, während Marius mit einem blonden Mädchen flirtet und Pauline Ann anstarrt.

*

Später geht Franzi zu Marius und dem Mädchen. »Das ist Franzi, meine Freundin, das ist Katharina.«

Katharina lächelt brav, sagt: »Hallo« und gibt Franzi die Hand. Franzi sagt: »Hallo Katharina. Marius, ich will jetzt gehen.« Weil ihre Aussprache nicht mehr ganz deutlich ist, folgt Marius ihr Richtung Ausgang. Für Katharina nur noch ganz schnell ein Wangenkuss im Gehen, eine Visitenkarte und die Aufforderung: »Melde dich!«

An der Bar versucht Marius, auch Pauline zum Mitkommen zu überreden, die sich weigert.

»Meinst du, das hat noch Sinn hier heute Abend?«, fragt er mit einem Blick zu Ann, die sich ein paar Meter entfernt angeregt mit Wer-weiß-wem unterhält.

Aber Pauline bleibt stur vor Verlangen an die Bar genagelt, während Marius seine schwankende Freundin nach Hause transportiert und Katharina die neue Visitenkarte behutsam in ein freies Fach ihres Geldbeutels schiebt.

*

Es ist wirklich schon spät, als Ann endlich Erbarmen hat. Sie mustert Pauline von weitem. Der schmale Körper in dem schwarzen Kleid, die dünnen Beine, die runden Brüstchen. Das volle, halblange hellbraune Haar. Die dunkel geschminkten grünen Augen wirken klein und etwas gerötet vom Rauch. Die Lippen tragen nur noch dezente Spuren von rotem Lippenstift. Pauline sieht angespannt aus, sie kratzt mit der einen Hand die andere, sie atmet tief ein.

Das ist mein Werk, denkt Ann mit einem intensiven Pochen zwischen den Beinen. Ich habe sie nicht einmal angefasst heute Abend und trotzdem bereits zutiefst berührt. Ich quäle ein Menschenkind, ohne das Geringste zu tun. Ich bin groß. Sie tritt vor Pauline, die am Tresen lehnt wie beim letzten Mal. Sie umfasst ihr Kinn. Sie holt Paulines kleine rechte Brust aus ihrem Kleid und berührt sie, ganz leicht. Pauline ist bereits völlig erschöpft, ein Nervenbündel und den Tränen nahe. Sie zittert. Sie kann Anns Blick nicht standhalten.

»Hast du auf mich gewartet?«, fragt Ann.

Pauline nickt.

»Ich möchte, dass du mir gehörst«, flüstert Ann.

»Ja, Ann«, stottert Pauline, »ich möchte dir ja gehören.«

»Das bedeutet, ich mache mit dir, was ich will.«

»Ja, Ann, bitte, mach mit mir, was du willst, ich gehöre dir!« Paulines Stimme ist seltsam hell, sie klingt wie ein Kleinkind. Sie schämt sich. Ann lächelt. Nimmt ihren schwarzen Seidenschal von den Schultern, verbindet Pauline die Augen damit. Pauline riecht Ann und wird high. Spürt, wie ihr die Hände hinter dem Rücken gefesselt werden.

»Komm!«

Ann schiebt Pauline nicht sanft, aber behutsam vorwärts, setzt sie auf einen Stuhl, an den Tisch, an dem sie wohl vorher auch saß, vermutet Pauline.

»Das ist Pauline, mein neues Spielzeug«, hört sie Ann sagen.

Stimmen machen Komplimente und anzügliche Bemerkungen, denen Ann mit schneidender Stimme Einhalt gebietet. Jemand, wahrscheinlich Z., spricht von einer Ausstellung. Ann redet über die sich im Laufe der Jahrhunderte ständig ändernden Vorstellungen vom idealen Frauenkörper, die von der Selbstwahrnehmung der jeweiligen Gesellschaft zeugten, da der weibliche Körper in der Regel auch den Körper der Gemeinschaft symbolisiere oder so ähnlich. Pauline spürt sie ganz dicht neben sich und fühlt sich geborgen. Als Ann sie nach langer Zeit fragt, ob es ihr gut gehe, traut sie sich zu sagen: »Ich muss mal ... also, aufs Klo.«

Anns Lachen. »Aber natürlich. Komm.«

Dirigiert sie wieder durch den Raum, öffnet eine Tür, schiebt sie über Steinboden, öffnet noch eine Tür und verriegelt sie. Streift Paulines Kleid hoch. Schiebt ihr den Slip hinunter. Drückt sie auf die Klobrille, wo Pauline schreckensstarr verharrt. So hat sie sich das nicht vorgestellt, ganz und gar nicht.

»Was ist, ich dachte, du musst pinkeln?« Anns Stimme: schroff, ungeduldig. Pauline bekommt Angst.

»Ich zähle bis drei«, sagt Ann.

Als sie damit fertig ist, gibt sie Pauline eine Ohrfeige, die sich gewaschen hat. Pauline sieht Sternchen und fängt an zu heulen. Anns Hand ruht jetzt harmlos auf der heißen Wange.

Paulines Betteln: »Bitte, ich kann das nicht, bitte!«

Ann ist verständnisvoll, wahnsinnig gnädig. Lässt sie ein paar Sekunden allein. Pauline entleert ihre prall gefüllte Blase und wartet dann, die Hände gebunden, die Augen verbunden, auf Ann. Die wischt Paulines Möse sauber, als sie zurück ist.

»Ich kann so viel Klopapier nehmen, wie ich will, du bleibst nass!«, konstatiert sie. »Du bist dauernass, oder? Du bist eine kleine, dauernasse Schlampe, die dringend gefickt werden will, oder?«

»Ja, Ann.«

Wie sie brennt, die Scham. Im ganzen Körper, besonders in der Möse. Anns Finger auf ihrer Klitoris, in ihrer Vagina. Pauline kommt keuchend auf der Kloschüssel, über ihrer eigenen Pisse.

6

Am Abend darauf gehen Pauline und Franzi ins Theater, zur Premiere eines Stücks, in dem Svens Freundin mitspielt. Beim Tanzen danach legt Franzi ausführlich dar, warum ihr die Aufführung nicht gefallen hat. Pauline kann dazu nichts sagen, sie hat nichts mitbekommen.

»Wie war's denn gestern noch mit Ann?«, fragt Franzi.

Pauline erzählt. Die Worte, die sie ausspricht, jagen ihr schon wieder heiße Schauer durch den Leib.

»Die ist ja ganz schön krass, oder?«, ruft Franzi durch die Musik hindurch.

»Und wie!«, kreischt Pauline, mit Glück in der Stimme oder Wahnsinn, wer kann das schon sagen.

7

Wieder Samstagabend, Pauline öffnet in der Küche das Fenster und den Weißwein. Plopp. Sommerabendgeräusche wehen herein, schreiende Kinder, bellende Hunde, lachende Frauen und Autos, klar. Im Ofen brutzelt zwischen Kirschtomaten, Oliven und Kapern ein marinierter Petersfisch. Pauline kann sich nicht vorstellen, davon zu essen, überhaupt jemals wieder etwas anderes als Anns Finger in sich aufzunehmen, aber sie kocht für

Franzi. Die hat den ganzen Tag über mit Thorsten und Sven Anträge formuliert. Irgendeine Stiftung soll ihr Gefängnistheater finanzieren.

Jetzt liegt sie schlaff auf dem Küchensofa.

»Samstagabend zu Hause abhängen, wie weit ist es mit uns gekommen, Pauline!«

»Also ein Abend mit mir ist frustrierend?«

»Du weißt, was ich meine.«

Pauline weiß das eigentlich nicht zurzeit. Mit Ann den Abend verbringen, das wäre gut. Alles andere ist unnötig, ob zu Hause oder im Paradies.

Mit Gräten zwischen den Zähnen berichtet Franzi kurz darauf von Marius' Fantasien: Er will Katharina treffen.

»Du weißt ja, theoretisch verfolgen wir schon lange das Prinzip der offenen Beziehung, und jetzt, wo du mit dieser verheirateten Frau – da haben wir beschlossen, das mal in die Tat umzusetzen. Ich dachte an die nähere Zukunft und den Fall, dass ... aber er kommt gleich mit dieser Katharina –«

»Wer ist denn Katharina?«

»Du musst sie im Diesseits gesehen haben. Groß, dünn, blond. Anfang zwanzig und Jurastudentin.«

»Kann mich nicht erinnern.«

»Du hast ja nichts außer deiner Ann gesehen. Und so wahnsinnig auffällig ist diese Katharina auch wieder nicht. Aber irgendwie findet Marius sie gut, und heute haben sie sich auf einen Kaffee getroffen, wogegen ja nichts spricht. Und nächstes Wochenende spielen wir jetzt also zu dritt.«

»Das ist doch toll! Aufregend, oder?«

»Hmm.«

»Du magst Katharina nicht.«

»Ich bitte dich, Jura-Streberin, Anfang zwanzig! Wenn die nicht blond wäre, würde die kein Mensch ... «

»Jetzt vergiss mal deinen Dunkelhaar-Komplex. Du musst nichts machen, aber wenn du's machst, dann lass dich gefälligst darauf ein und gib ihr eine Chance!«

»Jaaaa, du hast ja recht.«

8

Keine Woche, und es ist so weit. Franzi hat den ganzen Tag über Anträge, Konzepte, Selbstdarstellungen geschrieben, außerdem in den umliegenden Trödelläden nach dem Nötigsten für das Büro gesucht und ein Gespräch wegen eines weiteren Jobs bei einem anderen Projekt geführt. Sie hat nicht mehr viel Zeit, sich zurechtzumachen, als sie nach Hause kommt.

Pauline hilft ihr im Bad. Franzi rasiert ihr rechtes Bein, Pauline auf dem Boden kauernd das linke. Franzi cremt ihre Vorderseite ein, Pauline die Rückseite.

»Dass dieses Weledazeug so wahnsinnig teuer sein muss«, mäkelt Franzi dabei und setzt nach: »Wenn Katharina schönere Brüste hat als ich, kriegt sie Ärger.«

Pauline redet über den Unterschied zwischen Wettbewerb und Sex, während Franzi ihre vielleicht etwas hängenden, dafür aber recht fülligen Brüste in einen schwarzen BH packt. Franzi findet Pauline ziemlich aufgekratzt, seit sie Ann kennt, und abgenommen hat sie auch.

»Du solltest mal was essen, Pauline, sonst musst du bald Kindergrößen kaufen; und Latexminis bekommst du nicht in Größe 164!«

»Ann gefällt, dass ich so zierlich bin.«

Franzi verdreht die Augen.

»Komm, kümmere du dich mal lieber um deine Strümpfe, die sind nämlich kaputt.«

Aus ihren gemeinsamen Vorräten stellen sie ein heiles Paar her, während Franzi weiterschimpft: »Da zahlt man acht Euro für diese Strümpfe und nach einmal Tragen sind sie im Eimer. Als Mann lebt es sich echt billiger!«

Pauline denkt, sie würde eine Bank überfallen, um sich Strümpfe für Ann zu kaufen.

*

Marius hat das Hühnchen schon im Ofen, den Wein entkorkt und das Gesicht rasiert. Franzi deckt den Tisch, zündet Kerzen an, legt Goldfrapp auf. Ihr ist heiß in ihrem kurzen Trägerkleid.

»Katharina verspätet sich vielleicht etwas, sie hat noch Geigenunterricht«, sagt Marius, während sie in der Küche einen ersten Schluck Weißwein trinken.

Franzi schürzt die Lippen und atmet dabei tief ein, um nicht die Augen zu verdrehen. *Geigenunterricht.* Wie aufregend. Blond und mit Geige im dünnen Ärmchen. Gut, Pauline spielt auch Geige, aber sie spielt Sachen, für die Franzi eher eine E-Gitarre empfehlen würde.

Katharina kommt ganze vier Minuten zu spät. Franzi ist schockiert von ihrer Jugend. Zweiundzwanzig, man sieht es ihr an. Noch ganz weich und unentschieden die Gesichtszüge, fremdelnder Blick hinter schwarzumrandeter Brille. Ansonsten ruhig und unscheinbar, obwohl fast so groß wie Franzi. Langes blondes Haar, blasse Haut, blasse Augen. Sie gibt Franzi als Erste die Hand, höflich, dann Marius. Er hatte einen Kuss erwartet, es ist offensichtlich. Da sie vom Geigenunterricht kommt, sieht Katharina anständig aus. Knielanger schwarzer Rock, schwarzes T-Shirt, flache Schuhe. Kaum Make-up.

Marius holt das Huhn aus dem Ofen, und es duftet wirklich gut. Er hat es mit Thymian und Rosmarin gefüllt, mit Zitrone bestrichen und mit Ofenkartoffeln garniert. Dazu gibt es Salat. Katharina nippt an ihrem Prosecco, sie stochert im Fleisch. Es wird ihr erstes SM-Spiel werden. Sie muss aufgeregt sein. Sie ist erstaunlich ruhig.

Die drei versuchen, miteinander warm zu werden. Katharina studiert Jura. Spöttischer Seitenblick von Franzi zu Marius. Er erzählt ihr immer, wie froh er sei, eine Kulturschaffende statt der in seinem Umfeld üblichen Juristin an seiner Seite zu haben, und nun die Jurastudentin. Katharina war nach dem Abitur ein halbes Jahr in England, als Au-pair, und später ein halbes Jahr in Uganda, im Jugendknast, ehrenamtlich. Wie löblich, denkt Franzi.

»Franzi betreut ja Theaterproduktionen mit inhaftierten Mädchen hier in Berlin!«, berichtet Marius eifrig.

Und da gibt es jetzt natürlich Gesprächsstoff bis zum Gerippe des Hühnchens. Dann trägt jeder seinen Teil bei zur stetigen Erotisierung der Stimmung, durch abwartendes Schweigen, forschende Blicke, durch das Öffnen der verschränkten Arme und übereinandergeschlagenen Beine.

Sie räumen gemeinsam den Tisch ab, kommen mit Espresso zurück und Marius sagt: »Zieh dich aus, Franzi.«

Sie steht auf. Der Gang vom Tisch zum Sofa. Diese zwei Meter sind ihr Auftritt. Sie spürt Augen auf der Haut, sie empfindet jede Bewegung sehr bewusst. Sie ist hellwach. Sie weiß nicht, ob es sich unangenehm oder erregend anfühlt, sich vor der bekleideten Katharina zu entkleiden. Der Unterschied ist klein. Das Kleid zieht sie sich mit provokativ nüchterner Geste über den Kopf. Einen Slip trägt sie nicht, die Netzstrümpfe will sie anbehalten. Aber Marius möchte, dass sie auch diese auszieht, sogar ihre Schuhe. Katharina trägt weder Strümpfe noch nennenswertes Schuhwerk, er will sie ihr gleich machen, das ist Franzi klar.

»Du siehst schön aus.« Der Tag, an dem er das nicht mehr zur Begrüßung ihres nackten Leibes sagen würde –.

»Okay, und jetzt zieh Katharina aus.«

Franzi sieht Katharina an, Katharina sieht Franzi an. Katharina steht auf und geht zu der Nackten hin. Dreht sich wieder zum Tisch, um ihre Brille abzulegen, und kommt zurück. Franzi schält sie aus dem T-Shirt. Schiebt ihre Finger unter den Rock, den Blickkontakt zu Katharina haltend, findet auf dem Rücken den Reißverschluss. Mit dem Herunterschieben des Rockes geht sie selbst in die Knie. Zieht Katharinas Schuhe aus, den Rock. Greift nach oben und lässt den schwarzen schlichten Slip die langen dünnen Beine hinunterrutschen, kommt wieder hoch. Ist Katharina noch dünn oder schon hager – schwer zu sagen. Aufrecht steht sie jedenfalls und aufrecht stehen ihre Brüste, die allerdings erfreulich winzig sind, wie Franzi blitzschnell registriert. Katharinas Scham ist nicht rasiert. So sind sie, die Neulinge.

Marius lobt auch Katharinas Gestalt. Dann kommandiert er die beiden durch den Raum, schafft Tableaux für ein paar Augenblicke. Franzi und Katharina nackt an der Wand lehnend, von vorne, von hinten. In der Mitte des Raumes Rücken an Rücken. Einander gegenüber im Türrahmen. Nebeneinander über das Sofa gebeugt, die Hände aufgestützt, die Ärsche hochgereckt.

Er tritt zu ihnen mit schwerem Atem. Fährt mit sanften, großen Händen ihre Wirbelsäulen entlang, diese agilen Energiestäbe, ertastet Rippen und Brüste, Hälse, Nacken, die Beuge, an der aus Schulter Hals wird, denn die liebt er besonders.

Er kommt zur Sache, zu den Ärschen. Schlägt sie sanft, dann etwas härter. Seine Kraft fährt durch die Wirbelsäulen bis hoch zu den Köpfen, die schaukeln. Er legt zwei vorsichtige Finger zwischen jeweils zwei Schamlippen und freut sich über ihre Feuchte.

Er holt einen Rohrstock. Befiehlt den beiden, näher zusammenzurücken, und konzentriert sich, während er anlegt. Der Tüftler, der Spieler, der Junge. Wenn ich den Ball von links spiele, die Kugel über die Bande, wenn ich mich hier hinterm Felsen verstecke und auf diesem Ast meine Hütte zimmere. Tatsächlich, es gelingt, er trifft sie beide, zwei Mädchen mit einem Schlag, und wie das Fleisch zittert, erst weiß wird, dann rot, wo er sie traf. Noch einmal, noch einmal. Wie sie jetzt keuchen und die Knie beugen, die Rücken zum Buckel formen. Franzi ist ausdrucksstark, Katharina zurückhaltend. Sie sei vielleicht eher devot als masochistisch, vermutete sie vorhin beim Essen. Dafür ist sie ganz schön tapfer, das muss man sagen.

Frisch gerötet, lässt Marius die Frauen niederknien, einander gegenüber. Er berührt die Brüste. Hält eine schwere Brust in der einen, eine kleine in der anderen Hand, fasziniert. Ihm fällt dieses Spiel ein, bei dem man mit dem einen Arm Kreise, mit dem anderen Linien beschreiben muss, was ihm nie gelungen ist.

Die Frauen scheinen ineinander zu versinken mit ihren Blicken, während er diese Brüste erfühlt. Er zieht eine Kette aus seiner Tasche mit Klammern an jedem Ende. Eine Klammer befestigt er an Katharinas rechter Brust und eine an Franzis linker. Kurzes Zucken, Franzis Einatmen, mehr nicht.

»Berührt euch.«

Sie streicheln sich. Sie haben sich bereits aufeinander eingespürt, deswegen verlaufen ihre Gesten jetzt fast synchron. Franzi muss an diese Übung denken, die sie vor den Proben gerne macht, wo die eine die Bewegungen der anderen spiegeln muss. Katharina ist unfassbar weich. Franzi hat das nicht erwartet, dünn und knochig wie sie ist, aber alles an ihr, einfach alles ist weich. Die Haut und die Materie darunter. Als ob da nirgends Muskeln wären, alles weich, weich, weich. Ihre eigenen Brüste sind viel fester als die kleinen spitzen von Katharina, ihr durchaus sichtbarer Bauch viel straffer als der nur zu erahnende der anderen.

»Fasst euch zwischen die Beine.«

Franzi hat noch nie eine andere Möse als ihre eigene berührt, zumindest nicht mehr, seit sie mit dem Doktorspielen aufgehört hat. Sie ist sehr angetan von dem neu entdeckten Körperteil. So zart und heiß und nass, so geschmeidig und natürlich ungemein weich. Abgesehen von dem kleinen harten Knopf, den sie am Anfang der Schamlippen findet. Katharina öffnet den Mund, lässt den Kopf zurückfallen, als Franzi ihn drückt. Franzi greift ihr in den Nacken, in den weichen Nacken, unter das weiche blonde Haar und holt sich ihr Gesicht, ihren Mund, sie liebt ja weibliche Zungen und selbstverständlich ist alles an und in Katharinas Mund pure Weichheit. Im Prinzip fühlen sich Mund und Möse relativ ähnlich an, findet Franzi. Oder ihre Wahrnehmung ist durcheinandergeraten, kann die Impulse der Hand nicht mehr von denen des Mundes unterscheiden – was macht das schon.

Marius sieht sich alles an, mit seinem Schwanz in der Hand. Er kann es nicht glauben. Er kommt unbemerkt von den Küssenden. Der Schweiß steht ihm auf der Stirn.

»Die Klammern tun langsam ziemlich weh, Marius.«

Das hatte er vergessen, oh Mann. Und die arme Katharina, die vielleicht gar keine Masochistin ist, sagt kein Wort, mit der schweren Kette an der leichten Brust. Befreiung und gemeinsames Durchatmen, aber die Frauen sind in Fahrt, das ist klar.

»Fick sie, Franzi.«

Franzi sieht ihn an, öffnet den Mund, um etwas zu sagen, und lässt es bleiben. Sie hat noch nie eine Frau gefickt und wie soll sie da reinkommen in das fremde Loch. Sie will Katharina nicht wehtun, das ist nicht ihr Job heute Abend. Aber es scheint der anderen gutzutun, was sie mit ihr macht, und es ist tatsächlich ziemlich geräumig in Katharina, ist man erst einmal drin. Mit zwei Fingern rührt und stößt Franzi, während Marius Katharinas Hintern mit seiner bloßen Hand schlägt. Aber weil Franzi viel zu zaghaft ist, wie er findet, gesellt er sich zu ihr.

Und das raubt ihnen beiden den Atem.

Katharina liegt zwischen ihnen, ganz bei sich oder sonst wo, jedenfalls weit weg mit geschlossenen Augen und offenem Mund. In ihrem Inneren kreuzen sich Marius' Finger mit Franzis Fingern, haken sich zwischen den warmen weichen Vaginawänden ineinander, während Marius und Franzi sich andächtig anstarren. Hier, im Lustzentrum der fremden Frau, vereinen sie sich so intensiv wie lange nicht mehr.

Katharina stöhnt sich ihre Empfindungsleiter empor, während Marius und Franzi die Luft anhalten, damit sie die Welt bloß nicht aufwecken, damit sie bloß nicht wieder anfängt, sich zu drehen.

Aber dann spannt sich die weiche Bauchdecke, werden die Finger gequetscht, schreit Katharina ziemlich laut für ihren zarten Leib. Es ist Zeit zu gehen für die vier vereinten Finger. Es ist Zeit, Luft zu holen, für die drei Spieler. Zeit, sich in den Arm zu nehmen, sich spannungslos zu spüren. Zeit für das Dessert, für Vanilleeis mit roten Beeren.

9

Als Pauline am nächsten Morgen in die Küche wankt, ist Franzi dabei, mit einer schweren Tüte auf die Arbeitsplatte einzuschlagen. Sie plane, Café frappé zum Frühstück zu kredenzen, erklärt Franzi, und dafür bräuchte man *crushed ice*. Pauline findet, Eiswürfel täten es auch, aber sie weiß, in solchen Dingen ist ihre Freundin eigen. Franzi füllt zwei Tassen mit Kaffee aus dem Kühlschrank, kalter Milch, Zucker und Crushed Ice, pustet sich nasse Haarsträhnen aus dem geröteten Gesicht und sinniert über das seltsame Verhalten von Zucker, der sich in kalten Getränken doch eigentlich gar nicht auflösen dürfte, jedenfalls nicht genauso wie in heißen …

»Franzi, lass doch mal den Zucker in Ruhe, ich will wissen, wie es gestern Abend war!«

Franzi erzählt von Katharinas seltsamer Weichheit, von ihren kleinen, standhaften Brüsten und von ihrer Vereinigung mit Marius in Katharinas Innerem.

»Also ist sie gar nicht so dämlich, wie du dachtest?«

»Na ja, wenn wir zusammen in der Schule gewesen wären, hätte sie auf meiner Opferliste gestanden, aber sie ist schon ziemlich sexy, muss ich zugeben.« Franzi grinst.

»Opferliste«, brummt Pauline kopfschüttelnd mit *crushed ice* zwischen den Zähnen.

»Und was hast du so gemacht? Wie geht's eigentlich deiner Doktorarbeit?«

»Weiß nicht. Hab sie länger nicht gesehen.«

»Ah ja. Und was machst du stattdessen?«

»Dieses und jenes.« Schweigen. »Franzi, Ann ruft einfach nicht an. Was soll ich nur tun?«

»Selbst anrufen?«

»Das kann ich nicht. Ich meine, ich kann doch eine dominante Frau nicht bedrängen, und wahrscheinlich will sie mich schlichtweg nicht wiedersehen und dann muss ich das eben akzeptieren.«

»Ja, aber das tust du offensichtlich nicht. Außerdem kannst du Ann natürlich anrufen, ich meine, nur weil sie dich im Bett dominiert, muss sie das ja nicht im Alltag tun!«

»Doch.«

»Bitte?«

»Das verstehst du nicht.«

»Was verstehe ich nicht?«

»Sie ist so stark, sie hat so eine Macht über mich, ich kann nicht einfach ...«

»Du steigerst dich da in irgendwas rein. Ruf sie an, sonst mach ich es!«

»Nein!«

Entsetzen auf Seiten Paulines, spöttisches Augenbrauenhochziehen von Franzi.

»Okay, übermorgen ist unser letztes Treffen zwei Wochen her. Wenn sie sich bis dahin nicht gemeldet hat, ruf ich sie an!«

10

Pauline hat Glück. Am Abend vor Ablauf ihres selbst gesetzten Ultimatums meldet sich Ann. Sie versucht, mit der atemlosen Pauline zu plaudern, gibt aber nach einer Handvoll ausbleibender Antworten auf. Beschränkt sich auf das Wesentliche, darauf, dass sie Pauline Sonntagabend bei sich zu Hause zu sehen wünsche.

Paulines Atem braucht mindestens eine Stunde, um sich wieder zu beruhigen. Pauline selbst beruhigt sich gar nicht.

Samstagabend grillt sie gemeinsam mit Franzi, Marius, Thorsten, Sven und anderen in der Hasenheide. Jeder Sommertag ohne Regen muss genutzt werden. Sie hatte tagsüber irgendwelche Salate gemacht, sie wendet jetzt Gemüse und Fleisch auf dem Rost, isst aber nicht einen Bissen. Sie gibt sich große Mühe, nicht betrunken zu werden, denn das ist schlecht für den Teint. Ein Glatzkopf redet permanent auf sie ein. Sie findet entsetzlich langweilig, was er zu sagen hat.

»Pauline, der ist scharf auf dich!«, zischt ihr Thorsten zu. Das war ihr gar nicht aufgefallen und es interessiert sie auch nicht.

Zu vorgerückter Stunde erzählen Franzi und Marius von ihrem Abend mit Katharina, beziehungsweise Franzi erzählt und Marius stochert grinsend in der Glut herum. Die anderen sind voller Bewunderung. So müsse man Beziehungen führen, klar, so bliebe das Leben aufregend und man selbst in Bewegung.

»Aber meine Freundin steht halt nicht auf Frauen, da kann man nichts machen«, seufzt Sven.

»Und wenn ihr's mit einem zweiten Mann probiert?«, schlägt Franzi vor.

»Vergiss es. Bisexualität ist doch eher so 'ne Frauensache, eigentlich.«

»Das würde mir an eurer Stelle zu denken geben! Ich meine, das spricht nicht gerade für euch Männer, oder?«

Pauline bekommt von diesem Gespräch nichts mit. Sie denkt an swimmingpoolfarbene Augen, die auf ihrer Nacktheit ruhen. Sie reißt mit den Zehen Grashalme aus und hört einen roten Mund *mein Opfer* sagen.

Sie erinnert sich an den Geschmack dieser Stiefel. Sie denkt – und dabei schießt ihr das Blut schlagartig in den Unterleib –, sie denkt an sich selbst auf der Kloschüssel mit Anns Händen zwischen den Beinen, ihren wachen Blick. Pauline muss sich hinlegen, so schwach wird sie plötzlich. Es tanzen die Hormone in ihrem Leib.

*

Ann empfängt Pauline in ihren schwarzen Wildlederhosen, mit schwarzem Hemd darüber, ziemlich weit aufgeknöpft, die Arme hochgekrempelt. Sieht leger aus und ist sicher mit Sorgfalt ausgewählt.

Sie holt Eistee aus der Küche. Sie geht Pauline voraus wieder in ihr Arbeitszimmer. Vor dem Sofa stehend reicht sie Pauline ein Glas. Beobachtet, wie sie es an die Lippen setzt, zaghaft trinkt, interessiert die Flüssigkeit mustert und danach die Maserung der Dielen.

»Brauchst du eine Aufwärmphase, Pauline?«

Sie schüttelt den Kopf.

»Ich habe dich etwas gefragt, Pauline.«

»Nein, Ann.«

»Gut. Dann werden wir heute herausfinden, was du ertragen kannst.«

Sie hört nicht auf, Pauline anzusehen, ihr mit ihren kühlen Swimmingpoolaugen die Gesichtshaut zu verbrennen.

»Ich will dich besitzen, Pauline, verstehst du?«

»Ja, Ann. Ich möchte, ich möchte dir gehören, Ann.«

»Gut. Dann wollen wir sehen, ob du dazu auch in der Lage bist.«

Pauline muss ihr weißes, rotgeblümtes Kleidchen ausziehen. Sie lässt es zu Boden fallen und hebt es unter Anns tadelndem Blick wieder auf, faltet es, legt es über die Sofalehne.

»Keine Unterwäsche, Pauline – *tststs*. So ungeduldig, ja?«

Ann sieht Pauline rot werden, ahnt Schweißtropfen auf ihrer Stirn, sieht die feinen Hände schützend auf den Oberschenkeln, sieht eine braune Haarsträhne hin und her schaukeln in Paulines Atem.

Pauline soll sich über das Sofa beugen. Ann hält ihre Hände mit vielleicht einem Fingerbreit Abstand über Paulines Po. Kostet diese paar Augenblicke der Vorfreude aus. Erinnert sich an Paulines samtige Haut, an das Filigrane ihrer Statur. Anne fährt Paulines Körperlinien nach, bis hoch zu den Achseln, immer mit diesem spannungsgeladenen Fingerbreit Luft dazwischen.

Ann berührt Paulines Rippen, knapp unter dem Busen, streicht ihre Taille, ihre Hüfte entlang, erreicht ihren Po. Wo ihre Finger waren, bleibt Gänsehaut zurück. Sie greift fest in die kleinen Pobacken, die stöhnen – oder ist das Pauline? –, woher kommen die Geräusche, was gibt die Impulse, zuckt zuerst der Po oder schlägt die Hand, wird Paulines Atem schwerer mit der Härte der Hiebe oder steigert sich deren Intensität dem Atem entsprechend?

Ann dirigiert Pauline zum Schreibtisch, lässt sie sich über die leer geräumte Fläche legen und nimmt mit ihrer schönen, schlanken Hand das Lineal, das Pauline schon beim ersten Besuch den Atem geraubt hat. Jetzt streikt Paulines Lunge erst recht, als das Metall scharf ihre Haut trifft. Ann spürt die Kanten in ihrer Hand schmerzen, was muss dann erst Pauline …

*

Es brennen bereits einige rote Linien auf Paulines Po, als sie hinter Ann her in das Studio wankt. Das Studio wird von Z. zum Fotografieren und von beiden zum Spielen genutzt. Beethovens 9. Sinfonie ertönt. Ein Stangengebilde ragt aus dem Boden, in der linken Ecke. Wie eine Mischung aus Reck und Teppichstange. Kinderspiele und Schulsport. Daran hält sich Pauline fest, während sie den Hintern hochreckt, während Ann sie mit dem Rohrstock prügelt. Sie hält das nicht aus, denkt Pauline, bekommt weitere Schläge, hält es wirklich nicht mehr aus und wird weiter geprügelt, bis sie gar nicht mehr realisiert, dass Ann aufgehört hat, und dann doch den Unterschied feststellt, als die Gerte sie hauchdünn und biegsam beißt. Furcht, als die Spitze der Gerte plötzlich ihren Nacken, ihre Wange, ihre Lippen streift. Aber Ann hat sie bloß abgelegt, um Paulines Hüfte mit der einen Hand halten zu können, während sie mit drei Fingern der anderen in sie eindringt. Pauline schreit unter ihren Stößen, kommt schnell, kommt sich krümmend, kommt mit letzter Kraft.

Kaum haben ihre Muskeln sich entspannt, greift ihr Ann ins Haar und schiebt sie zur anderen Seite des Raumes, um sie an das Andreaskreuz zu binden.

»Ich will nicht nur deinen Arsch besitzen, Pauline«, sagt sie. Sie schlägt ihre Brüste mit ihren wunderschönen Händen. Pauline blickt ihr atemlos ins Gesicht, reißt die Augen auf, als die Schläge ihre Möse treffen, und kneift sie zusammen, als Ann ein Paddel nimmt. Sie hat Angst, dass die scharfe Kante ihre Brustwarze zerschneiden könnte, aber wenn es das ist, was Ann will, dann ist sie einverstanden. Das Paddel schlägt ihre Schenkel rot, schlägt ihre Schamlippen dicker. Wenn die Schläge ihre Klitoris treffen, spannt Pauline ihre Handgelenke an, sie möchte durch die Decke brechen, hinauf in den Himmel den Schlägen entwischen, und sie möchte, dass es nicht aufhört. Paulines Augen zucken vor Angst, während sie Ann beobachtet. Ann ist ruhig und weit weg. Ann bewegt sich gleichmäßig, konzentriert. Ann lebt in ihren Schlägen, in deren Wirkung. Pauline versucht, all ihre Zärtlichkeit in ihren Blick zu legen für ein Lächeln von Ann, aber Ann empfängt nichts gerade. Ann gibt, und zwar alles, was sie aufbringen kann im Moment.

Paulines Klitoris ist bereits ein wundes Tier, als Anns Finger sie streichelt. Sie gibt sich schnell und kampflos dem schönsten aller Tode hin.

Aber auch jetzt, wo sie in ihrem Saft zu ertrinken glaubt, lässt Ann Pauline nicht los. Sie bindet sie ab, treibt sie in die Mitte des Raumes, wo sie ihre Arme an Ketten befestigt, die von einem Balken unter der Decke herabhängen. Pauline könnte bequem auf ihren Füßen stehen, wenn sie dazu noch in der Lage wäre. Tatsächlich hängt sie zwischen den Welten, während Ann ihren ganzen Körper peitscht. Rücken, Hintern, Bauch und Brüste, Vaginahügel, Schenkel, Füße. Es nennt sich Katze, dieses mehrschwänzige Ding, das Ann in der Hand hält, denkt Pauline und erinnert sich an alte Piratenfilme. An diesen einen, nach dem sie süchtig war mit acht oder neun. Die bösen Piraten rauben die schöne Lady, binden sie an den Schiffsmast und reißen ihr mit einer mehrschwänzigen Katze den weißen Rücken auf. Dann kommt leider der Held, um die Schöne zu befreien.

Pauline verliert nicht das Bewusstsein unter der Peitsche, aber sie weiß stellenweise nicht mehr, wo oben und unten ist, es interessiert sie auch nicht. Von sehr weit weg hört sie Anns Stimme: »Wie geht es dir, Pauline?«

Pauline öffnet die Augen, die sie demzufolge wohl irgendwann zuvor geschlossen hat, blickt von ferne in Anns Gesicht direkt vor ihrem. »Gut.«

»Gut?«

»Gut. Ich bin dir zutiefst ergeben, Ann.«

Jetzt endlich tut sich etwas in diesem Gesicht. Es gehen die Lichter an in den Swimmingpoolaugen, ein bisschen lächelt der ungeschminkte Mund, Fältchen plötzlich in Augen- und Mundwinkeln.

»Das ist gut, Pauline. Das ist sehr gut.«

Es geht weiter. Pauline dreht sich um sich selbst. Der Schmerz ist flächendeckend, kein Zentrum auszumachen. Ann peitscht Pauline aus Raum und Zeit, brennt ihr den letzten Gedanken aus dem Kopf.

Pauline weiß nichts mehr, als ihre Arme plötzlich schwer an ihrem Körper herunterhängen und dieser Ann entgegentaumelt. Sie muss nichts wissen und auch nicht gerade stehen. Ann hält sie, Ann stützt sie, Ann schiebt sie ins Arbeitszimmer, auf das Sofa, unter eine Decke. Wasser auf den Lippen.

»Schlucken«, sagt Ann.

Ihre Hand auf der Decke, gibt's was Schöneres.

Ann streicht sanft ihren Po. Pauline stöhnt vor Schmerzen. Ann zieht ihr das rotgeblümte Kleid über die brennende Haut, und spätestens jetzt würde Pauline sich aufgeben, hätte sie es nicht längst schon getan.

Ann fährt Pauline nach Hause. »Ich lasse dich jetzt nicht Fahrrad fahren. Schon gar nicht ohne Slip.«

*

Es ist in Ordnung, dass Pauline schwach ist auf dem Weg zum Auto, denn Ann stützt sie, Ann hält sie.

Die Lichter in der dunklen Stadt flimmern seltsam: große, bunte Glühwürmchen. Die Straße ist gewunden, es geht auf und ab, eine langsame Achterbahnfahrt.

Mit einem Mal spürt Ann ihre Erschöpfung. Wie Arme und Hände ihr schmerzen, wie die Schultern nach vorne sacken, wie sie müde wird und die Augenlider schwer werden.

Aber sie wird ihre allerletzten Kraftreserven mobilisieren, solange Pauline in ihrer Obhut ist.

Als sie ihr Fahrrad ausladen, nimmt Pauline Anns rechte Hand, die Hand, die sie geschlagen hat, die Hand, die ihr immer noch wehtut, und küsst sie mit ihren lustgeschwollenen Lippen.

»Danke, Ann.« Sie flüstert vor Erschöpfung.

»Ich danke dir, Pauline«, antwortet Ann mit warmem Blick. »Deine Hingabe ist – einzigartig.«

Das trifft sie beide. Sie atmen gemeinsam ein. Sie spüren gemeinsam, wie sich etwas in ihren Tiefen einnistet, das von Bedeutung ist.

Gesellschaftsspiel

11

Franzi studiert in den nächsten Tagen bei jeder sich bietenden Gelegenheit die Spuren auf Paulines Hintern. Sie kann sich nicht entscheiden zwischen Bewunderung und Neid. Fasziniert ist sie in jedem Fall.

»Aber mit Marius und dir läuft es doch sexuell auch wieder besser, oder?«, fragt Pauline Dienstagabend am Paul-Lincke-Ufer. Franzi schlägt permanent nach diesen Heerscharen von Mücken. Pauline steht den kleinen Viechern gleichgültig gegenüber.

»Nee. Das hat sich wieder gelegt«, brummelt Franzi. »Heute hätte ich wirklich Lust gehabt, aber Marius ist mit seinen Kanzleikollegen unterwegs. Vor ein paar Tagen hatten wir ein Date, aber ich hatte noch so viel zu tun, wir hatten die Handwerker im Büro. Immer, wenn ich gerade losgehen wollte, hat jemand angerufen, und dann kam ich ein bisschen zu spät, und er war richtig mies gelaunt, wollte das Essen wegschmeißen und das war's.«

»Was heißt denn ein bisschen zu spät?«

»Na ja, zwei Stündchen vielleicht.«

»Franzi, das geht aber auch wirklich nicht!«

»Was soll ich denn machen? Es ist einfach so stressig gerade mit den Proben, nebenher das Boxen und das Volleyballtraining, zwischendrin Bewerbungen schreiben – ich habe eben noch andere Leidenschaften als Sex. Außerdem muss ich irgendwie Geld verdienen. Weißt du, wenn Marius mit seiner blöden Kanzlei besser vorankäme, könnte er mich ja unterstützen, und dann würde ich auch pünktlich zum Essen kommen.«

»Das ist kein realistischer Lösungsansatz, Franzi.«

»Jaja. Aber wir treffen uns nächste Woche noch mal mit dieser Katharina. Das ist doch was, oder?«

12

Ann hat Feuer gefangen. Pauline kommt nicht mehr zum Luftholen. Mittwoch zitiert Ann sie schon wieder zu sich. Nachdem sie herausgefunden hat, was Pauline für sie aushalten kann, will sie jetzt ihre Leistungen als Dienerin testen.

Ann trägt ein rotes Kleid und rote Schuhe. Sie sieht edel aus. Pauline trägt ein schwarzes Kleid, das sie allerdings ziemlich bald ausziehen muss. Dann trägt sie Ketten an ihren Brüsten, auf ihrem Rücken verschlossene Handfesseln, ein Halsband. Sie trägt auch eine Augenbinde. Trotzdem muss sie zur Sicherheit die Augen schließen.

»Wage es nie, niemals, die Augen zu öffnen, wenn ich dir befohlen habe, sie zu schließen!«

Pauline nickt und kriegt Angst, weil sie früher oder später eigentlich immer alles falsch macht, und wenn sie ihre Augen aus Versehen öffnete –.

Pauline kniet vor Ann, die auf einem Stuhl an ihrem langen Esstisch sitzt und Pauline ihre Ansprüche klarmacht. In der Dunkelheit, die sie umgibt, dringen Anns Worte tief in Paulines Bewusstsein ein und tiefer. Gehorchen zu wollen genüge nicht, sie müsse es auch können. Sie verlange von Pauline, dass diese ihre Befehle unverzüglich, exakt, perfekt und reibungslos ausführe. Sie wolle kein mürrisches Gesicht und erst recht kein Grinsen sehen. Pauline hätte ohne Erlaubnis weder zu sprechen noch sich zu regen. Sie wünsche, eine makellos perfekte Dienerin zu haben. Ob Pauline das verstanden habe. Pauline hat das verstanden und sie hat auch begriffen, dass sie alles tun wird, um bei Ann bleiben zu dürfen.

Ann bindet Pauline einen Knebel um. Sie zwingt Pauline mit einem Griff in ihren Nacken in die Knie. Und erst, als sie Anns Flüssigkeit riecht, versteht Pauline, dass der Knebel ein Dildo ist und Ann ihren Mund ficken wird. Ihr Gesicht verschwindet in Anns nassen Schamlippen, ihre Kopfhaut brennt, weil Ann so sehr an ihren Haaren reißt, und das Erniedrigende der Situation setzt irgendetwas in Pauline außer Kraft, wodurch sie in einen entrückten Zustand der Lähmung verfällt, aus dem sie so schnell nicht mehr herauskommt.

Ann gebraucht auch Paulines Zunge.

Später legt sie ihre Dienerin auf den Esstisch, steckt ihr eine Kerze in den Mund und fickt sie mit einer anderen. Pauline hat, während ihre Lust sich aufplustert, große Angst, die Kerze in ihrem Mund nicht halten zu können. Sie glaubt, die Kerze sei angezündet und würde ihr das Gesicht verbrennen, fiele sie um. Vor allen Dingen aber fürchtet sie Anns Wut.

Pauline macht alles richtig, Ann ist zufrieden, Ann lächelt. Ann nimmt Pauline die Handfesseln, das Armband, die Augenbinde ab (die Ketten an ihren Brüsten sind schon weg). Ann wickelt Pauline in eine Decke, setzt sich mit ihr auf ein Sofa und legt den Arm um das kleine, bebende Wesen, das sich schwer atmend an sie schmiegt.

Etwas lässt Pauline nicht mehr los.

»Ann, was passiert denn, wenn ich doch nicht perfekt gehorche?«, fragt sie, das heiße Gesicht in Anns kühles Dekolleté gedrückt.

»Dann wirst du geschlagen.«

»Ja«, sagt Pauline und hebt den Kopf. Sie blinzelt, das helle Licht überfordert ihre Augen. »Aber was ist, wenn ich öfter etwas falsch mache?«

»Dann wirst du verstoßen.«

Anns Worte sickern in Paulines Verstand, in ihr Gefühl, in ihren Leib. Ann sieht sie unverwandt ruhig an und so wandeln sich ihre Worte in Pauline zu einer kleinen hysterischen Angst, die sich fest in ihren Magen krallt.

*

Nachts schreckt Pauline schreiend aus drei Alpträumen hoch. Im ersten schläft sie in Bauchlage in ihrem Bett, in ihrem Zimmer, als plötzlich jemand den Raum betritt. Sie sieht den Fremden nicht in der Dunkelheit, aber sie hört seine Stimme, spürt seine Aura und wird panisch vor Angst. Sie kann sich nicht rühren, sie kann nicht fliehen, während der Fremde immer näher kommt, um sie schrecklich zu verletzen, sie weiß es. Ihre Panik steigert sich mit dem Schwinden der Distanz. Schließlich steht er direkt an ihrem Bett, streckt die Hand aus nach ihrem Po, und da brüllt sich Pauline wach.

Im zweiten Traum geht sie auf ihr Universitätsgebäude zu, aber sie erreicht es nicht, denn sie ist fürchterlich schwach. Immer wieder verliert sie das Bewusstsein und kippt um. Als es ihr schließlich doch gelingt, die Universität zu betreten, verwandelt sich diese in ein Krankenhaus. Ärzte und Schwestern in grünen Kitteln schwirren besorgt um Pauline herum, die krampfhaft versucht, sich vorwärts zu bewegen, aber immer wieder umkippt. »Was ist nur mit mir, was ist mit mir?«, fragt sie schließlich einen Arzt mit langem Bart. Der sieht sie ernst an. Und da erkennt Pauline, wie schlecht es um ihren Kopf steht, der Tumor. Sie wacht hysterisch keuchend auf.

Nachdem ihr Herz sich halbwegs beruhigt hat, fällt sie in den nächsten Traum. Eine kalte, verschneite Winterlandschaft. Sie sitzt mit heruntergelassener Hose auf einer Kloschüssel im Freien. Ann steht vor ihr, sieht sie an, dreht sich dann um und geht. Pauline möchte ihr hinterher, aber sie kann sich nicht bewegen. Sie möchte Ann rufen, doch sie hat keine Stimme.

Sie erwacht heulend, und jetzt hat sie genug. Sie klopft bei Franzi, aber die scheint bei Marius zu schlafen. Sie kämpft sich mit Tee und Rosenstolz durch das letzte Stück Nacht.

Das bin ich, die mir das antut, denkt sie und entscheidet, dass es das wert ist.

13

Samstag möchte Ann mit Pauline picknicken. Pauline holt sie ab. Z. lässt die Gespielin seiner Frau ein und führt sie zum Esstisch. Ann ist im Bad. Es hängen heute ziemlich viele weibliche Aktfotografien an den Wänden, alle sehr dunkel, von Lichtern und Lichtspiegelungen durchbrochen. Nur auf den zweiten Blick sind die Glieder der Frauen von den Lichtspielen zu unterscheiden, und nur ganz aus der Nähe bekommt das Schwarz im Hintergrund Konturen, lassen sich Pfosten, Balken, Flächen erkennen.

Die Bilder kämen demnächst in eine Galerie, er habe sie zum Abschiednehmen hier aufgehängt, erklärt Z., während er sich einen Wodka Martini mixt.

»Du setzt dich also in deiner Kunst mit nackten Menschen auseinander?«, fragt Pauline.

»Nicht mit nackten Menschen«, sagt Z. Er wirft sich eine Handvoll Oliven in den Mund. »Einfach mit Nacktheit. Es wird doch alles erst interessant, wenn es nackt ist.«

Pauline lobt die Bilder, er wedelt abwehrend mit der freien Hand.

»Du versetzt meine Frau in ungewöhnlich gute Laune. Das gefällt mir.«

Ann erscheint in ihrem roten Kleid, mit einem Korb voller Decken. Sie küsst Pauline auf die Stirn zur Begrüßung, packt Kirschen, Äpfel und Eistee ein. An dem Eistee schnuppert sie, bevor sie ihn in den Korb legt, um sicherzugehen, dass Z. keinen Wodka hineingekippt hat.

Pauline darf Anns Korb tragen. Sie springt die vier Treppen vor sich hin summend hinunter, Anns Kuss noch prickelnd auf der Stirn, das Klackern ihrer Absätze im Ohr, ihre aufrechte Gestalt, ihre energischen Drehungen auf jedem Treppenabsatz vor Augen.

Beim Feinkostitaliener gegenüber kauft Ann Oliven, Pauline lässt sie draußen warten.

»Lass dich nicht von fremden Männern ansprechen!«

Natürlich spricht sie doch einer an, sie muss nach Sex aussehen. Sie geht davon aus, dass man ihren Mösensaft riechen kann in der ganzen Stadt.

Ann steuert den Volkspark Schöneberg an. Pauline muss fast rennen, um mit ihr Schritt zu halten.

An einem halbwegs ruhigen Fleckchen unter einem Baum mit breitem Stamm zum Anlehnen und dichtem Blätterdach als Sonnenschutz breiten sie eine Decke aus. Pauline wundert sich darüber, dass Ann gleich drei davon mitgenommen hat.

»Das wird dir schon noch klar werden«, versichert Ann.

Es leuchtet ihr tatsächlich zwanzig Minuten und ein paar Kirschen später ein. Ann spreizt ihre Beine und schiebt Pauline in Bauchlage dazwischen, legt ihr eine Decke über den Kopf. Pauline versucht, sich so wenig wie möglich zu bewegen, während sie an der großen, harten Klitoris Anns saugt, die sich nicht rührt, nur etwas zuckt, bevor sie Paulines Kopf wegdrückt. Pauline dreht sich auf den Rücken. Sie schiebt das Kinn hin und her. Sie klagt über Kieferschmerzen.

»Ich erlaube dir, mich zu lecken, und du beschwerst dich?«

»Nein, ich beschwere mich nicht! Bitte Ann, ich beschwere mich nicht! Bitte entschuldige!«

Pauline bettelt so lange um Verzeihung, bis Anns Hände sich um ihr Gesicht schließen. Ann sieht ihr in die nervösen Augen und streichelt ihre Wangen. Die unverhoffte Nähe überblendet jeden Gedanken in Paulines Gehirn. Pauline kann sich nicht entscheiden zwischen Rührung und Furcht.

Da hebt Ann ihre Hand, und jetzt versteht Pauline. Ann wird sie ohrfeigen. Mitten im Park. Alle werden es sehen, und es wird sie verletzen. Bitte, bitte nicht, denkt sie und hat nicht den Mut, es zu sagen. Die Hand kommt näher, Pauline wimmert, aber Ann streichelt sie bloß. Und hebt wieder die Hand. Bitte, bitte, tu es endlich, denkt Pauline und hat nicht den Mut, es zu sagen. Ann schlägt zu, streichelt, lässt Pauline wieder im Ungewissen, schlägt härter als zuvor und noch einmal, noch einmal. Als sie endlich aufhört, laufen Pauline Tränen über das Gesicht. »Es schockiert mich, dass du mir in die Augen sehen kannst, die doch voller Verehrung sind, und mich brutal ins Gesicht schlägst dabei.«

»Pauline, ich – habe ich etwas falsch gemacht?«

»Nein. Es ist alles herrlich.«

Später erkundigt sich Ann nach Paulines Magisterarbeit.

»Es ging um Gefängnisliteratur. Also, was Leute so in Gefängnissen geschrieben haben und so, also gefangene Schriftsteller und RAF-Leute und so, Rosa Luxemburg, und jetzt, also heute, gibt es ja auch Literaturworkshops für ganz gewöhnliche Gefangene, die bringen auch Bücher raus, und es gibt auch Einritzungen und Schmierereien im Gefängnis, an den Wänden und Bäumen und Möbeln, da habe ich auch drüber geschrieben, das ist ja irgendwie auch so eine Art Literatur, und dann hab ich auch andere Künste im Gefängnis – also meine Freundin Franzi macht ja Theater im Gefängnis, also es ging so darum, wie die Gefangenschaft die Sprache beeinflusst, also wie man den Worten die Gitter anhört oder so …«

Ann verlangt, Paulines Arbeit zum Lesen vorgelegt zu bekommen. Pauline weiß nicht, ob sie vor Stolz platzen oder schon mal vorsorglich aus Scham eingehen soll, denn Ann wird ihre Arbeit sicherlich ganz banal finden.

»Und deine Promotion, worum geht es da?«

»Ja, also um Heterotopien. Also, Heterotopien, das sind ja so Orte jenseits aller Orte, ganz besondere Orte, die allen anderen Orten widersprechen, Widerlager, Gegenräume oder so, also Foucault hat da so einen Aufsatz geschrieben …«

»Mir ist bekannt, was Heterotopien sind.«

Natürlich ist ihr das bekannt. Pauline beißt sich auf die Lippen. Ann lächelt.

»Und was genau hast du mit deinen Heterotopien vor?«

»Ja, also, ich wollte ja erst, also, weil ich ja über das Gefängnis meine Magisterarbeit, und das sind ja auch so Heterotopien, und es würde sich ja anbieten, also ich dachte, ich könnte die Arbeit wiederverwerten, aber ehrlich gesagt hängt sie mir zum Hals raus und deswegen …«

Ann liegt hingestreckt, auf ihren Arm gestützt, eine elegante rote Sonnenbrille von Elle vor den Augen. Ihr weißes Dekolleté lässt Pauline an Landsitze denken.

»Ja, also deswegen, also das Gefängnis ist ja auch ein sehr trister Ort und ich hatte dann Lust auf was Lustvolles, was mich auch wirklich interessiert, und jetzt schreibe ich also, ich meine, ich dachte, dass ja Heterotopien oft Orte der Ausgrenzung sind, was man nicht zulässt, was man sich vom Leibe hält, die Wildnis vor der Stadt sozusagen und ich dachte …«

Paulines Blick hat sich auf Anns Lippen eingeschossen. Die schönen, schmalen, roten Lippen. Die möchte sie jetzt küssen, Gott, wie gerne sie diese Lippen küssen würde.

»Es gibt ja viele Orte der Lust und des Vergnügens, die Heterotopien sind, also Jahrmärkte, Freizeitparks, Ferienorte, Bordelle, SM-Clubs, Swingerclubs und Romane und Theateraufführungen und Bilder und so weiter gehören ja auch irgendwie dazu – na ja, so eben.«

Anne findet das offensichtlich enorm spannend. Sie selbst forscht gerade über Weibliche Hysterie am Anfang des zwanzigsten Jahrhunderts, und die hat ihrer Ansicht nach viel mit Heterotopien zu tun: den Psychiatrien, den verschlossenen Schlafzimmern, den Räumen der Ärzte, den Innenwelten der Patientinnen. In erster Linie mit der Abwendung von Gängigem und Erwartetem, die, nach Pauline, Heterotopien eignet, aber eben auch Wesensmerkmal der Hysterie ist.

Ann ist Professorin am Institut für Geschichte, allerdings leider nicht an Paulines Universität. Pauline verflucht dieses einst geteilte Berlin, in dem es so überdurchschnittlich viele Universitäten gibt. Wenn Ann an ihrer Universität unterrichtet hätte, dann wäre sie ihr früher oder später sicher begegnet. Und wirklich, Pauline ist sich sicher, sie hätte sowohl die Literaturwissenschaft als auch die Philosophie zum Teufel gejagt, um Anns Seminare besuchen zu können.

Ann interessiert sich für Geschlechterforschung, für Weiblichkeit, all das. »Warum schreibst du nicht über *Das Weibliche als Heterotopie,* über die Orte, in die Frauen verbannt wurden und werden? Vielleicht lässt sich die Rede von der Weiblichkeit als Lüge entlarven, die bestimmte Gruppen der Gesellschaft fern von dieser in Heterotopien der Sprachlosigkeit festhalten soll.«

Sie denkt an Klöster, Harems, Geburtshäuser, Mädchenschulen, an das Gynaikeion, die Räume in den alten griechischen

Häusern, die für die Ehefrauen vorgesehen waren, sie denkt an Fruchtbarkeitsriten und Klageweiber, an Hurenhäuser und Kreißsäle. Sie denkt ganz allgemein an die Konstruktion des weiblichen Leibes als mobiles Gefängnis. Sie sieht Strategien, die Foucault ausgehend von Gefängnis und Militär aufdeckt, ebenfalls im Reich der behaupteten Weiblichkeit wirken. Die Disziplinierung, was Ernährung, Bewegung, Haltung betrifft. Das Funktionieren, das Leisten, das Unterordnen. Die Kontrolle durch Mütter, Freundinnen, große Schwestern, den großen Bruder, den Vater, den Frauenarzt. Das Verinnerlichen bestimmter Arten von Sexualität und Lust, von Liebe und Kommunikation, von Körperkontakt und Veräußerlichungen, die im Dienste der Gemeinschaft stehen.

»Es wäre interessant, der Frage nachzugehen, ob nicht das Weibliche an sich, das weibliche Geschlecht, die Gebärmutter, ob nicht diese unsere Leiblichkeit an sich schon eine Heterotopie ist, weil der Topos von Bedeutung immer ein von Männern gesetzter ist, woran ja auch Foucault nichts ändert und auch nicht der Feminismus, ganz im Gegenteil.«

Frauen als das immer Abweichende, als das andere Geschlecht, als das Gegenüber, an welchem Männer ihre Identitätsfindung abarbeiten.

Pauline hängt an Anns Lippen, den roten, glänzenden Lippen, den ebenmäßigen weißen Zähnen, den feinen Linien, die von den Mundwinkeln ausgehen. Wie recht Ann hat. Sie sitzt jetzt aufrecht, an den Baumstamm gelehnt, die schönen langen Beine gestreckt, die schönen Füße, die rot lackierten Nägel. Pauline würde gerne ihre Füße küssen, jeden einzelnen Zeh ablecken. Pauline wird ihre Promotion über die Orte des Weiblichen, die immer Heterotopien sind, schreiben, das ist ihr jetzt ganz klar. Sie wird sich die Finger wund schreiben über das Weibliche, wenn sie Ann dadurch gefällt.

*

Wieder bei sich zu Hause nimmt Ann Pauline mit in ihr Arbeitszimmer, um ihr ein paar Bücher zu geben, von denen sie glaubt, sie könnten ihr helfen. Ann zupft Paulines Pony zurecht. »Du hast Farbe bekommen«, sagt sie.

»Von deinen Ohrfeigen.«

Beide lächeln einen Moment. Dann wird Ann ernst und Pauline nervös. Ann packt die Jüngere am Arm, nimmt ihr die Bücher aus der Hand und legt sie über ihren Schreibtisch. Sie schiebt ihr den schwarzen Rock hoch, zieht den Slip herunter, sie schlägt mit ihrer schönen, flachen Hand auf den kleinen, runden Po auf dem Tisch, bis Pauline zu zucken beginnt, dann nimmt sie ihr herrliches Lineal. Als Pauline wimmert und in kürzer werdenden Abständen »bitte, bitte« sagt, hört Ann auf. Sie packt wieder Paulines Arm, drückt sie auf die Knie, setzt sich auf ihren Schreibtischstuhl und spreizt die Beine. Sie schiebt ihren Slip zur Seite. Sie drückt Paulines Gesicht in ihren Schoß, drückt außerdem leicht ihre Kehle, streicht ihr über die heißen Wangen.

»Das hast du gut gemacht, Pauline, sehr brav«, lobt Ann. »Zur Belohnung darfst du dich auf meine Schuhspitze setzen und deinen Kitzler daran reiben, bis du kommst.«

Pauline möchte das dringend und möchte es auf keinen Fall und hat ja sowieso keine Wahl.

*

Später, nachdem sie ihren eigenen Orgasmus von Anns Schuhspitze geleckt hat, sagt Pauline und meint es ernst: »Ann, ich würde alles für dich tun. Im Sex und auch immer sonst.«

Jetzt schmeißt sie mich raus, jetzt lacht sie mich aus, denkt Pauline, aber nichts dergleichen passiert.

»Das ehrt mich«, erwidert Ann. »Und du kannst das ohne Sorge sagen, denn ich verspreche dir, ich werde das niemals ausnutzen.«

Pauline fährt auf dem Fahrrad durch einen lauen Sommerabend nach Hause, im Korb Anns Bücher, diese kostbare Fracht. Heute ist der 7. Juli 2007, denkt Pauline. Präg dir dein Glück ein.

14

»Ann ist so unglaublich klug!«, seufzt Pauline am nächsten Morgen bei der ersten Zigarette auf dem Balkon. Draußen kreischen Kinder »Anne, Anne!«, drinnen türmt sich das Geschirr der letzten Tage.

»Das kann man ja auch erwarten von einer Professorin«, murmelt Franzi. Sie hat gestern auf einer Premierenfeier zu viel Sekt getrunken, jetzt geht es ihr nicht sonderlich gut.

»Ja, aber sie will meine Arbeit lesen, und was mache ich denn, wenn sie die ganz schlecht findet?«

»Dann weißt du, dass sie doch nicht so pfiffig ist. Ich meine, du hattest dieses Rosa-Luxemburg-Stipendium, du hattest eine 1,3 …«

»Ja, aber keine glatte Eins!«

»Süße, was soll ich denn sagen mit meinem abgebrochenen Studium!«

»Du machst ja tolle künstlerische Sachen, du studierst das Theater nicht, sondern stellst es her, wohingegen ich gar nichts tue!«

»Sicher.«

*

Franzi ist nicht in allerbester Stimmung zurzeit. Marius und sie hatten sich zum zweiten Mal mit Katharina getroffen, und der Abend war ganz und gar nicht nach Franzis Geschmack verlaufen.

Sie hatten marinierte Artischocken gegessen. Anschließend hatte Franzi wieder erst sich, dann Katharina entkleidet.

Franzi sollte den Tisch abräumen, während Katharina Marius' Schultern massierte. Später krochen die beiden Frauen gemeinsam unter Marius' Peitsche durch die Wohnung. Franzi kniete mit Katharinas Kopf im Schoß, während Marius seine Lust in Katharinas geräumiger Vagina entlud. Franzi streichelte die weichen, kleinen Brüstchen von Katharina, hatte Lust, ihr wehzutun und traute sich nicht. Marius war ganz fixiert auf Katharinas abwesendes Gesicht, den leicht geöffneten Mund, die geschlossenen Augen. Als stöhne sie im Schlaf. Franzi strich ihr schweißnasse Haarsträhnen hinter die Ohren.

Danach drehte sich Katharina und leckte ein bisschen Franzis Geschlecht, während Marius ihr den schmalen, aber weichen Hintern versohlte. Er riss sie viel zu früh aus Franzis Schoß, um ihr seinen Schwanz in den Mund zu schieben. Marius wollte, dass Franzi kniend masturbierte, während Katharina ihn glücklich machte, aber Franzi konnte nicht.

Als Katharina sich endlich wieder ihr Kleid überstreifte, bot Marius ihr an, über Nacht zu bleiben.

»Es ist genügend Platz für drei im Bett, oder?«, sagte er zu Franzi. Franzi stand wortlos auf, ging in die Küche, öffnete eine neue Flasche Weißwein und suchte ihre Zigaretten. Katharina lehnte Marius' Angebot dankend ab. Kaum fiel die Tür hinter ihr ins Schloss, explodierte Franzi. »Wie kannst du ihr anbieten, bei uns zu schlafen, ohne mich vorher zu fragen!«, brüllte sie. »Machst du jetzt nur noch, was du willst, bin ich völlig abgemeldet oder was?«

Marius wusste, dass sie recht hatte, aber was sollte er jetzt noch tun.

*

»Jedenfalls hat sich das mit Katharina für mich erledigt«, hatte Franzi Pauline später wissen lassen. »Ich habe keine Lust, das dritte Rad am Wagen zu sein.«

»Das fünfte«, korrigierte sie Pauline und war sich dann aber nicht mehr sicher. Kann man erst ab einer Teilnehmerzahl von fünf überflüssig sein? Oder kann nicht sogar der Zweite schon zu viel sein? Es gibt schließlich Einräder und Einradfahrer, so, wie es Busse gibt, die wahnsinnig viele Räder benötigen.

15

Sonne löst Regen ab und Regen Sonne. Schwül ist es in jedem Fall, die Mücken vermehren sich rasant, und im nächsten Jahr wird es Feinstaubplaketten für Autos geben. Franzi arbeitet im ausbruchsicheren Proberaum hinter Gittern, im frisch gestrichenen Büro, in einem von ihr neu entdeckten Theater in Potsdam und in einem Kreuzberger Café.

Pauline lebt ihr Leben jenseits von sich. Sie hat sich dauerhaft in diesem entrückten Zustand der Lähmung eingerichtet. Sie starrt ihren Bildschirm an und kann die Finger nicht bewegen. Sie starrt ihre Noten an und kann die Finger nicht bewegen. Sie steht vor ihrem Fahrrad und rührt sich nicht. Sie sieht ihre U-Bahnstation kommen und steigt nicht aus. Manchmal verschwimmt alles vor ihren Augen, so erregt ist sie, aber sie berührt sich nicht. Ihre Lust gehört Ann. Sie arbeitet sich die Nerven wund an ihrer Promotion, aber jeder Gedanke muss durch dieses dicke Traumgewebe aus Ann-Bildern. Pauline trifft sich mit Freunden, doch jeder Satz, der gesagt wird, muss ihr Ann-Traumgewebe durchdringen, und er hat in der Regel kaum noch die Kraft, etwas zu sagen, wenn er endlich bei ihr angekommen ist.

16

Am Samstag, dem 28. Juli, wird Z. fünfundvierzig. Zu seinen Ehren veranstaltet Ann eine Feier am Vorabend. Da sie aber trotz Semesterferien kaum Zeit hat, das Fest vorzubereiten, benötigt sie Hilfe. »Du gierst doch stets danach, mir dienen zu dürfen. Jetzt bekommst du eine Gelegenheit dazu.«

Pauline ist glücklich.

Am Morgen der Feier geht Marius nicht ins Büro, er hat seit drei Wochen keinen freien Tag mehr gehabt. Er überrascht Franzi und Pauline mit einem nahezu fürstlichen Frühstück. Frisch gepresster Orangensaft, Joghurt mit Honig und Nüssen, Erdbeeren, Tomaten, Gurken und Käse. Als er die zweite Kanne Espresso vom Herd nimmt, fällt ihm eine Frage ein: »Sagt mal, ich überlege gerade, ob wir nicht vielleicht Katharina heute Abend mit zu Z. und Ann nehmen könnten?«

»Bitte, was?« Franzi ist jetzt hellwach.

»Ja, ich meine, sie ist ja ganz neu in der Szene – ich denke nur, wir könnten ihr ein bisschen helfen, sich einzugliedern, nette Leute zu treffen. Das war doch für uns auch wichtig am Anfang.«

Franzi fixiert ihn einen Moment lang wie eine Gift spuckende Kröte, dann lässt sie Pauline mit Ann telefonieren. Pauline freut sich über diese unverhoffte Gelegenheit, den Tag mit Anns Stimme im Ohr zu beginnen. Ann freut sich, Katharina kennenzulernen, und Marius wirkt auch ziemlich fidel. Als er im Bad verschwindet, stöhnt Franzi Augen drehend auf.

»Ich überlege gerade – was für ein Blödsinn! Das plant der doch schon seit Tagen! Woher wüsste er denn sonst auch, dass die Kleine Zeit hat – so ein hinterlistiger Hund!«

»Na komm, er hat einfach den richtige Zeitpunkt abgewartet. Wenn du immerzu arbeitest, kann man ja nicht mit dir reden«, versucht Pauline, sie zu beschwichtigen.

»Was zahlt er dir eigentlich für deine Parteilichkeit?«

*

Pauline hatte den Auftrag, sich über die kulinarischen Fragen Gedanken zu machen. Jetzt stellt sie Ann mit einem knittrigen Zettel in den schwitzigen Händen und nervösen Flecken auf den Wangen in deren Küche ihre Buffetpläne vor. An denen hat Ann nichts auszusetzen, nur an diesem Zettel.

»Ist das eine Einkaufsliste?«

»Äh – ja?« Pauline mustert unsicher das Stück Papier, auf dem, mal von links nach rechts, mal von rechts nach links, mal groß, mal klein, mal im Quer- und mal im Hochformat, allerlei mehr oder weniger leserliche Worte stehen.

Ann lächelt. »Mit solchen Listen vergisst man mit Sicherheit etwas, das ist vorprogrammiert«, sagt sie. »Schreib das ordentlich ab, dann fahren wir los.«

Natürlich ist Paulines Erregung schon wieder sprungbereit, als sie, wie ihr geheißen, ihren Einkaufszettel abschreibt. Welch erotische Kraft das Wort Butter doch besitzt!

Pauline schiebt Einkaufswagen hinter Ann her, räumt Lebensmittel in ihr Auto, streicht brav Zutaten von ihrer Liste und klettert schweißnass unter Tütenbergen die vier Treppen hinauf.

»Ich dachte, in Schöneberg hätten alle Häuser Fahrstühle«, seufzt sie, »Paternoster oder so.«

»Nein, in Schöneberg achten wir darauf, dass unser Hauspersonal in Form bleibt«, erklärt Ann, während sie Pauline von hinten unter den Rock greift. So bewältigt Pauline die letzten Stufen im Fluge statt zu Fuß.

Ann dekoriert, Pauline kocht. Dazwischen Griffe an ihre Brust, Küsse auf ihr Haar. Paulines Möse produziert Saft.

»Du könntest ganze Armeen vor dem Verdursten retten«, stellt Ann fest, als sie Pauline zwischen die Beine fasst. Sie macht das ganz automatisch inzwischen. Vierundvierzig Jahre kein einziges Mal, und jetzt passiert es quasi von selbst.

Gegen Nachmittag kommt Z. nach Hause. Heller Sommeranzug, heller Sonnenhut. Eine dralle Blondine und eine zierliche Araberin als Gefolge. »Hey, ihr Schönen, das duftet ja herrlich hier!«, sagt er. »Habt ihr auch schon Getränke gekauft?«

Er sieht zu Ann, ein Lächeln auf den Lippen, die Hände in den Hosentaschen, den Tisch zwischen ihr und ihm. Sie blickt lächelnd zurück. Er führt mir voll Stolz seine Mädchen vor, denkt Ann, dabei sind sie doch unsichtbar neben Pauline.

»Komm her und küss mich!«, ruft sie ihm zu. Er folgt. Dann mixt er Gin Tonics für sich und seine Begleiterinnen. Er bietet auch Pauline einen an, aber da Ann keinen trinkt, lehnt sie ab.

Die beiden Mädchen helfen nach Anns Anweisungen bei den Vorbereitungen. Sie sind höflich und schüchtern. Diese kleine hysterische Angst in Pauline krallt sich erneut in ihren Magen. Später im Bad, als sie sich zurechtmachen, sagt Pauline zu Ann: »Du könntest jede haben. Warum nimmst du ausgerechnet mich?«

»Vielleicht nehme ich mir ja noch ein paar mehr«, erwidert Ann und lächelt dabei siegesgewiss in den Spiegel. »Aber dich behalte ich natürlich trotzdem!«

Pauline ist nicht beruhigt.

*

Es sind ungefähr zwanzig Gäste gekommen, in Abendgarderobe, wie verlangt. Ann trägt ein mattviolettes Kostüm mit weißer Bluse und hohen Schuhen, Pauline ein bodenlanges bordeauxrotes Kleid aus Seide, das ihre Eltern ihr zu irgendeiner Hochzeit geschenkt hatten, Franzi ihr kleines schwarzes, Katharina ein langes blaues Schlauchkleid, Marius Frack und Fliege.

Janis Joplin und Tracy Chapman soulen, die Blondine und die Araberin liegen nackt mit Früchten garniert auf dem großen Esstisch. Franzi und Pauline lassen Sektkorken an die hohen Decken knallen und Rotwein in tiefe Gläser stürzen. Z. mixt in der Küche gefährliche Cocktails. »Ich war als Student Barkeeper«, erzählt er Pauline, die nach einem Verdauungsgetränk sucht. »Eigentlich wollte ich es mein ganzes Leben lang bleiben, aber dann lief das mit der Kunst so unerwartet gut – was soll man machen. Hier, trink das mal, das ist was für Königinnen.«

Die nackten Mädchen sind leer gegessen, Franzi schüttelt Kopf und Körper zu Led Zeppelin, gemeinsam mit einem langhaarigen Kerl namens Samuel und seiner langhaarigen Freundin Kelly. Ein junger Bursche mit Waschbrettbauch und Lendenschurz räumt schmutziges Geschirr weg, Z. verteilt Komplimente und Küsse. Pauline kniet fern von alledem vor Ann, die ohne Vorankündigung von einer Nackenmassage zum Würgen übergeht, vom Zurückstreichen der Haare zum Zerren daran, von sanften Liebkosungen zu schmerzhaften Griffen.

Auf dem Balkon bibbern die Raucher und in einer Fensternische stehen Marius und Katharina beieinander, intensiv in irgendein Gespräch vertieft.

Dann ist es kurz vor zwölf, Hektik bricht aus, die Musik wird ausgestellt, Champagner geholt.

»Zehn, neun, acht …«, zählen alle. Nach »eins« lassen die Blondine, die Araberin und der Bursche im Lendenschurz Champagnerkorken knallen und Kelche sich füllen.

Viel Glück und viel Segen wird angestimmt. Pauline setzt sich spontan ans Klavier. Sie ist ein kleines bisschen betrunken und vor allen Dingen tief in ihrem Ann-Rausch. Sie spielt eine Reihe von Geburtstagsliedern zum Grölen für die anderen, dann *Waiting for the Sun* und im Anschluss Beethovens 9. Sinfonie. Wie besessen hat sie zu Hause diese Sinfonie gespielt, seit ihrem ersten Besuch bei Ann.

Pauline mutet ihren Instrumenten viel zu. Sie tut ihnen nichts zuleide, aber sie übt Gewalt aus, prescht über Grenzen, tut dem Klavier an, womit es nicht gerechnet hat, überwältigt es mit Feingefühl. Pauline spielt ihre Instrumente so, wie sie selbst gespielt werden möchte.

Alle sind beeindruckt. In Anns Innenwelt sprengen die Töne eine Mauer nach der andern, sie spürt schmerzhaft das Fallen der Steine. Pauline schlurft mit den Haaren vorm Gesicht vom Klavier weg zu Ann hin.

Samuel ist, wie sich inzwischen herumgetuschelt hat, ein bekannter Bondagekünstler. Er wird Z. als Geschenk eine Frau seiner Wahl in die Luft binden.

»Also, wen hättest du gerne?«

»Ich bitte dich, meine Frau natürlich! Ann, wenn du so freundlich wärst?«, sagt er grinsend mit angedeutetem Diener in ihre Richtung.

»Das könnte dir so passen, mein Lieber. Sieh dich gut vor, sonst landest du noch selbst unter der Decke!«

Marius legt den Arm um Franzi. »Wer dominiert eigentlich wen bei denen?«, fragt er sie leise.

»Das ist wohl etwas problematisch«, flüstert Franzi zurück. »Früher manchmal sie ihn, aber eigentlich sind beide dominant und begehren devote Frauen.«

»Interessante Beziehungskonstellationen gibt es«, murmelt Marius.

Durch ihr Getuschel haben die beiden Z.s neue Wahl verpasst: Sie ist auf Franzi gefallen.

Franzi zeigt sich bereitwillig. Sie ist kein Bondage-Fan, doch stets neugierig.

Franzi zieht sich ihr Kleid über den Kopf, den Tanga behält sie an. Samuel will sie in der Mitte des Studios haben, unter dem Balken mit Ketten, an dem er Ringe befestigt.

Franzi ist quasi nackt von hohen Kerzenständern und dicht gedrängten Zuschauern umgeben. Samuel tritt aus der Menge heraus mit seiner Bondage-Tasche und freiem Oberkörper. Muskulös ist er und lang sein Haar im Pferdeschwanz. Er baut sich dicht vor Franzi auf, zu dicht eigentlich für einen, den sie kaum kennt. Franzi ist mit seinem kantigen Gesicht konfrontiert. Die Wangenknochen hoch, die Nase dynamisch geschwungen, ebenso die Lippen, die Augen. Ziemlich dunkel die Haut. Er riecht nach Tabak, nicht nach Rauch, und irgendwie auch orientalisch, ein wenig. Dazwischen nimmt Franzi seinen Schweiß wahr. Er kommt von weit her.

Er mustert sie, sie mustert ihn. Dann zieht er mit geübter Geste ein Seil aus seiner Tasche. Er zeigt es Franzi, er lässt es über ihre Haut gleiten, auf der die Härchen sich aufstellen. Im Hintergrund persische Musik.

»Fühlt sich das gut an?«

»Ja.«

Er greift an seinen Gürtel und zückt ein Messer. Er hält es zwischen Franzis und sein Gesicht, die Klinge reflektiert Kerzenlicht.

»Wenn ich meinen Finger in deine Handinnenfläche lege, umschließt du ihn. Wenn nicht, schneide ich die Seile durch.«

Das würde Franzi gerne erleben.

Er testet, ob sie ihn verstanden hat, legt ihr den Finger in die Hand, sie schließt sie zur Faust.

Wenn er die Klinge in meine Hand gelegt hätte … blitzt es durch Franzis Kopf.

Der Gedanke bleibt angebrochen, denn unerwartet zieht Samuel sie an sich. Birgt Franzi an seiner harten Brust, zwischen den breiten Schultern, bis sie beginnt, sich zu entspannen. Dann legt er los.

Er verbindet Franzi die Augen mit einem schwarzen Tuch, fixiert ihr die Arme auf dem Rücken, umgarnt ihren Brustkorb. Ein plötzlicher Zug an ihrem linken Bein. Ein Gelenk knackt.

»Alles klar?« Der wilde Geruch an ihrem Hals.

»Alles klar.«

Die Dehnung tut gut, ebenso die feste Enge um den Oberkörper. Wieder der wilde Geruch, ganz dicht: »Achtung.«

Und sie hebt ab. Beide Beine in der Luft, selbst die langen Haare nach hinten gebunden. Das flinke Seil, die sicheren Hände. Zu sehen ist nichts und auch nichts zu halten. Die Fesseln sind so fest, das Schwarz so gleichmäßig. Franzi muss nicht für ihren Körper sorgen, Franzi braucht ihre Kraft nicht und nicht ihre Kontrolle. Franzi verlässt die Welt. Sie stellt Denken, Fühlen, Handeln ein. Sie beschränkt sich darauf, zu sein. Im Seilbau, im Handwind. Schweben im Luftraum, im Flugkörper. In der lebendigen Hülle, die gen Himmel strebt. Sie dreht sich, reckt und streckt, krümmt und spreizt sich in ständig sich wandelnden Fesseln. Sie macht das nicht. Es wird gemacht. Sie lebt.

Bedauern, als sie wieder festen Boden unter den Füßen spürt. Der Blutkreislauf nimmt seinen normalen, vertikalen Gang, die Sinne schalten sich wieder ein.

Schwer ist ihr Körper jetzt, wo sie ihn wieder selbst tragen muss, strukturlos der Knochenbau, jetzt, wo sie sich allein halten muss.

Samuel sieht ihr suchend ins Gesicht, lächelt warm, hält ihren Kopf und nimmt sie in seinen Arm.

»Danke.«

»Ja. Danke.«

Samuel bringt sie hinaus ins Wohnzimmer, zu einem Sofa, auf dem auch Marius schon sitzt, versorgt sie mit Wasser.

»So etwas Schönes habe ich noch nie gesehen«, haucht Katharina in Franzis langsam erwachendes Bewusstsein.

»Das liegt daran, dass du neu in der Szene bist«, entgegnet Franzi.

Sie hat sich gerade berappelt, als es weitergeht. Alle Masochisten werden gebeten, sich irgendwie im Studio zu positionieren. Anschließend werden die Sadisten zu Z.s Ehren durch den Raum gehen und insgesamt fünfundvierzig Schläge pro Person auf die dargebotenen Ärsche verteilen.

Pauline entscheidet sich für eine Art Zuchtbock aus Stahl, der bei ihrem letzten Besuch noch nicht da war. Er besteht aus ein paar Stangen, auf die drei Stufen geschraubt sind, von denen die mittlere höher ist als die beiden anderen. So kann man Knie und Arme auf den unteren Stufen und sein Becken an exponierter Stelle auf der mittleren Stufe platzieren. Aber Pauline wird durch Anns harten Griff im Nacken aus ihren Einrichtungsversuchen herausgerissen.

»Du spielst nicht mit. Ich lasse doch nicht zu, dass die Meute sich an deinem zarten Körper austobt.«

Pauline muss in einer Ecke knien und die Schlaginstrumente verteilen. Über den Zuchtbock legt sich jetzt Z.s zierliche Araberin. Franzi lässt sich gemeinsam mit Kelly von Samuel an den Balken in der Mitte des Raumes binden. Katarina lehnt sich an die niedrige Teppichstange, mit der Pauline bereits Bekanntschaft gemacht hat. Die dralle Blondine stellt sich breitbeinig an die Wand, der Bursche im Lendenschurz bindet sich an das Andreaskreuz. Zwei weitere Männer kauern auf dem Boden.

Ann und Z. eröffnen.

»Darf ich bitten?«, sagt Z. zu Ann und reicht ihr die Hand. Gemeinsam treten sie zu Pauline. Ann nimmt einen Rohrstock, Z. eine Peitsche.

Beethovens 9. Sinfonie erfüllt den Raum. Darunter legt sich das Klatschen, Zischen und Pfeifen der Instrumente, das Stöhnen, Seufzen, Wimmern, Jammern, Schreien der Geprügelten. Pauline sieht blanke Haut und sich windende Leiber, sieht Körper wie Bogen so gespannt, Körper wie Verlängerungen der Gerten, die sie halten. Pauline sieht Ann und ihre Folgen. Es liegt etwas sehr Intimes in jedem Schlag, denkt Pauline, es stellt sich blitzartig eine große Nähe her zwischen Schlagenden und Geschlagenen. Ann kommt so vielen so nah, Ann könnte so viele, könnte jeden und jede haben, und wie soll sie, Pauline, Ann nur halten können? Die kleine hysterische Angst, der nagende Neid beim Stöhnen der anderen, und trotzdem diese Lust – wie schön Ann aussieht.

Weiter und weiter lässt Z. sich feiern. Zu Paaren soll man sich gruppieren und einander fünfundvierzig Bisse, Küsse, Schläge, Stöße, Wachstropfen verabreichen.

Nicht alle spielen mit, aber auf Kellys stolz dargebotene Brust gießt Samuel schwarzes Wachs. Z. hat alle Hände voll zu tun mit seinen Gastgeberpflichten und zwei Frauen zu seinen Füßen. Pauline zuckt auf einem Sofa unter Anns Bissen und Küssen.

Es ist nie klar, was als Nächstes kommt, Biss oder Kuss, und so befindet sich Pauline in dauernder Furcht. Ann nimmt mit ihrem Mund auch die privatesten Orte ein, Stellen, die Pauline eigentlich vor Anns Antlitz verbergen wollte. Aber sie hat ja keine Chance, sie ist schwach und nichts als Empfängerin und so ergibt sie sich wieder einmal.

»Das waren sicher mindestens hundert Bisse, aber bestenfalls ein Duzend Küsse!«, jammert Pauline nachher.

»Das waren exakt fünfundvierzig Bisse und vierundvierzig Küsse«, stellt Ann klar. »Und dies ist der letzte Kuss.«

Sie küsst tatsächlich, küsst zum ersten Mal und küsst wirklich Paulines Lippen. Franzi tanzt mit Samuel, Marius redet mit Katharina, Pauline kniet vor Ann.

Im Morgengrauen löst sich das Fest langsam auf.

»Wir fahren los. Kommst du mit?«, fragt Marius Pauline.

Bevor sie antworten kann, sagt Ann: »Du kannst gerne hier schlafen und mir morgen beim Aufräumen helfen.« In Paulines Herz legt ein Streichorchester los, wird der Hochzeitsmarsch gespielt, werden Pauken geschlagen und Trompeten geblasen. Bei Ann übernachten. Sie hat sich verboten, das zu erträumen.

*

Marius und Franzi bringen fast wortlos Katharina nach Hause. »Wir telefonieren!«, ruft Marius zum Abschied in die kühle Morgenluft, bevor Katharina die Tür zuschlägt.

»Ihr telefoniert?«, wiederholt Franzi, als sie weiterfahren, in diesem Tonfall, der Marius dazu bringt, anhalten und sie auf der Stelle rausschmeißen zu wollen.

»Ja, und? Es wird mir doch gestattet sein, mit Katharina zu telefonieren, wenn du dich schon jedem Kerl an den Hals wirfst, der nicht schnell genug weg ist!«

»Ich werfe mich niemandem an den Hals!«

»Nein, klar, und erst recht nicht Z. oder Samuel!«, spottet Marius.

»Was hast du für ein Problem mit den beiden?«

»Ich habe kein Problem. Ich mag einfach keine Selbstdarsteller, die sich an die Frauen anderer Männer ranmachen!«

»Du magst einfach keine Männer, die attraktiver sind als du!«, kreischt Franzi. »Du magst keine Männer, die etwas können, du bist neidisch auf das Talent der beiden, du bist neidisch, weil die zwei sexuelle Energien haben, die dir leider fehlen!«

»Und du, was hast du für ein großartiges Talent?«, giftet Marius zurück. »Du hängst dich doch ran an solche Typen wie Samuel und Z. oder auch Thorsten und Sven, weil du selbst nichts kannst, du willst deine ziellose Existenz mit dem Talent anderer aufwerten!«

*

Pauline steht unschlüssig vor Anns Bett, nachdem fast alle Gäste gegangen sind. Ann zieht sich aus, als sie aus dem Bad kommt. Pauline hat ihre kleinen Brüste schon gesehen, ihr großes Geschlecht, aber jetzt sieht sie zum ersten Mal Ann ganz und gar nackt. Die große, dünne Gestalt, im Alter könnte sie hager werden. Die goldene Haut, die aufrechte Haltung. Der sehnige Rücken, die Wirbel, die Muskeln.

Pauline schlüpft aus ihrem Kleid, dann steht sie weiter unsicher neben dem Bett.

»Du schläfst auf meinem Bettvorleger«, sagt Ann.

Pauline rasen Schauer durchs Mark. Ob das gut ist oder schlecht, weiß sie nicht.

Pauline legt sich auf das weiche, schwarze Fell vor dem Bett. Ann deckt sie liebevoll zu, und Pauline berührt die Ränder von etwas, das ihre Lust sein könnte oder auch ihr Schmerz.

Ann legt sich schlafen, Ann löscht das Licht. Nachdem sich Paulines Augen an die Dunkelheit gewöhnt haben, kann sie Anns Hand ausmachen, die aus dem Bett baumelt. Sie robbt auf sie zu und streckt ihre Zunge nach den langen schmalen Fingern aus.

Es dauert nicht lange, bis Ann Pauline zu sich ins Bett holt. Jetzt ist Pauline mittendrin in diesem Etwas, das ihre Lust ist oder ihr Schmerz oder beides.

»Früher habe ich immer davon geträumt, dass so ein kleines weibliches Wesen auf meinem Bettvorleger liegt«, erzählt Ann.

»Das kleine weibliche Wesen leckt ganz sanft meine Hand, bis ich einschlafe. Und morgens, wenn ich wach werde, kniet es mit einer Tasse Kaffee auf dem Bettvorleger. Ich trinke einen Schluck, dann stelle ich die Tasse auf den Nachttisch und greife dem kleinen weiblichen Wesen ins Haar. Ich ziehe es über die Bettkante, bis sein Unterleib auf meinen Füßen liegt. Ich nehme die Bürste vom Nachttisch und versohle ihm damit den Hintern, bis er dunkelrot ist. Dann wird das kleine weibliche Wesen durchgefickt und wieder rausgeschubst. Meine Füße sind nass von seinem Saft, und auf dem Bettlaken glänzt ein Speichelfleck. Aber dich habe ich lieber neben mir.«

Sie nimmt Pauline in den Arm, drückt den kleinen, knochigen Körper fest an sich und greift in das Nass zwischen ihren Beinen. Sie erlebt jedes Beben mit, das durch diesen Leib in Lust geht, und die Entspannung danach.

*

Ann geht am nächsten Morgen laufen, trotz Regen. Pauline drückt sich. Sie hat kein sonderliches Interesse daran, schwitzend hinter Ann herzuhecheln, wenn Ann nicht an Sex denkt dabei.

Stattdessen duscht sie in dem quasi unbekannten Badezimmer. Bäder und Bücher sagen so viel über ihre Besitzer aus, findet Pauline. Hier blitzt alles vor Sauberkeit. Zwei Waschbecken vor einer Spiegelwand. Auf Anns Seite rote Handtücher, auf Z.s schwarze. Jeweils ein weißes für die Hände. Elektrische Zahnbürsten, Aronal und Elmex. Ein Seifenspender an der Wand. Gegenüber die Badewanne. Niveaprodukte, Duschgel von Armani. Auf einem Glastisch ein Kasten aus Metall mit mehreren Kammern. Darin liegen klar getrennt Lippenstifte, Kajalstifte, Wimperntusche, Lidschatten. Pauline schraubt den roten Lippenstift von Coco Chanel auf und riecht diesen betörenden Duft, nach dem sie süchtig ist.

Bodylotion von Nivea, Parfum: Coco Chanel No 5. Der Klassiker, den keiner benutzt in Paulines Umfeld. Das also sind die Aromastoffe, die ihre Sinne benebeln, gepaart mit der reinen, klaren Niveacreme, die Pauline früher so gerne an ihrer rüstigen Großmutter gerochen hat.

Auf dem gläsernen Bord über Z.s Waschbecken Armani. Als Bodylotion, Deo, Parfum. In einem Halter aus Edelstahl Rasierpinsel mit weichen Härchen und marmornen Griffen.

Die Kacheln sind weiß, aber es gibt ein paar handbemalte. Weibliche Akte im Stil der zwanziger Jahre. Rechts neben dem Fenster entdeckt Pauline auch eine Kachel, die nicht sehr schön, aber alt und wertvoll aussieht.

Nach dem Duschen beginnt Pauline, ganz leise aufzuräumen. Der Bursche im Lendenschurz muss seinen Dienst ziemlich früh quittiert haben. Es sieht furchtbar aus, und Anns Eltern haben sich zum Kaffee angekündigt. Der Vater, Anwalt mit Schwerpunkt auf internationalem Recht, der maßgeblich an der europäischen Verfassung mitgearbeitet hat, hält am Abend einen Vortrag in Berlin. Sie übernachten im Hotel und fahren am nächsten Morgen gleich zurück nach Hamburg, aber für einen Kaffee werden sie Zeit haben.

Pauline bemüht sich, ganz leise aufzuräumen. Denn die Küche geht türlos in das Speisezimmer und das Speisezimmer türlos in das Wohnzimmer über. Dort schlafen auf dem ausgeklappten Sofa Z., die zierliche Araberin und die dralle Blondine. Als Ann zurückkommt, fegt sie Paulines Behutsamkeit mit diesem zackigen Handwedeln weg, mit dem sie alles wegfegt, was ihr nicht in den Kram passt.

»Er weiß, dass meine Eltern kommen. Er hätte ein, zwei Stunden früher schlafen gehen oder ein, zwei Cocktails weniger trinken können«, sagt sie, bevor sie anfängt, Flaschen in den Mülleimer zu werfen.

Z. räumt mit seinen Mädchen das Schlaflager im Wohnzimmer und steuert das jetzt freie Ehebett an.

Pauline macht sich ans Backen. Sie hat Ann vorgeschlagen, einen Kuchen für ihre Eltern zu backen, was Ann für eine fantastische Idee hält. Jetzt legt Ann Pauline eine weiße Schürze hin. »Zieh dir die mal an, du bekleckerst sonst mit Sicherheit dein Kleid.«

Während Pauline Teig knetet und Nüsse zerkleinert, träumt sie, sie wäre vollkommen nackt unter der Schürze und Ann quälte sie mit einem Kochlöffel, obwohl Pauline sich doch eigentlich auf das Backen konzentrieren müsste. Pauline stellt sich vor, wie sie schließlich über der Arbeitsfläche läge, das Gesicht im Teig, und unter Anns Stößen zuckte.

Aber Ann scheint nichts dergleichen im Sinn zu haben, Ann räumt auf und wirkt dabei angespannt. Schmale Schultern und Lippen, ein seltsames Nasenzucken, weniger geschmeidig die Bewegungen und kein Interesse an Pauline.

»Ann, dein Halsansatz ist ganz rot!«, bemerkt Pauline plötzlich, als Ann schmutzige Gläser in der Küche abstellt.

»Ja, das ist ein Ausschlag«, erklärt Ann.

»Und woher kommt der jetzt plötzlich?«

»Den habe ich einfach ab und an. Seit ich dich kenne eigentlich nicht mehr.«

Ann verschwindet wieder in den Tiefen des Wohnzimmers.

*

Z. erscheint irgendwann, um Ann beim Aufräumen zu helfen, die Mädchen verschwinden.

»Deine Hübschen hätten sich ruhig nützlich machen können«, findet Ann.

»Du hättest ruhig die Putzfrau bestellen können«, entgegnet Z.

»Das mute ich ihr nicht zu. Willst du dich nicht rasieren?«

Zu Pauline sagt sie: »Was hast du mit deinem Kleid angestellt? Es ist völlig zerknittert.«

Pauline fühlt sich als ungelenkes Schulmädchen, das abgekanzelt wird, was erotisch sein könnte, wenn in Anns Augen wenigstens ein Hauch von Lust zu erkennen wäre.

*

Die Eltern kommen. Anns Vater im grauen Anzug, die Mutter trägt weiße Bügelhosen, dazu eine rosafarbene Bluse. Perlen in den Ohren, am Hals. Rosafarbene Lippen, blond gewelltes Haar bis zu den Schultern, Anns klare blaue Augen. Pauline wird als eine Freundin vorgestellt, was ihr wehtut, obwohl sie nicht weiß, was ihr lieber gewesen wäre.

Die Eltern mustern die Akte an den Wänden.

»Soso«, sagt der Vater, »damit verbringt unser Schwiegersohn also seine Tage derzeit.«

Ob ihr nicht heiß wäre in ihrer langen Bluse, fragt Z. die Mutter.

»In meinem Alter ist einem nicht so schnell heiß. Und man muss seine Arme auch nicht mehr unbedingt herzeigen. Das ist etwas anderes, wenn man jung ist, da kann man so herumlaufen wie Pauline, wenn die Haut noch straff ist. Bei Ann geht das eigentlich auch schon nicht mehr.«

Ann trägt ein graues Kleid mir relativ kurzen Ärmeln, aus denen sehnige, samtig glatte, goldbraune Arme hervorschauen.

Pauline interessiert sich für den Vortrag des Vaters.

»Nun, um die europäische Verfassung geht es. Das wäre jetzt müßig, das weiter auszuführen, das versteht hier sowieso keiner. Deswegen kommen sie auch nicht, die beiden.«

Als Ann ihm von Paulines Studium erzählt und ihren Promotionsplänen, sagt er: »Soso. Na, Philosophie ist ja immerhin etwas anspruchsvoller als Geschichte. Ich hoffe, Sie machen ihrer Umwelt nicht allzu viel Ärger während der Promotion, Ann war stellenweise das reinste Nervenbündel. Erinnerst du dich, Zacharias, oder hast du das gar nicht bemerkt?«

Der Vater lobt auch den schönen Flügel. »Aber spielen tut ihr darauf ja sowieso nicht, oder? Er ist sicher völlig verstimmt inzwischen. Eine Verschwendung eigentlich.«

»Oh nein, Pauline spielt sehr gerne und sehr gut darauf«, entgegnet Ann.

Einem plötzlichen Impuls folgend, steht Pauline auf und setzt sich ans Klavier. Sie spielt etwas von Schubert, ein Frühlingslied.

Aber schon nach den ersten Tönen steht die Mutter vor ihr. Aufrecht, reglos. Nur der Kopf wackelt ein kleines bisschen, wie das manchmal bei alten Menschen in Aufruhr der Fall ist. »Würden Sie das bitte augenblicklich unterlassen?«

Pauline frieren die Finger auf den Tasten ein.

Bald darauf machen die Eltern sich wieder auf den Weg.

»Ihr habt gar nicht Paulines Kuchen probiert!«, sagt Ann.

»Du weißt doch, dass dein Vater Diabetiker, ist und ich möchte etwas auf meine Figur achten«, erklärt die Mutter, während der Vater ihr in ihren Blazer hilft.

»Noch einmal meine Glückwünsche!«, sagt der Vater zu Z. und legt einen Umschlag auf den Tisch. Dann sind sie weg.

*

Pauline hat Tränen in den Augen. »Ich habe alles falsch gemacht. Es tut mir so leid, Ann, wirklich!«

»Unsinn. Anns Eltern zu treffen an sich ist falsch«, beruhigt sie Z.

»Im Vergleich zu Z. lieben sie dich nahezu«, sagt Ann.

Ann fährt Pauline nach Hause. Sie sind schweigsam dabei. Pauline ist ganz schlecht aus Angst, Ann könnte böse auf sie sein. »Es tut mir so leid«, haucht sie.

»Ach was.« Ann legt ihr die Hand auf den Schenkel und lächelt etwas. Pauline würde gerne diese schöne, schmale Hand ergreifen, aber sie traut sich nicht.

»Was war denn falsch an meinem Klavierspiel?«, fragt Pauline.

»Meine Mutter war auf dem Konservatorium. Sie wollte Pianistin werden. Dann hat sie meinen Vater geheiratet, der keine verrückte Künstlerin an seiner Seite haben wollte, die ständig um die Welt tourt, und so hat sie sich von der Musik verabschiedet«, erzählt Ann. »Dass mein Vater Diabetiker ist, habe ich vollkommen vergessen.«

*

Zu Hause liegt Franzi bei geschlossenen Vorhängen im Bett vor dem Fernseher und verspeist saure Heringe mit Kartoffelsalat, dazu Ibuprofen. Pauline berichtet ihr von den Eltern.

»Ich habe alles falsch gemacht, Franzi, und dabei war die Nacht so schön, sie hat mich die ganze Zeit über im Arm gehalten, ich habe meine Kopf auf ihre Brust gelegt und ich war so geborgen und sie hat mich auch das erste Mal auf den Mund geküsst gestern Abend, und dann mache ich heute alles kaputt!«

»Quatsch«, sagt Franzi. »Ich bin diejenige, die alles kaputt macht. Marius war weg, als ich wach geworden bin, jetzt geht er nicht ans Telefon. Und ich weiß gar nicht mehr genau, was ich gesagt habe. Ich weiß nur, dass ich dachte, jetzt ist es so weit, jetzt ist die Schonfrist wirklich vorbei. Die Liebe ist nicht sanft, bloß die Verzauberung. Aber wenn die Romantik mit all ihren zärtlichen Gefühlen verschwindet, dann kommen die Bestien zum Vorschein.«

Weiterspielen

17

Die Stadt gibt sich der August-Trägheit hin. Plötzlich findet man Parkplätze, denn wer kann, ist im Urlaub. Am Landwehrkanal sind überdimensionale Mülleimer aufgestellt, in der Hoffnung, das Ufer werde dann nicht so sehr verschmutzt wie in den letzten Jahren.

Dabei ist es in diesem Sommer sowieso nur höchst selten möglich, sich im Freien aufzuhalten. Es regnet permanent. Wer nicht im Urlaub ist, jammert über das schlechte Wetter. Nur Pauline nicht. Pauline hat Ann gefunden, ob es regnet oder nicht.

An einem der wenigen sonnigen Tage kommt Franzi schweißverklebt von den Theaterproben im Knast zurück. »Was ist das für ein Rechtsstaat, der Menschen in Räumen mit einer Temperatur von über 45 Grad einsperrt?«, fragt sie Marius. Der zieht schweigend Schultern und Augenbrauen hoch. Er vermeidet es inzwischen, sich mit Franzi auf Gespräche dieser Natur einzulassen. Sie führen nur zu Wutausbrüchen von ihr und Hilflosigkeit seinerseits.

*

Ann und Pauline haben sich in ihrem Spiel eingerichtet, ihren gemeinsamen Rhythmus gefunden. Ann hat einen Harness mit zwei Dildos daran gekauft. Sie legt Pauline über ihren Schreibtisch. Nachdem sie ihre Haut mit dem Rohrstock gezeichnet hat, dringt sie in sie ein. Pauline spürt den kräftigen Griff ihrer schmalen Hände an den Hüften, die Wärme ihrer Schenkel an ihren. Ann dreht sie um, setzt sie auf die Tischplatte und nimmt sie wieder. Pauline schlingt ihre Arme um Anns Hals. Sieht in die geliebten blauen Augen, solange sie kann. Dann klammert sie sich fest an Ann, drückt den Kopf an ihre Schultern. Ann spürt auf ihrer Halshaut Paulines Speichel oder ihre Tränen.

18

Samstag will Ann Pauline zu einem Essen mit Freunden mitnehmen. Es geht nicht um SM, die Freunde arbeiten größtenteils mit Ann oder Z. zusammen. Gefeiert wird, wenn Pauline das richtig verstanden hat, wieder einmal Z.s Geburtstag.

Ann und Z. werden Pauline abholen. Das versetzt sie in Aufruhr. Ann hat sie noch nie besucht, und Pauline ist sich sicher, dass Ann sie verachten wird, wenn sie ihre Wohnung sieht. Sie misst vielleicht ein Drittel von der Anns, es gibt keine Kunstwerke an den Wänden und keine Fossilien auf antiken Beistelltischchen, dafür aber eine unglaubliche Unordnung, die sich auf die Schnelle auch nicht mehr beheben lässt. Trotzdem tut Pauline, was sie kann, und Franzi unterstützt sie dabei.

»Es ist doch immer wieder gut, einen Anlass für den Frühjahrsputz zu haben!«, sagt Franzi.

»Franzi, es ist August!«

»Umso besser, dann lohnt es sich erst recht.« Franzi entkorkt mit einer Zigarette im Mundwinkel eine Flasche Riesling und mixt zwei Weißweinschorlen mit viel Eis.

»Pauline, ich finde, es ist Zeit für eine erste kleine Pause.«

Eigentlich ist Pauline für Pausen stets zu haben, aber jetzt sitzt ihr Anns drohender Besuch im Nacken.

*

»Was für eine farbenfrohe Küche!«, bemerkt Ann. Sie nimmt auf dem Küchensofa Platz, Z. setzt sich auf die Lehne, den Arm auf ihren Schultern ruhend.

»In meiner Studenten-WG hatten wir auch eine orange Küche«, verkündet Z. und nimmt dankbar den Prosecco entgegen, den Pauline ihm reicht. Ann nippt an ihrem Glas, dann sagt sie: »Zeig mir mal dein Zimmer, Pauline. Bei der Gelegenheit kannst du dich auch gleich umziehen.«

»Gefällt dir mein Kleid nicht?«, fragt Pauline und blickt an sich hinunter. Sie trägt ein schwarzes Schlauchkleid mit großen roten Blumen und Spaghettiträgern. Sie hat das Kleid gekauft, um Ann zu gefallen.

»Dein Kleid ist wundervoll«, beruhigt sie Ann. »Aber ich möchte dich heute als Schlampe haben und dafür brauchst du etwas anderes.«

»Sehr gemütlich, dein Zimmer«, stellt Ann fest, »hast du jemals deine Fenster geputzt?«

Pauline kuckt bedröppelt auf den Boden und lässt sich die Haare vors Gesicht fallen.

Sie hat sich solche Mühe gegeben, alles hübsch zu machen, aber Ann sieht ausgerechnet diese dämlichen Fenster, die sie tatsächlich völlig vergessen hatte.

Anns treffsicherer Blick hat auch die Haken neben Paulines Bett, im Türrahmen, am Spiegel entdeckt.

»Soso. Meine Kleine möchte also festgebunden werden, ja? Damit sie nicht mehr weglaufen kann, damit man sich um sie kümmern muss, hm?«

Pauline hat nicht vor, in absehbarer Zeit aus ihrem Haarversteck hervorzukommen.

Ann greift in ihre Tasche, zieht einen pinken Fetzen hervor und wirft ihn auf den Boden.

»Dann zieh das mal an, meine kleine Schlampe.«

Pauline nähert sich argwöhnisch dem kleinen Kleidungsstück. Es ist ein pinkfarbener hautenger Minirock aus einem billigen, glatten Stretchstoff. Er sieht grauenvoll aus.

»Na los.«

Pauline steigt aus ihrem schönen Blumenkleid, hängt es Anns Anwesenheit wegen auf einen Bügel in den Kleiderschrank und schlüpft in die pinkfarbene Beleidigung. Weil es ein ziemlich frischer Tag ist, zieht sie dazu eine schwarze Strumpfhose an. Sie würde lieber halterlose Strümpfe tragen, aber der Rock ist so kurz, dass man die Strumpfbänder sähe.

*

Das Restaurant wirkt elegant, ebenso die Gäste. Paulines pinkes Röckchen ist völlig fehl am Platz. Sie hört das Blut in ihren Ohren brausen vor Scham. Pauline wird wieder als eine Freundin vorgestellt, und Ann erzählt voller Hochachtung von ihrer Magisterarbeit. Pauline mit offenem Mund vergisst ihren Aufzug und alles andere für einen Moment. Sie wusste gar nicht, dass Ann ihre Arbeit schon gelesen hat. Und sie war so überzeugt gewesen, dass sie ihr nicht gefallen würde.

Nachdem sie ihre Muscheln in Pastissauce ohne allzu große Kleckereien verzehrt hat, geht Pauline zur Toilette. Als sie die Kabine wieder verlassen will, steht Ann direkt vor ihr. Ann in ihrem schwarzen Hosenanzug, der weißen Bluse. Ann schiebt Pauline wieder zurück, verriegelt die Tür und drückt sie gegen die Wand. Anns bedrohliche Nähe, Anns Eleganz neben ihrem eigenen geschmacklosen Auftritt erregen Pauline so sehr, dass sie fast hyperventiliert. Ann sieht eine Weile lang amüsiert dieses keuchende, sich windende Wesen zwischen ihren Armen an, dann spricht sie: »Was passiert wohl mit Schlampen wie dir, hm?«

»Äh – sie werden gevögelt?«

»Hm. Gevögelt werden die meisten Frauen, wenn alles gut geht. Aber sie werden im Bett gevögelt, morgens, mit Vogelgezwitscher im Hintergrund. Oder bei Sonnenuntergang am Strand. Oder nach dem Essen auf dem Sofa, ein Glas Rotwein neben sich. Schlampen wie dich hingegen vögelt man auf öffentlichen Bedürfnisanstalten, kurz und schmerzhaft, denn das ist es, was sie brauchen, oder?«

»Ja, das ist es, was ich brauche«, keucht Pauline.

Sie hätte Ann gern darauf hingewiesen, dass sie selbst ihr doch beigebracht habe, man solle das Wort man nicht benutzen, aber der Zeitpunkt erscheint ihr unangemessen. Sie lutscht stattdessen mit Eifer an Anns Fingern in ihrem Mund, bäumt sich auf unter deren Kniffen in ihre Brustwarzen. Ann spreizt ihr mit dem eigenen Knie die Beine und reißt ihre Strumpfhose kaputt. Sie nimmt ihren Gürtel ab. Pauline, die schon ganz benebelt ist durch die brutale Erotik von Anns Gesten bekommt Angst, in der Öffentlichkeit geprügelt zu werden, wo es alle hören könnten. Aber Ann zerreißt bloß mit der Gürtelschnalle und ihren Händen Paulines Slip, dann fesselt sie ihr notdürftig die Hände hinter dem Kopf. Pauline würde es niemals wagen, Befreiungsversuche zu unternehmen.

Ann steckt vier Finger der einen Hand in Paulines Mund, vier Finger der anderen in ihr Loch. Sie vögelt Pauline, unten und oben, mit harten Stößen. Paulines Becken und ihr Kopf knallen gegen die Wand, sie hat Angst zu ersticken, sie schämt sich für ihr sicher erbärmliches Erscheinungsbild, sie verehrt Anns gelassene Schönheit und all das macht sie irrsinnig geil. Sie krümmt sich würgend, als sie schließlich heftig kommt. Ann zieht sich aus ihr zurück, Pauline steht weiterhin gebeugt, stützt sich auf die Kloschüssel und versucht, ihren Atem wieder zu beruhigen.

Ann bindet sich ihren Gürtel, der von Paulines Handgelenken heruntergerutscht ist, um.

»Ich gehe schon mal vor«, sagt sie, die Hand bereits auf der Türklinke.

Pauline kann es nicht fassen. Sie steht sicher eine Minute schreckensstarr in der Kabine, lauscht dem Wasserrauschen, als Ann sich die Hände wäscht, dem Quietschen der Tür und der Stille danach. Dann schmeißt sie ihren kaputten Slip samt der kaputten Strumpfhose in den Müll und stürmt hinaus.

Ann lächelt ihr aufgeräumt zu, als sie zurückkommt. »Dein Fisch wartet schon auf dich, Pauline.«

Ann unterhält sich angeregt mit ihrem Gegenüber. Pauline zerfleddert ihren Lachs. Beim Dessert wendet sich Ann ihr wieder zu. »Ist alles in Ordnung mit dir? Du bist so still.«

»Ich hasse dich!«, zischt Pauline und meint es auch so.

Ann legt unter dem Tisch Pauline die Hand auf die unverpackte Möse. »Wenn du dabei derart nass bist, darfst du mich gerne hassen.«

19

Als Franzi am nächsten Vormittag nach Hause kommt, hat sie eine Papiertüte mit Croissants dabei, zusätzlich eine Plastiktüte von Palmers, auf der mit Edding *Für Pauline* geschrieben steht.

»Die lag vor unserer Tür«, erklärt sie.

In der Tüte befinden sich ein schwarzer Slip und eine schwarze Strumpfhose, außerdem eine Karte: *Du warst großartig gestern, mein Engelsmädchen.*

Pauline kriegt einen glasigen Blick vor lauter Rührung. Franzis dunkle Augen strahlen ungewöhnlich hell für die Uhrzeit. Sie hatte einen sehr schönen Abend mit Marius verbracht. Er hatte einen Gemüseauflauf für sie bereitet und *Alive She Cried* von den

Doors aufgelegt, die Musik, zu der sie das allererste Mal gespielt hatten.

Wie fast immer in den letzten Monaten waren sie nach dem vorzüglichen Mahl in Begleitung einer Flasche anständigen Sauvignon Blancs zu müde, um sich zu Schmerz und alldem aufzuraffen. Stattdessen massierte Marius seine verspannte Freundin. Er widmete sich ihrem ganzen langen Körper mit wohlduftendem Weleda-Rosenöl. Er massierte auch ihre Arschbacken. Knetete sie gut durch, zog sie auseinander. Massierte dann etwas tiefer, den hinteren Anfang ihrer Schamlippen. Zog auch diese auseinander, massierte den Eingang zu ihrer Unterwasserhöhle. Franzi räkelte sich wohlig, räkelte sich auf den Rücken. Marius massierte den vorderen Ansatz der Schamlippen, massierte die kleinen und die großen und bettete schließlich seinen wuscheligen Kopf in Franzis Schoß, ließ seine Zunge auf ihre Klitoris fallen, umspielte sie sanft, schüchtern, stupste sie an, umkreiste, umzingelte sie. Er leckte, lutschte, saugte, knabberte. Franzi tauchte ein in ihr Fantasieland aus unglaublicher männlicher Brutalität.

»Das liebe ich am Gelecktwerden: Es ist viel unaufdringlicher als die Penetration, ich kann mich wunderbar in meine ganz eigene Welt der Lust zurückziehen, während Marius weit weg, draußen an der Oberfläche macht, dass ich mich gut fühle. Das hat etwas sehr Intimes, wenn jemand dabei ist, während ich ganz bei mir bin, und taktvoll genug ist, sich nicht in den Vordergrund zu drängen«, beschreibt sie Pauline das Prinzip ihrer gestrigen Leidenschaft.

Pauline kann das nicht nachempfinden. Sie möchte Anns Gegenwart spüren mit aller Macht. Ihre eigenen Welten interessieren sie nicht.

Am Morgen wurde Franzi früh wach, noch vor Marius. Sie lag auf der Seite und sah sich sein Geschlecht an. Im Ruhezustand war es dick, aber relativ kurz und jetzt außerdem seltsam eingerollt. Wie ein kleines, weiches Tier, dachte Franzi. Sie nahm das Tierchen in die Hand. Weiter tat sie nichts. Umschloss es bloß mit ihren Fingern und spürte die weiche Haut, das weiche Gewebe. Sie wartete auf das Erwachen des Tieres, dass sie so sehr faszinierte. Je mehr sich Marius dem Wachzustand näherte, desto mehr Leben kam auch in sein Tier. Der Platz in Franzis Hand wurde eng. Es drückte gegen die Fingerwände, das Tier, erst sanft, dann unbedingter. Die faltige Haut straffte sich, das Tier wuchs in ihrer lockeren Faust, dehnte, streckte, räkelte sich und richtete sich auf. Pumpte sich voll, verhärtete sich. Das kleine, weiche, kuschelige Etwas, das eben noch harmlos schlummernd in ihrer Hand lag, war jetzt zum vitalen Marmortier geworden. Franzi beugte sich über Marius, ließ ihren dunklen Haarvorhang um das Tier herum fallen und legte die rosige Spitze frei. Sie näherte sich ihr langsam mit ihrer morgentrockenen Zunge und fand einen ersten Tropfen Lust.

Sie setzte sich auf ihn. Das war der Moment, den sie am meisten liebte, mehr als alles, was danach kam. Ihre darauf noch gar nicht vorbereitete schlafende Höhle über sein Marmortier zu stülpen. Der Schmerz dabei, das Aufmachen, das rasche Heraussickern der Feuchte aus allen Wänden, die Erkundung des Unbekannten. Sie versuchte, während des Sexes Marius immer wieder ganz aus sich hinauszulassen, um sich wieder auf ihn setzen zu können, aber es war nie mehr so wie beim ersten Mal.

20

Marius wartet noch ein paar Tage voller sexueller Erfüllung ab, dann spricht er wieder von Katharina. Wenn Franzi nicht mehr mit ihr spielen wolle, müsste er das selbstverständlich akzeptieren. Aber er selbst sei durchaus interessiert an einem weiteren

Treffen mit Katharina. Franzi ist augenblicklich außer sich vor Wut: »Du vögelst mich seit Tagen, nur damit ich dir erlaube, diese kleine Schlampe zu besteigen! Du bist ein hinterlistiger Hund, das ist alles!«

*

»Kaum haben wir wieder guten Sex, will er diese Kleine treffen, ist das nicht äußerst seltsam?«, fragt Franzi Pauline, während sie sich beim Italiener am Ufer über eine Rucola-Pizza hermachen.

»Ganz und gar nicht«, entgegnet Pauline mit etwas angestrengter Stimme. Franzi hat viel zu viel scharfes Öl über ihre gemeinsame Pizza gekippt.

»Es ist vollkommen logisch, dass sich das sexuelle Verlangen, einmal entfacht, nicht mehr im Zaum halten lässt. Entgegen der landläufigen Meinung hat es nämlich gar nicht allzu viel mit einem besonderen Menschen zu tun. Vielmehr ist es unpersonell, universell, unbefangen und ständig auf der Jagd. Je mehr Orgasmen du Marius schenkst, umso mehr weckst du seinen Hunger nach unzähligen weiteren Höhepunkten verschiedenster Natur in ganz gleich welchen Armen. Marius ist jetzt sensibilisiert. Das heißt, es braucht nicht viel, um ihn zu erotisieren. Seine Nerven liegen blank: Ein Blick, eine zufällige Berührung, eine laszive Geste, und es ist um ihn geschehen!«

Pauline hat das alles einmal geglaubt, was sie da gerade erzählt. Dieses Gedankengebäude, umfangen von den hauchdünnen Schleiern einer halb bewussten Sehnsucht, hat sie in langen einsamen Nächten gemeinsam mit Franzi errichtet. Momentan kann Pauline allerdings nichts von dem nachempfinden, was sie sagt, denn sie selbst will Ann und niemanden sonst. Ihre eigenen Nerven sind taub, solange Ann nicht da ist, ihre Sinne im Ruhezustand. Sie wacht erst auf, wenn sie bei Ann ist, dann aber umso heftiger. Schließlich muss sie mit ihr die gesamte ausgefallene Lebenszeit zwischen ihren Treffen nachholen.

»Und das glaubst du wirklich, ja?«, fragt Franzi.

Die maßlosen Kreuzberger Spatzen geben sich nicht mit den Krümeln zufrieden, welche die Mädchen ihnen anbieten, sondern machen sich gierig über die Parmesansplitter her. Sie werden die Rechnung präsentiert bekommen. Wenn das scharfe Öl schon Pauline Tränen in die Augen treibt, dürfte es den kleinen Spatzen ganz und gar nicht bekommen.

»Meine Liebe, das ist keine Frage des Glaubens, das sind empirisch nachweisbare Fakten«, predigt Pauline weiter. »Also sei nicht kindisch und lass auch einmal andere mit deinem Spielzeug spielen. Vielleicht restaurieren sie es dir ja sogar etwas oder malen es hübsch an.«

21

Marius ist fasziniert von Katharina. Sie wirkt zart und ist dabei erstaunlich belastbar. Marius haut wie wild mit seiner Peitsche auf ihr weiches weißes Fleisch ein, ohne ihr mehr als ein genussvolles Stöhnen, ein entspanntes Sichwinden zu entlocken. Er befestigt eine Handvoll Wäscheklammern an ihren inneren Schamlippen und ihrer Klitoris, um anschließend ihre Schenkel mit der Gerte zu züchtigen. Sie zischt gemeinsam mit dem Schlaginstrument, sie stemmt ihr Becken in die Höhe, der Gerte entgegen, das ist alles.

Er dringt heftig in sie ein, rücksichtslos, er sieht fiebrigen Schlaf auf ihrem Gesicht, hört sie brüllen, wenn sie kommt, und spürt sie danach ruhig in seinen Armen liegen. Sie treibt tief unten in einem See, der ihm fremd ist. Sie schießt bloß für Augenblicke herauf, um ihr Haar zurückzuwerfen, ihn mit den Tropfen ihrer nassen Haut zu besprengen, um ihren Urschrei auszustoßen. Sonst bleibt sie da unten, watet über schlammigen Grund, durch dunkle Wasserwände, und er kann bloß vom Ufer aus ein paar Schritte in ihr Wasser hineinlaufen und Steinchen darüber gleiten lassen. Er könnte auch Handgranaten auf ihre Oberfläche werfen, er dringt doch nicht zu ihr durch. Bestenfalls lässt er die Wasserschichten weit oben sich etwas kräuseln, verursacht ein paar Wellen, ein leichtes Schwappen, etwas Gischt. Mehr nicht.

Das gefällt ihm. Jeder bleibt bei sich, anstatt dass beide sich im anderen verlören. Er hat seine Ruhe. Er fühlt sich seltsamerweise auch kaum verantwortlich für Katharina. Tatsächlich ist ihm das erste Mal in seinem Leben die Lust seines weiblichen Gegenübers gleichgültig. Er trifft Katharina, damit sie ihn befriedigt. Wie es ihr dabei geht, interessiert ihn nicht. Sie scheint sich dem Leiden umfassend ergeben zu haben. Da ist es nur naheliegend, dass auch er sie leiden macht. Sie hegt offensichtlich eine großartige Akzeptanz für den Schmerz und die Mühsal, für die Schatten des Lebens. Warum sollte er sie also auf Rosen betten. Er schiebt seinen Schwanz in ihren Mund. Ohne Widerstände gleitet er ihre Kehle hinunter, bis ihre ungeschminkten Lippen auf seinen Schaft treffen. Sie zuckt nicht mit der Wimper, als er sein Sperma direkt in ihr Gesicht spritzt, und auch nicht, als er einen Schluck Rotwein hinterherschickt. Sie ist die perfekte Dienerin.

22

Pauline schreitet durch die Gänge der ihr fremden Universität auf dem Weg zu Anns Büro. Oder Arbeitszimmer oder Sprechzimmer, wie immer man das nennt, diesen Raum, in dem Professoren sich der Tiefe ihrer Gedanken widmen oder dem ängstlichen Gestotter von Prüflingen. Im Grunde kann von Schreiten keine

Rede sein. Vielmehr schwebt Pauline, denn es ist ihre uralte Fantasie, die hier gerade Wirklichkeit wird. Unsicher und aufgeregt, angenehm verängstigt, in einem großen, Respekt einflößenden Gebäude auf den magischen Raum zugehen, in dem, mit kurzem dunklen Haar und scharf umrandeter Brille, die Lehrerin wartet. Dabei zu wissen: Sie wird abkanzeln, zurechtweisen, verspotten, bestrafen. Doch vielleicht gelingt es danach, wenn alles tapfer überstanden ist, ihren Zorn zu besänftigen, die Güte hinter der Strenge hervorzulocken durch erweichendes Schmachten. In wie vielen Betten hat Pauline die Laken benässt mit diesem Traum! Das Kinder-, das Jugendbett. Das Bett bei den Großeltern. Das Bett im Ferienhaus am Meer, die Landschulheimbetten mit Enid Blyton auf dem Nachttisch. Die Betten junger Männer, die nach ihr fassten und sie doch nie berührten.

Jetzt sieht Ann genauso kühl wie erträumt von irgendwelchen Papieren auf, als Pauline die Tür öffnet, sich hineinschleicht und an die Wand drückt.

»Gut, dass du kommst«, sagt Ann. »Ich möchte, dass du diese Literaturliste fünfzig Mal kopierst, doppelseitig. Der Kopierer ist im Flur. Du hast drei Minuten.«

Pauline hastet hinaus, zum Ende des Flurs. Sie hätte weniger Zeit mit irgendwelchen Männergeschichten verschwenden und stattdessen als wissenschaftliche Hilfskraft arbeiten sollen, dann wüsste sie jetzt, wie man doppelseitig kopiert. Es dauert, bis Pauline dem Geheimnis des doppelseitigen Kopierens auf die Schli che kommt. Und dann fünfzig Mal, verflixte Massenuniversität. Sie schlittert über den glatten Steinboden zurück in Anns Zimmer. Diesmal sieht Ann nicht auf, als sie hereinkommt. Ignoriert den Papierstapel, den Pauline mit feuchten Händen auf ihren Schreibtisch legt, konzentriert sich weiter auf ihre Unterlagen.

»Du bist zu spät.«

Pauline stöhnt auf. »Tut mir leid.«

Nichts. Ann arbeitet.

»Bitte, Ann, es tut mir leid, ganz schrecklich leid!«

Nichts. Ann arbeitet.

»Ann! Ann, bitte verzeih mir, bitte! Ich mache es wieder gut, Ann, ganz bestimmt, bitte verzeih mir!«

Pauline spielt mit dem Gedanken, vor Ann auf die Knie zu fallen, und kriegt es nicht hin. Ann sieht endlich auf.

»Wärst du pünktlich gewesen, hättest du mich lecken dürfen.«

Pauline wimmert. Man muss sie nicht schlagen, damit sie wimmert. Ann erhebt sich plötzlich. Die Hände der Professorin schieben das T-Shirt der Doktorandin hoch.

»Wenn du auch nur einen Mucks von dir gibst –«

Pauline will sich gar nicht vorstellen, was dann passiert. Sie bekommt Anns Lieblingskette an die Brustwarzen geklammert. Sie wird über den stets aufgeräumten Schreibtisch gelegt. Der Rock wird hochgeschlagen.

»Kein Slip. Tststs. Schlampe«, flüstert Ann ihr ins Ohr.

Pauline wird per Hand durchgefickt, wobei sie brav die Klappe hält, nur kurz nach Luft schnappt. Danach zieht ihr Ann T-Shirt und Rock wieder hinunter.

»Gehen wir Mittag essen.«

»Und die Kette?«

»Die bleibt dran.«

Als Pauline langsam blass wird, fummelt ihr Ann dann doch mitten im trubeligen Straßencafé an den Brüsten herum. Die Kette gleitet in Anns Jacketttasche, welche Pauline jetzt von Zeit zu Zeit unter Schauern beäugt.

23

In Paulines und Franzis Wohnung befindet sich der häusliche Frieden in einem höchst instabilen Zustand.

Während Pauline ihre Sandalen auszieht und sich ein Glas kalter Limonade nimmt – wobei sie immer wieder den Stoff ihres T-Shirts herrlich schmerzhaft über ihre steifen Brustwarzen reiben spürt –, lauscht sie Marius' Ausführungen zu Katharinas Reizen.

»Sie ist auf eine Weise devot, die ich bislang gar nicht kannte. Ich meine, ihre Ergebenheit ist wirklich echt. Sie sucht nicht ihre eigene Befriedigung im Dienen – oder irgendwie durch die Hintertür vielleicht doch –, aber in erster Linie erfüllt es sie schlicht mit Stolz und Freude, mich glücklich zu machen. Und sie ruht so sicher in sich selbst, dass man sie gar nicht erschüttern kann, ganz gleich, was man ihr antut – «

»Marius!«, unterbricht ihn Franzi. »Das ist doch purer Kitsch, was du da von dir gibst! Woher willst du denn wissen, wie sie fühlt, nachdem du sie gerade vier, fünf Mal in deinem Leben gesehen hast?«

»Sechs Mal, wenn man das Kennenlernen im Diesseits mitzählt.«

»Okay, aber woher weißt du – «

»So etwas merkt man doch, Franzi! Ich meine, sie hat echt über eine halbe Stunde lang meine Füße geleckt, während ich Johnny Cash gehört und vor mich hin gedämmert habe nach meinem anstrengenden Tag – «

»Marius!«, braust Franzi auf. »Kein Mensch kann das spannend finden, eine halbe Stunde lang die Füße von jemand anderem zu lecken! Du beutest die Kleine einfach skrupellos aus!«

»Blödsinn!«, bellt Marius zurück. »Wenn man jemanden verehrt, dann genießt man es, ihm dienen zu dürfen und die eigene

Unterwürfigkeit dabei zu spüren. Ich meine, Pauline, würdest du nicht gerne stundenlang Anns Füße lecken?«

»Ich würde sterben dafür!«, seufzt Pauline mit glänzenden Augen.

»Ihr seid allesamt schlichtweg krank!«, verkündet Franzi, bevor sie sich in ihr Zimmer zurückzieht.

Pauline gibt ihr eine Zigarettenlänge Zeit, dann klopft sie an.

»Ich glaube, ihr habt einen Abgrund in euch, der mir fehlt. Mein Leben ist so langweilig bodenständig«, murmelt Franzi.

»Blödsinn. Jeder Mensch *ist* hauptsächlich ein Abgrund. Immerhin bestehen wir zu neunzig Prozent aus Wasser, du auch. Mit dem bisschen Haut außen herum versuchen wir, uns in Grenzen zu halten, und dann balancieren wir auf den dünnen Stegen, die über unseren Abgründen schweben, aber da kann sich keiner dauerhaft halten. Manche bringen eben etwas mehr Kraft auf, andere entspannen sich früher. Je zielgerichteter der Blick ist, desto länger lässt sich das Gleichgewicht halten. Aber auf Dauer sind wir alle fallende Wesen.«

»Ich will aber nicht fallen!«, jammert Franzi. »Mal ehrlich, Pauline, ich weiß, du bist sehr glücklich, aber du hast so etwas Ruheloses an dir in letzter Zeit. Du bist irrsinnig dünn, du zahlst die Miete nicht, du wirkst oft ganz abwesend –«

»Franzi, du kriegst meine Miete schon noch! Es ging mir noch nie so gut wie mit Ann. Ich wusste gar nicht, was Leben heißt, bis jetzt!«

»Ja, genau solche Bemerkungen machen mir Sorgen.«

Marius steckt den Kopf durch die Tür. Er möchte Franzi mit ins Kino nehmen, anschließendes Cocktailschlürfen inklusive. Im Kino, sie sehen *Schwarze Schafe,* teilen sie sich ein Magnum Classic und eine Packung saurer Pommes.

24

Franzi war Produktionsleiterin bei einem internationalen Performanceprojekt, das jetzt für Gastspiele nach Paris eingeladen wurde. Sie ist eine Woche lang weg.

Diese Zeit nutzt Marius, um Katharina zu treffen. Seine Faszination für ihre Ergebenheit ist nicht schwächer geworden, ganz im Gegenteil. Sie lässt ihm Badewasser mit ätherischen Ölen ein, während er Zeitung liest. Sie kniet nackt neben der Wanne mit Gänsehaut. Sie wäscht sein Haar, massiert seinen Nacken. Sie umfängt ihn mit einem Handtuch, rasiert sein Gesicht, cremt ihn ein, bringt ihm ein Hemd, zieht ihn an.

Ihre Vagina scheint ein unergründlicher Schlund zu sein, Marius muss an Wurmlöcher denken. Er versenkt eine Gurke in ihrem Inneren, sie lächelt von ferne. Später essen sie Gurkensalat. Er wagt an ihr, was er noch an keiner gewagt hat. Unangekündigt stößt er seinen Schwanz in ihren After. Und auch das gelingt. Es ist zwar eng, aber er kann sich mit nur relativ wenig Druck Raum verschaffen. Sie buckelt etwas, windet sich. An ihrem angestrengten Stöhnen und dem Schweiß zwischen ihren Schulterblättern merkt er, dass er ihr wehtut, aber das ist ihm egal. Er kommt in ihr. Sie muss auf ihren Höhepunkt verzichten.

Er führt sie zum Essen aus. Sie benimmt sich gut, sie trinkt und isst langsam, sie bestellt nach ihm. Sie darf keinen Slip tragen und muss die Beine stets etwas gespreizt, die Lippen leicht geöffnet halten.

Das hat Marius aus der *Geschichte der* O. übernommen. Sie trägt ein dezentes ledernes Halsband. Er schiebt ihr einen Fuß zwischen die Schenkel. Sie reagiert kaum. Einmal schließt sie doch den Mund. Er weist sie darauf hin.

»Dafür bekommst du zu Hause zwanzig Peitschenhiebe.«

»Ja, Herr.«

Er glaubt sich von den anderen Gästen beneidet. Er genießt die Ruhe, die von ihr ausgeht, die Distanz, gegen die sie nicht anläuft. Sie kann schweigen. Wenn er sie nicht anspricht, sagt sie nichts. Sie kann Konversation führen. Er redet mit ihr über ihr Studium, die Juristerei als solche, erzählt ein bisschen von seiner Arbeit. Er möchte nicht allzu viel von ihr wissen und auch nicht sich selbst offenbaren. Er mag die Fremdheit zwischen ihnen.

Er trifft sie auch nachmittags im Café ihres Instituts. Hier hat er selbst früher geschwitzt. Es versetzt ihn in Hochstimmung, zu wissen, dass er das zumindest hinter sich hat. Er genießt Katharinas Anblick, als sie ihm entgegenschlendert. Ihre Ruhe fällt auf in dem aufgekratzten Geschnatter ihrer Kommilitoninnen. Unter ihren Jeans, das weiß er, hat sie blaue Flecken, von ihm gemacht.

*

Am Wochenende nehmen Ann und Z. Pauline mit ins Klit. Sie holen sie ab, Ann kommt hoch, Z. wartet im Auto. Während sie Paulines enges Kleid zurechtrückt, fragt Ann Pauline, wie sie es fände, von Z. gevögelt zu werden.

»In Ordnung«, sagt Pauline.

Sie hat sich darüber bislang keine Gedanken gemacht. Sie steht nicht besonders auf Männer. Aber sie tut alles für Ann.

Im Gegensatz zu ihren ersten Treffen kommt Ann inzwischen ziemlich schnell zur Sache. Pauline hat gerade einmal ein halbes Glas Mineralwasser getrunken, da liegt sie schon über einem ledernen Zuchtbock, der so aussieht wie die Pferde, über die man im Schulsport springen musste. Pauline war nicht schlecht im Geräteturnen. Sie sah sich dabei über Reckstangen, Pferden, an Sprossenwänden hängen, während eine strenge Sportlehrerin sie mit dem Rohrstock für ihre schlechten Leistungen bestrafte. Leider waren ihre eigenen Sportlehrerinnen allesamt unansehnlich und nervtötend. Deswegen wurden sie in Paulines Fantasie von einer fiktiven Lehrerin mit kurzem, dunklem Haar, scharf geränderter Brille, aufrechter Haltung und knabenhafter Figur ersetzt, die ihr mit intelligentem Spott und kalter Stimme die Schamesröte ins Gesicht trieb.

»Ich weiß doch, wie sehr du Zuchtböcke liebst!«, haucht Ann ihr ins Ohr. Dann peitscht sie Pauline aus.

»Wir haben einen großen Kreis von Zuschauern«, flüstert sie Pauline zu, als sie ihr nach einem besonders harten Hieb eine kurze Pause gönnt. Pauline stöhnt auf. Sie sinkt in die Erniedrigung wie in düsteres Moor und sie hält sich dabei an ihrem Stolz fest. Alle werden Ann bewundern für ihre Macht, ihre Stärke, ihre Schönheit. Und sie, Pauline, erhält die volle Aufmerksamkeit dieser Wunderfrau.

»Z. wird dich jetzt besteigen«, informiert Ann Pauline, als deren Hintern schon kocht. Ann hält Paulines Kopf, spielt mit ihren Brüsten, massiert ihren Nacken und tätschelt ihre Wangen, während das fremde männliche Glied Pauline aufwühlt. Z. kommt, lang bevor Pauline so weit wäre, und zieht sich aus ihr zurück. Er gibt ihr ein paar wohlwollende Klapse auf den Hintern, Ann küsst ihr Gesicht.

Wider Erwarten darf sich Pauline noch nicht ausruhen. Ann fesselt sie an eine Sprossenwand und peitscht ihre Vorderseite. Pauline möchte stark wirken vor all den Zuschauern, aber sie kann nicht anders, als um Gnade zu winseln, was Ann zu einem kalten Lächeln verleitet, mehr nicht. Pauline wimmert vor Scham, schreit vor Schmerz, stöhnt in Lust.

Pauline spürt sich bereits fliegen durch Anns Zauberkraft, als diese endlich Erbarmen hat. Sie lässt die Peitsche sinken und tritt zu Pauline. Diesen kurzen Bewegungsablauf liebt Pauline. Das Sinkenlassen der Peitsche, das Fallenlassen der Schultern, das Aufweichen der Gesichtszüge, die langsamen, wiegenden Schritte zu ihr hin. Ihr Körper schmerzt noch von der Züchtigung, aber jetzt, das weiß Pauline, kommt Linderung, kommt Trost. Jetzt wird alle Qual ausgelöscht in Anns Zärtlichkeit.

Tatsächlich Küsse auf glühende Wangen, auf Brüste in Feuer, Lächeln, Streicheln. Dann hat Ann plötzlich diesen schwarzen Riesendildo in der Hand und jagt ihn in Paulines Möse, dass sie brüllt wie am Spieß. Der Kreis der Zuschauer sieht sie sich aufbäumen, sich krümmen, sieht sie zuckend und schweißnass in Anns Armen hängen, die sie behutsam befreit. Zuerst bindet sie die Füße los, damit Pauline nicht vornüberkippt, wenn die Hände aus den Fesseln fallen.

»Wie geht es dir, mein tapferes Mädchen?«, fragt Ann das schwer atmende Bündel in ihrem Arm.

»Ich bete dich an!«, murmelt Pauline. »Ich täte nichts lieber, als immer und immer dir zu Füßen zu liegen, mein ganzes Leben lang!«

»Das kannst du haben!«

Auf dem Weg zurück an die Bar sieht Pauline eine blonde, dünne Frau mit nach oben gebundenen Armen in einem kleinen Raum hängen. Ein kurzes Gefühl von Vertrautheit, das sie nicht deuten kann, sie geht weiter. Sie ist schon fast an dem Raum vorbei, da dreht sie blitzartig den Kopf. Das ist Katharina, die da hängt, und das ist Marius, der sie mit aufmerksamer Zärtlichkeit umfängt. So vertraut wirken die beiden, dass Pauline sich fast als Voyeurin fühlt, obwohl nichts Besonderes passiert zwischen ihnen.

Wieder an der Bar lässt Ann Pauline Zeit, ein Glas Wasser hinunterzukippen, dann muss sie niederknien.

»Bist du mir dankbar für deine Züchtigung?«, fragt Ann.

»Oh ja, oh ja, Ann!«, beteuert Pauline.

»Dann zeig mir deine Dankbarkeit!«

Pauline beginnt, Anns Stiefel zu lecken, und sie hört damit nicht mehr auf. Für den Rest des Abends, für mindestens zwei

Stunden noch, kauert sie auf Fußhöhe der übrigen Partygäste und leckt Anns Stiefel. Sie vergisst alles, sie hört, sie sieht nichts mehr. Sie ist Unterwerfung und Hingabe an Ann. Der ganze vielschichtige Rest ihrer Persönlichkeit verschwindet im Nebel. Sie ist leckende Zunge, gebeugtes Knie, sie ist Demut.

Ann wächst. Ann empfindet Paulines winzigen Körper – immer wieder ihr Erstaunen darüber, wie klein ihre Kleine ist –, sie empfindet diesen winzigen Körper als riesiges Podest unter ihren Füßen, das sie emporhebt über die Köpfe der anderen, über den Raum, über die Welt. All die Stärke der Hingabe, die in diesem geliebten, kleinen Körper pulsiert, dieses Kraftfeld der Unterwerfung, durchströmt Anns Körper von unten her, lässt rotglühende Energieblitze ihr in die Wirbelsäule fahren, lässt sie sich aufrichten, lässt sie über sich selbst hinauswachsen.

Neben ihr, aber weit entfernt, steht Z., die Hände in den Hosentaschen. Ein Bekannter erzählt ihm, wie er Z.s letzte Ausstellung empfunden hat. Z. lächelt und sieht zur Tanzfläche. Er hört nicht zu, denkt Ann. Er will das generelle Mehr an Bewunderung, dass er durch seine Arbeit erhält, doch er hat kein Interesse an den Ansichten eines Einzelnen, von dem er wahrscheinlich nicht allzu viel hält. Davon abgesehen bleibt er weit unter Ann zurück, die auf Paulines gebeugtem Rücken der Decke entgegenschwebt. Und das macht Ann das Schweben noch etwas lieber.

Selbst im Auto auf der Rückfahrt ist Pauline nicht wieder bei sich. Ann muss ihr in den Wagen helfen (wie gerne sie diesen zarten Körper hält, der für sie, für sie zittert), muss sie anschnallen. Pauline tut nichts, als Ann anzuhimmeln aus großen, lustverdunkelten Augen. Von ganz weit weg hört sie Z., der sagt: »Du warst großartig heute, Pauline!«, und Anns Zustimmung: »Ja, das warst du.«

*

Liebe Ann, der gestrige Abend war unfassbar schön. Ich kann mir keine größere Herrin denken als dich. Du machst mich glücklich, glücklich, glücklich. All mein Glück bist du. Ergebenst, deine Pauline.

Süße, kleine Pauline, deine Zeilen erfüllen mich mit großem Stolz. Was für eine Ehre deine Unterwerfung doch ist! Auch du machst mich tief glücklich. Es küsst dich, deine Herrin.

*

Franzi ist wieder da.

»Weiß sie, dass du dich mit Katharina getroffen hast?«, fragt Pauline Marius am Telefon.

»Jaaa, schon.«

»Das heißt?«

»Na ja, wir haben ausgemacht, dass ich mich mal mit ihr treffe.«

»Ja?«

»Vielleicht habe ich sie etwas öfter getroffen, als Franzi denkt.«

»Sag ihr das!«

*

Als Pauline zusammen mit ihrer Studienfreundin Karla das Café erreicht, in dem Franzi und Marius sitzen, ist die Stimmung zwischen ihnen nicht aggressiv, aber gedrückt.

»Mein Spiel mit Katharina ändert nichts an meinen Gefühlen für Franzi, aber das versteht sie nicht«, sagt Marius zu Pauline gewandt.

»Er wird mir so fremd dadurch. Er erlebt etwas, an dem ich nicht teilhabe«, erklärt Franzi zu Pauline gewandt.

»Aber ich war auch nicht mit dir in Paris. Du bist mir ebenfalls fremd.«

»Ich bin niemals eifersüchtig auf Z.«, sagt Pauline. »Es ist etwas ganz anderes, was zwischen ihm und Ann ist. Das hat nichts mit mir zu tun. Das ist eine Ann, die mir unbekannt ist, aber das macht nichts. Ich will meine Ann, er kann gerne eine andere haben oder auch dieselbe, wenn das geht, solange ich nur meine habe.«

Karla betrachtet die drei stillschweigend, während sie an ihrer Bionade nuckelt. Alles, worüber sie reden, ist die pure Fremdheit für sie, dabei sehen die drei so vertraut aus.

25

Franzis aktuelles Gefängnistheaterstück hat am 6. September Premiere. Einer der inhaftierten Darstellerinnen wird von der Gefängnisleitung zwei Tage vorher das Mitspielen verboten, weil sie mit Drogen erwischt worden war. In ihrer Verzweiflung überredet Franzi, die gar nicht so schnell Kopfschmerztabletten kaufen kann, wie sie sie verbraucht, Pauline, den Part der Ausgefallenen einzunehmen. Zwei Szenen werden gestrichen, Pauline muss jetzt nur noch in ein paar Choreographien mitwirken und ein kurzes Lied singen. Außerdem soll sie einen Hund aus Stoff per Fernbedienung über die Bühne dirigieren, sie läuft ihm hinterher. Der Hund watschelt auf eine selbstverständlich verschlossene Tür zu und stößt sich daran immer wieder den Kopf.

»Das klingt interessant, das werde ich mir ansehen«, verkündet Ann.

»Oh nein, Ann, bitte nicht, ich sterbe vor Aufregung, wenn du kommst!«

»Du wirst schon nicht sterben. Deine Magisterarbeit hat mich neugierig auf die Gefängniskunst gemacht. Und meine kleine Süße auf der Bühne – ich werde dir Kusshände zuwerfen!«

Seit diesem Telefonat ist Pauline ständig dem Herzinfarkt nahe und sie weiß nicht, ob es an dem durch Ann gesteigerten Lampenfieber liegt oder an ihrer Glückseligkeit. Ann schlägt sie nicht nur, Ann wird extra für sie ins Gefängnis gehen, um ihr Kusshände zuzuwerfen! Es ist nicht bloß ihr Körper, den die göttliche Ann besitzen will!

Kurz bevor sich hinter Pauline die Gefängnistore schließen, sagt Ann ab. Sie müsse überraschend an einer Konferenz teilnehmen, sie schaffe es nicht. Pauline fühlt sich, als hätte Ann ihr mit Springerstiefeln in den Magen getreten. Alles Glück ist weg, aller Elan verpufft. Sie interessiert sich nicht mehr für das Stück und auch für nichts anderes. Pauline versinkt in düsterem Trübsinn. Sie weiß, gegen das, was den gefangenen Frauen um sie herum zugestoßen ist, täglich zustößt und wahrscheinlich den Rest ihres wo möglich kurzen Lebens zustoßen wird, gegen all das ist ihr Schmerz der reinste Luxus. Aber das nimmt ihm leider nichts von seiner Härte.

Am Abend nach der gelungenen Vorstellung der euphorischen Inhaftierten spricht Ann Pauline auf die Mailbox, die gerade miesepetrig der Premierenfeier in Freiheit beiwohnt. Wie die Aufführung war und ob sie morgen etwas mitbringen solle. Pauline und Franzi geben am nächsten Abend eine Party, zu Ehren der Aufführung, die zum ersten Mal staatlich gefördert worden war, und nebenbei auch ein bisschen für Ann, die ja am Anfang der Woche, am 4. September, fünfundvierzig geworden ist. Sie hatte ihren Geburtstag allein auf einem Symposion in Freiburg verbracht.

Pauline ruft nicht zurück. Als Ann sich am nächsten Morgen wieder mit denselben Fragen meldet, sagt Pauline: »Es war super, und du brauchst nichts mitbringen. Tschüss.«

*

Thorsten, Sven, dessen Freundin und Marius tauchen am späten Nachmittag bei Franzi und Pauline auf. Als die ersten richtigen Gäste kommen, ist die Party schon in vollem Gang.

Marius betätigt sich als DJ, solange er denken kann. Sein Repertoire besteht hauptsächlich aus Led Zeppelin, Doors und den Rolling Stones. In Paulines Zimmer stapeln sich Jacken und Taschen, in Franzis Zimmer die Besucher. Die Mädchen haben eine Karotten-Ingwer-Orangensuppe gekocht – die den Herbst vorwegnimmt –, diverse Gemüse mariniert, gebraten, eingelegt, böhmischen Kirschkuchen gebacken und Ananas in Scheiben geschnitten. Franzi und Simone beginnen bereits zu tanzen, während die anderen sich noch zurückhaltend an ihre Gläser, Teller und Gesprächspartner klammern.

Ann zeigt sich verwundert über Paulines schroffen Ton ihr gegenüber. »Stimmt etwas nicht mit dir? Habe ich dich verärgert?«

»Nein. Alles super«, antwortet Pauline und verschwindet im Gedränge.

Man hört inzwischen Janis Joplin und singt mit. Franzi und Simone sind nicht mehr die Einzigen mit schwingenden Hüften.

Ann weiß hier nichts anzufangen mit sich. Sie ist mit Abstand die Älteste, sie ist die Einzige, die eine Bluse trägt, sie hat noch nie gerne Bier aus der Badewanne getrunken, sie weiß nicht, worüber sie mit wem reden soll. Sie weiß auch nicht, wie sie an die kleine, unruhige Gestalt herankommen soll, die sich mit fahrigen Bewegungen ein Glas nach dem anderen einschenkt. Pauline kann sich ihr auf eine Weise öffnen und hingeben, dass sie fast schon mehr Gegenstand als Mensch zu sein scheint. Aber jetzt ist sie verschlossen wie eine Auster. Ann weiß, sie wird sie nicht mit Werkzeug aufbrechen können. Sie muss in ihr den Wunsch wecken, sich selbst weit aufzumachen, so weit, dass Ann ohne Schwierigkeiten in sie hineingehen kann. Wie soll ihr das gelingen?

»Pauline, bitte sag mir, was mit dir los ist! Du starrst finster vor dich hin und ignorierst mich schon den ganzen Abend«, versucht Ann es später noch einmal.

»Es ist nichts«, gibt Pauline zurück. »Ich war nur traurig, weil du plötzlich doch nicht ins Gefängnis gekommen bist. Ich dachte einen kurzen Moment lang, du würdest dich tatsächlich für mich als Mensch interessieren, aber das war natürlich ein Irrtum. Du benutzt mich als Fickpuppe und Prügelmädchen, mehr nicht. Damit muss ich eben klarkommen.«

Anns Gesichtszüge verhärten sich. Ihre Lippen zittern bedenklich, als sie sagt: »Das stimmt nicht, Pauline, das weißt du.«

Pauline weiß nichts, aber sie bricht unter Anns versteinertem Blick in Tränen aus. Alles tut weh, Reue nagt an ihr und Hingabe und Schuld und Verehrung und Begehren, alles überwältigt sie.

Der Schmerz der Zurückweisung, der lebenslangen Zurückweisung, einfach nie verstanden zu werden, nie für bedeutend befunden von den Großen, immer allein hinterherwatscheln.

»Ich wollte dich nicht beleidigen, Ann. Es tut mir entsetzlich leid.«

»Ich wusste nicht, wie wichtig dir die Aufführung war.«

»Du bist mir wichtig, Ann. Du bist mir so wichtig. Und ich habe solche Angst davor, dir nichts zu bedeuten, und es tut mir so leid. Bitte verzeih mir, Ann, bitte verzeih.«

Ann drückt Paulines Kopf an ihre Brust, küsst ihre Stirn, streicht ihr durchs Haar.

»Wenn du wüsstest, was du mir bedeutest, Pauline.«

Im Flur vor dem Badezimmer küsst Pauline wie wild Anns Hand. Bedeckt sie mit ihren Tränen, ihrem Speichel, ihrem Rotz. Ann ist in Paulines Zentrum eingedrungen. Dort aber wohnt ein verwundetes Tier, das in Todesangst um sich schlägt.

»Komm mit.« Ann zieht Pauline hinter sich her aus der Wohnungstür hinaus und eine Treppe hinunter. Sie drückt Pauline grob an die unverputzte Wand.

»Hände hoch!«, befiehlt sie.

Sie schiebt Paulines Kleid hinauf und den Slip hinunter. Knetet ihre Arschbacken, verpasst ihr ein paar Klapse. Fährt ihr mit der Hand zwischen die Beine, kneift in ihre Klitoris, woraufhin Pauline leise aufschreit. Ann legt Pauline die Hand vor den Mund, während sie sie weiter malträtiert.

Plötzlich hört Ann ein halb vertrautes Geräusch. Ein Stöhnen, das weit dunkler ist als das Paulines.

»Du bleibst, wo du bist!«, sagt sie zu Pauline, dreht sich selbst um und beugt sich über das Geländer. Auf dem Absatz ein Stockwerk tiefer erahnt sie im Dunkeln Marius, der an der Wand lehnt und sich von der knienden Katharina oral befriedigen lässt.

Ann kehrt zurück zu Pauline, hält ihr den Mund zu und fickt sie mit drei Fingern.

Wieder oben angekommen, fragt jemand Pauline, woher sie diese Schürfung auf der Wange habe.

»Ja«, sagt Ann, »das ist mir auch schon aufgefallen. Was hast du angestellt, Pauline? Vor einer halben Stunde sahst du noch tadellos aus.«

Pauline wird knallrot und nuschelt irgendetwas von ausgerutscht oder so.

Als Katharina und Marius fertig sind, schickt er sie in die Küche, um etwas zu essen zu holen. Dort trifft sie Thorsten, der sich ihr vorstellt. Sie beglückwünscht ihn zu seiner Inszenierung, die sie sich bestimmt noch ansehen werde.

»Und woher kennst du Franzi?«, fragt Thorsten Katharina.

»Sie vögelt meinen Freund«, erklärt Franzi. »Beziehungsweise, sie lässt sich von ihm vögeln. Er schätzt ihre Passivität.«

Die nicht mehr ganz nüchterne Küchenbevölkerung bricht in Gelächter aus. Katharina räumt das Feld. Sie hatte Franzi ein Buch geschenkt, Dostojewskis *Aufzeichnungen aus einem Totenhaus,* zur Premiere und als Dankeschön für die Partyeinladung.

»Das habe ich schon«, hatte Franzi gesagt und es Katharina wieder in die Hand gedrückt.

»Wer hat das nicht?«, hatte Pauline ergänzt.

Inzwischen werden kommunistische Kampflieder von Hannes Wader gehört, im Anschluss Ton Steine Scherben, und die halbe Gästeschar grölt: »Das – ist – unser – Haus ...«

Pauline kauert derweil zu Anns Füßen und überreicht ihr ihre Geburtstagsgeschenke. Einen breiten Gürtel, aus schwarzen und weißen Lederbändern geflochten, der sie ein Vermögen gekostet hat. Dabei ist Pauline völlig blank. Sie kann sich einfach nicht aufraffen, ihre Sommertage in diesem Callcenter zu verbringen, um mit Fremden über Waschmaschinen zu plaudern. Und wenn sie doch da ist, bekommt sie kaum Interviews, ist viel zu langsam, da sie ständig an Ann denkt und dieser eigentümlichen Lähmung zum Opfer gefallen ist.

Außerdem hat sie Ann eine filigrane, silberne Kette gekauft, die zwei längliche, schmale Klammern mit scharfen Zähnen verbindet. Ann ist begeistert.

»Das ist genau das Richtige für deinen zarten Körper und deine kleinen Brüstchen!«

Ann hat auch ein Geschenk für Pauline.

»Aber ich habe doch gar nicht Geburtstag!«, protestiert diese.

»Na ja, du hattest im Juli Geburtstag und da kannten wir uns schon. Und wenn du mir rechtzeitig Bescheid gesagt hättest –«

»Jaja.«

Anns Geschenk ist ein gemeinsames Wochenende an der Nordsee, im Ferienhaus ihrer Eltern.

*

Am nächsten Nachmittag frühstücken Franzi und Pauline Chili mit Kartoffelsalat.

»Pauline«, brummt Franzi heiser, »es ist an der Zeit, einige ernste Abmachungen zu treffen.«

»Und zwar?«, fragt Pauline misstrauisch.

»Wir trinken beide ab jetzt entschieden weniger Alkohol. Außerdem werde ich für meinen Teil eine strikte Diät einhalten und so gut wie gar keine Süßigkeiten mehr essen, wohingegen du dir Mühe gibst, wenigstens zwei Kilo zuzulegen.«

»Abgemacht!«, sagt Pauline, »und im nächsten Jahr hören wir mit dem Rauchen auf.«

Sie besiegeln ihre Vorsätze mit einem Schluck Prosecco, weil man weitermachen soll, womit man aufgehört hat, will man dem Kater ein Schnippchen schlagen.

Einsatz

26

Keine Woche später, und Pauline packt. »Hast du wirklich Zeit, so spontan?«, hatte Ann Pauline gefragt und Pauline hatte wild genickt. Sie hätte zwei der vier Tage, die sie mit Ann weg sein wird, im Callcenter arbeiten müssen. Sie hätte am Freitag eigentlich einen Termin mit ihrem potentiellen Doktorvater gehabt. Simone feiert am Samstag ihren Geburtstag, und Pauline soll einen Glasnudelsalat mitbringen. Nichts davon zählt.

»Hach, was bist du zu beneiden!«, seufzt Franzi in der Küche beim Frühstück, während Pauline hektisch Listen erstellt und verwirft mit Dingen, die unbedingt mitgenommen werden müssen.

»Franzi, warum rührst du fünf Löffel Zucker in deinen Kaffee?« In Augenblicken von großer Bedeutung schärft sich manchmal der Blick für das Nebensächliche.

»Na, ich bin doch auf Diät«, erklärt Franzi. »Und wenn man plötzlich gar keine Schokolade mehr isst, muss man seine Energien ja irgendwo anders herkriegen. Sex und Strand und Sonne wären natürlich auch Möglichkeiten, aber die sind nicht jedem vergönnt.«

»Du könntest mit Marius wegfahren.«

»Jaaa, aber erstens haben wir kein Geld, zweitens müssen wir arbeiten und drittens wäre das mit Marius jetzt nicht so prickelnd wie mit Ann und dir.«

Dabei war es doch so schön gewesen, denkt Franzi, während sie vergeblich versucht, Pauline etwas Nahrung einzuverleiben.

Schon fast drei Jahre muss das her sein, ihre ersten Tage am Meer mit Marius, auf Rügen. Weiße Häuser und Strandkörbe. Familien und alte Ehepaare. Braune Kinder mit blauen Lippen und nassem Haar. Eis, Fisch, Sanddorn. Wie sie morgens auf der Terrasse im klaren Sonnenlicht Gymnastikübungen machten, und plötzlich schlug Marius die Vorgebeugte, nahm seinen Schuh und versohlte sie damit. Laufen am Strand, er war damals noch fast besser als sie, aber beim Endspurt hängte sie ihn dann doch immer ab, weil sie stets diese kleine Kapsel Wahnsinn in sich trägt, die ihm fehlt. Spaziergänge im Wald. Sie suchten Birkenäste, die Franzis Haut verletzten, im Unterholz. Sie dachten über Brennnesseln nach. Aber erst fanden sie keine, und dann traute sich Franzi nicht. Auch dieser erstaunt und etwas unwillig erinnerte Moment, in dem Franzi nackt in der Dusche kniete und Marius sie mit seinem Urin bespritze. Sie schluchzte unter der Erniedrigung, für die sie nicht stark genug war, dann weinte er. Später lagen sie sich im Bett in den Armen. Das war ich, denkt Franzi verwundert, durchaus auch stolz. Das waren wir.

*

Marius ruft an. Er ist in der Kanzlei, nichts klappt, und ob Franzi Lust auf Kino hätte am Abend. Franzi muss proben.

27

Z. trägt auf Anns Bitte hin Paulines Fahrrad in die Wohnung – zur Sicherheit – und später das Gepäck der beiden hinunter zum Auto. Er öffnet Pauline die Beifahrertür und schließt sie hinter ihr, geht um den Kotflügel herum und öffnet Ann die Fahrertür. Er umgreift sanft ihre Hüfte, Küsse auf die Wange, den Hals.

»Was wirst du tun, während ich weg bin?«

»Ach, ich denke, ich werde viel arbeiten.«

Ann zieht die Augenbrauen hoch.

»Eigentlich bist du für das Arbeiten zuständig, aber da du dich ja seit Neuestem lieber amüsierst, ist dieses Tätigkeitsfeld vakant!«

*

Ann in weißem Leinenanzug. Die Straßen, die Welt in Weiß, im Sonnenlicht. Grüne Alleen. Anns Hand sehnig und kühl in Paulines, die gesamte Fahrt über. Kein einziges Mal vergisst sie nach dem Schalten, Paulines Hand wieder zu nehmen. Das ist ein Traum, denkt Pauline.

»Das ist wie ein Traum«, sagt Ann.

Später fragt Pauline: »Du und Z., verreist ihr oft gemeinsam?«

»Inzwischen seltener«, erwidert Ann. »Du weißt, in der Wiederholung langweilt er sich schnell.«

Früher aber. Einmal im Monat musste der verrückte Kerl nach Italien, England, sonst wohin, um Kunst anzuschauen. Und ziemlich oft musste der verrückte Kerl ans Meer, an irgendein Meer, um sich auszuruhen. Und dann musste er tauchen lernen und segeln. Und dann musste er den Himalaya besteigen. *Komm mit mir nach Florenz übers Wochenende* – sein flehentlicher Blick. Ich kann nicht, ich muss arbeiten – und er fiel auf die Knie auf offener Straße vor Ann. *Bitte komm mit, und ich bleibe hier liegen, zu deinen Füßen!* Da hat er Wort gehalten, oh Mann. Peitschen und Stöcke. Fesseln. Machtträume. Insignien in ihrer Hand, und Türen flogen aus den Angeln. Säle um Säle öffneten sich ihr. Keine Mauer mehr, nirgends. Ewige Weite und Luft zum Atmen.

Das ging nur in anderen Ländern, zu Hause verharrte er in seiner Dominanz, die sie nicht betraf. Wenn sie das haben wollte, den Sturm, der die Türen aus ihren Verankerungen riss und ihr ihren Weg frei fegte, dann musste sie mit in die anderen Länder. Und die Arbeit vergessen. *Entspann dich, Ann, du solltest dich öfter entspannen.* Der schönste Mann von allen nicht neben, sondern unter ihr, und seine Kunst für sie, sein Götzendienst, seine Opfergabe. Ganz schnell hat sie das Mauerwerk gesprengt, nachdem die Türen sowieso schon weg waren. Dein Leib allein genügt mir nicht, ich will deine Seele und deine Kraft, ich will deine Schöpfung.

»Ann, geht es dir gut?« Paulines Sorge.

Und jetzt lässt Ann Paulines Hand doch los, um ihr zwischen die Beine zu greifen. Sie schiebt den Rock hoch, den Slip beiseite und versinkt in Paulines Lust. Wenn Ann in der Nähe ist, steht Pauline unter Wasser.

Ann überholt. Ann sieht auf die Fahrbahn. Anns silberne Uhr reibt sich kühl an Paulines Schenkel. Anns Mundpartie ist ernst. Ihren klaren Blick hinter der Sonnenbrille muss sich Pauline dazufantasieren. Pauline windet sich schweißverklebt und küsst Anns Hand, küsst sie an drei Tankstellen vorbei.

»Ich war schon als Kind völlig fixiert auf Ärsche«, erzählt Ann. »Ich habe es geliebt, die Popos anderer Kinder anzufassen, am liebsten zu schlagen. Meine beste Freundin hatte eine kleine Schwester. Sie war höchstens zwei Jahre jünger als wir, aber das macht ja im Vorschulalter einen großen Unterschied. Ich habe bei jeder Gelegenheit versucht, ihr ein paar Klapse auf ihren süßen kleinen Hintern zu geben. Wir haben oft Vater-Mutter-Kind gespielt. Meine Freundin fand, eine Puppe sei als Kind völlig ausreichend, aber ich setzte alles daran, zusätzlich auch die kleine Schwester als Tochter zu gewinnen, denn dann fand sich immer eine Gelegenheit, sie zu bestrafen. Das ging nie lange gut, weil sie kreischte und sich entzog, aber jede Sekunde war wertvoll. Ich hatte allerdings ein Problem. Meine Freundin wollte jedes

Mal die Mutter spielen, ich musste also der Vater sein. Damals glaubte ich, dass Versohlen Frauensache wäre, da ich immer nur von meiner Mutter bestraft wurde. Also konnte ich das Mädchen nicht als Vater schlagen. Stattdessen habe ich so getan, als würde ich den strengen Vater spielen, während in Wahrheit einfach die kleine Ann ein noch kleineres Mädchen aus purem Vergnügen geschlagen hat.«

Pauline bemerkt verwundert ihre Eifersucht auf die kleine Schwester dieser Kindheitsfreundin Anns. Ann erzählt weiter: »Ich war überzeugt, später Kinder haben zu wollen, vor allen Dingen Mädchen, denn die könnte ich dann ja so oft ich wollte bestrafen. Dann fiel mir aber stets ein, wie furchtbar ich es fand, von meiner eigenen Mutter geschlagen zu werden, und wie sehr ich sie dafür hasste. So wollte ich das nicht. Mein Opfer sollte begeistert sein von seiner Tortur, mich lieben dafür. Doch mir war beim besten Willen nicht klar, wie ich das hinbekommen konnte.

Als ich älter wurde, habe ich stundenlang an meinem Schreibtisch geträumt, ich würde gerade keine öden Schulaufgaben machen, sondern stattdessen wissenschaftliche Abhandlungen verfassen. Ich hätte eine hübsche, schüchterne Sekretärin, die mir dabei hülfe. Des Weiteren besäße ich ein Dienstmädchen, welches sich um den Haushalt kümmerte und mich bediente. Später dachte ich mir außerdem noch eine Sexsklavin hinzu, die den ganzen Tag über in einem Bett läge oder in einem goldenen Käfig von der Decke herabhinge. Ich habe meinen Eltern von diesen Träumen erzählt. Nicht von der Sexsklavin natürlich, bloß von den beiden anderen. Und dass die Sekretärin mit dem Lineal und das Dienstmädchen mit dem Teppichklopfer von mir bestraft würden, machten sie etwas falsch. Meine Eltern waren entsetzt und mein Therapeut später auch. Während des Studiums habe ich davon geträumt, nicht wie all die anderen in der Bibliothek schuften zu müssen, sondern stattdessen in einem Straßencafé zu sitzen, während meine Assistentin für mich recherchierte. Später käme sie zu mir in das Straßencafé. Sie käme nackt und auf allen vieren, ein Buch im Mund. Sie legte mir das Buch in den Schoß und schmiegte ihren Kopf an meine Füße. Ich nähme sie an die Leine und ginge mit ihr fort.

Es erschien mir völlig einleuchtend, von Sekretärinnen, Dienstmädchen und Assistentinnen zu träumen. Wer möchte sich schon gerne selbst durch Zettelkataloge und Bücherregale kämpfen, sich mit Literaturlisten und Rechtschreibung, mit Leihfristen und Kopierern beschäftigen. Aber ich war einfach nicht in der Lage, an dienstbare Mädchen zu denken, ohne den Traum von Bequemlichkeit ins Sexuelle abdriften zu lassen. Warum musste die Assistentin nackt sein und auf allen vieren kriechen, was hatte ich davon? Ich verstand es nicht, es machte mich nervös, und mein Therapeut war alarmiert.

»Was sagte er denn?«, fragt Pauline.

»Ach. Allen möglichen Unsinn.«

Anns knappe Antwort lässt Pauline rot werden. Sie hätte das nicht fragen dürfen. Man fragt andere Leute nicht nach den Äußerungen ihrer Therapeuten, erst recht nicht seine Herrin. Aber Ann lächelt.

»Und du?«

Pauline hat alles geträumt, was Ann geträumt hat, nur aus der entgegengesetzten Perspektive. Pauline hat sich Mühe gegeben, in die Doktorspiele mit anderen Kindern Klapse einzubauen. Sie hat sich Buntstifte und allerlei anderes in ihre Körperöffnungen gesteckt. Sie wurde nie von ihren Eltern geschlagen, aber sie hatte sich gewünscht, sie hätte ein strenges Kindermädchen. (Sie hatte wirklich welche, die waren aber entweder blöd oder hässlich oder harmlos oder alles auf einmal.) Sie hatte sich gewünscht, ein Kindermädchen zu haben, das ungefähr so wäre wie Ann und das sie mit Kochlöffeln, Haarbürsten und Teppichklopfern strafen würde.

Sie hatte so ziemlich ihre gesamte Schulzeit hindurch von dieser irrealen Lehrerin geträumt, mit scharf geränderter Brille vor klaren Augen, mit kurzem dunklen Haar und schlanker, aufrechter Statur, mit schneidender Stimme, die klug spöttisch überlegen Pauline erziehen und belehren würde. Sie hatte von Internaten geträumt, einfach immer. Sie hatte von Professorinnen geträumt, die es nicht gab, als sie zu studieren begann. Wenn sie zweihundertfünfunddreißig Seiten aus irgendeinem Buch kopierte und ihr mittendrin das Kleingeld ausging, die Warteschlange lang war, nicht genug Papier in der Maschine lag, immer nur zwei Drittel der Seiten auf den Blättern erschienen, komische Streifen auf den Kopien auftauchten – immer, wenn sie unter solchen Bedingungen kopierte, während der Abgabetermin ihrer Hausarbeit ihr höhnisch grinsend den Magen knetete, stellte sie sich vor, sie würde nicht für sich selber kopieren, sondern für diese erträumte Professorin, und was sich in ihren Magen drückte, wäre die Angst vor ihrer Strafe. Dieser Traum war besser als alle Beruhigungstropfen, die ihre Homöopathin ihr verordnen konnte.

*

Auf der Toilette an irgendeiner Tankstelle bekommt Pauline plötzlich Angst. Ann könnte ja ohne sie weiterfahren. Ann könnte sie hier aussetzen. Ann könnte auch gar nicht existieren, nur der fiebrige Traum einer latent wahnsinnigen Tramperin sein, und auf dem Parkplatz wären bloß schwere, behaarte Lastwagenfahrer. Die Schlange nimmt kein Ende, es wird ewig dauern, bis Pauline hier wieder rauskommt, und vielleicht will Ann nicht so lange warten. Vielleicht sollte Pauline also einfach auf den Toilettengang verzichten und gleich wieder hinaus – aber andererseits konnte sie Ann unmöglich in einer halben Stunde schon wieder bitten anzuhalten, und was, wenn Ann noch einmal auf die Idee käme, sie zu vögeln, und durch den Druck und die Entspannung Paulines Blase ihren Inhalt nicht mehr halten könnte – Pauline wartet, pinkelt, wäscht sich die Hände. Es dauert ewig, bis endlich Wasser aus dem Hahn kommt, und – Ann ist noch da. Sie lehnt strahlend schwarz-weiß im gleißenden Sonnenlicht am Auto, nimmt Pauline in Empfang, packt sie ein, schnallt sie an, küsst sie sanft, bevor sie wieder die Fahrt aufnimmt.

»Ann, darf ich dich etwas fragen?«

»Fragen darfst du immer, Pauline. Es ist sogar deine Pflicht als vernunftbegabtes Wesen, zu fragen. Wie soll irgendetwas verstanden, erkannt, entdeckt werden, wenn wir niemals fragen? Du solltest jeden, wirklich jeden Abend mehr wissen als am Morgen. Ein Tag, an dem du nichts gelernt hast, ist ein Verbrechen. Und du kannst als selbstständiger Mensch nicht darauf warten, dass das Wissen von allein zu dir kommt. Du musst es einladen, indem du fragst.«

»Also, Ann, wenn du immer nur von Frauen geträumt hast, warum hast du dann einen Mann geheiratet?«

»Weil ich feige bin.« Ann nimmt ihre Hand jetzt doch von der Paulines, die einsam und ängstlich auf Anns Bein zurückbleibt. Pauline fürchtet, mit ihrem Schweiß das edle Leinen zu beschädigen.

»Ich habe immer bloß halbe Ausbrüche fertig gebracht, wobei halbe Ausbrüche natürlich genauso unmöglich sind wie halbe Schwangerschaften. Ein halber Ausbruch ist, als hörte man auf, die Pille zu nehmen, um schwanger zu werden, und triebe dann ab. Ein halber Ausbruch ist fast schlimmer als gar keiner, denn er demonstriert, dass Bewusstsein und Wille durchaus vorhanden sind, aber etwas Entscheidendes fehlt. Ich habe nicht Jura studiert, wie mein Vater es wollte, aber strebsam war ich trotzdem. Ich habe auf seinen Stolz gepfiffen, indem ich seinen Wünschen nicht folgte, aber ich zwinge ihn mit all meinen Preisen und Ehrungen und Veröffentlichungen doch immer wieder zur Anerkennung.

Was soll er schon machen, wenn seine Bekannten sagen: ›Sie müssen sehr stolz auf Ihre Tochter sein.‹ Da muss er ja nicken, und da habe ich es mir also doch wieder geholt, das väterliche Lob. Ich habe nicht den bürgerlichen, anständigen, promovierten Mann geheiratet, den mein Vater sich vorgestellt hat, sondern einen permanent unter irgendwelchen Drogen stehenden, unangepassten, verrückten Charmeur. Aber immerhin ist er ein echter Mann, keine Frage. Und ich merke doch, wie es meinem Vater gefällt, wenn sich bei Feierlichkeiten die Frauen seiner Freunde an seinen Schwiegersohn hängen. Erst sagen alle: Ach, Künstler sind Sie? Und Sie interessieren sich für nackte Menschen? Wie nett. Aber irgendwann fangen die Frauen an zu kichern, wenn er spricht, die Männer werden aggressiv. Und das ist mein Mann. Er kann machen, was er will, ich nehme ihn nicht an die Leine, doch wenn ich pfeife, dann kommt er.

Was soll mein Vater sagen, wenn sie kichern: ›Zacharias ist ja wirklich höchst amüsant, ich muss schon sagen!‹ Da kann er nur nicken, lächeln, mir die Hand auf die Schulter legen, und schon habe ich wieder etwas gut gemacht.«

Pauline nimmt jetzt doch Anns Hand, die unruhig auf dem Steuer liegt, drückt sie, führt sie an ihre Lippen und sucht in Anns Gesicht nach Spuren eines Lächelns. Sie würde gerne mehr tun, aber sie weiß nicht was.

»Pauline, die Vorstellung mit einer Frau bei meinen Eltern zu erscheinen – undenkbar!«

Das tut Pauline weh. Nicht, dass sie sonderlich scharf auf weitere Treffen mit Anns Verwandtschaft wäre – aber doch, irgendwie schon. Sie will wissen, wo Ann herkommt, und sie will, dass

Ann ihr das zeigen will. Sie will auch, dass Ann sie vorzeigen möchte. Sie hätte gerne, dass Ann stolz auf sie wäre. Das süße Geheimnis zu sein, kann reizvoll sein, aber mit Ann ist es ihr für solche Spiele zu ernst.

Pauline malt sich auch aus, wie sie Ann ihren eigenen Eltern vorstellt. Sie möchte das und möchte es nicht. Sie möchte vor allen Dingen, dass Ann es möchte. Dass sie sich lückenlos für sie interessiert. Paulines Vater wäre höflich und nicht traurig darüber, nichts zu verstehen. Ihre Mutter wäre dick und müde neben Ann, viel zu alt und gewöhnlich. Die Kinderarztpraxis, der Garten, die Ehe. Ein, zwei Verabredungen zum Essen im Monat, Theater schon lange nicht mehr. Urlaub, alle halbe Jahre, in Zukunft öfter. Bilder auf dem Dachboden, die nicht fertig gemalt werden. Pauline wäre vor ihrer Mutter stolz auf Ann und würde sich vor Ann für ihre Mutter schämen. Dabei fände Ann ihre Mutter sicher sehr nett.

Und ihre Mutter fände Ann – krank, denkt Pauline. Sie hat ihre Eltern umfassend über ihre Sexualität aufgeklärt, aber es wäre etwas anderes, es so leibhaftig und unwiderlegbar zu sehen: Ihre Tochter kommt nicht mit einem jungen Mann an ihrer Seite nach Hause, der ihr ihre Wünsche von den Augen abliest, der ihr einen Verlobungsring und später auch ein Kind schenkt. Ihre Tochter sitzt stattdessen schüchtern und klein am Kaffeetisch neben einer Frau, die ihre Mutter sein könnte und sicher nie ihre Freundin wird. Wie sollte sie das nicht krank finden, ihre Mutter. »Ich verstehe das nicht«, würde sie später zum Vater sagen, »ich hätte mir etwas anderes für sie gewünscht.« Und er würde erwidern: »Ach, lass doch das Kind. Wir können nicht alles verstehen.« Er würde ihr die Hand auf den Arm legen, sie würde ihren Kopf kurz an seinen lehnen. Dann läse er weiter.

28

Das Haus am Meer. Auf einem Hügel, von der Terrasse aus Blick aufs Wasser. Pauline denkt an früher, an die Bretagne, an das Haus ihrer Eltern. Die frische, salzige, windige, restwarme Abendluft. Als Kind hatte sie in der Dämmerung bei Ebbe Rad geschlagen im seichten, lauen Wasser, während ihre Mutter den Hund ausführte. Als Kind war sie über die Felsen und Klippen gesprungen, hatte sich die Füße blutig geschrammt an verkalkten Muscheln und die Knie aufgeschlagen im Fall. In den kleinen Tümpeln zwischen den Felsen hatte sie winzige Krebse, rote Quallen, komische Muscheln und unförmige Fischbabys gefunden. Ihre Mutter trug stets Bücher über Meeresbiologie mit sich herum, in denen sie nach den Namen und Beschreibungen ihrer Entdeckungen suchen konnte. Meeresforscherin. Was es alles gibt, was keiner weiß. Leben, wo wir sterben würden, weit unten im Ozean. Sie las über Orcawale und Tiefseeteufel.

Tags ein aufblasbarer Delphin, ein blauweißes Schlauchboot, ein roter Schwimmreif. Ihre Mutter hatte Sonnenbrand, der Vater die Zeit in der Hand. Die anderen Kinder sprachen eine Sprache, die Pauline nicht verstand, und dachten, mit ihr stimme etwas nicht, weil sie nie antwortete.

Später heimliche Zigaretten auf den glitschigen Felsen und im Gras voller Disteln. Mehr Wein als früher zum Essen. Einheit mit Natur und Universum, einen Joint in der Hand, Musik im Ohr, am Meer zum Sonnenuntergang.

Und immer, immer, immer von Anfang an die Träume am Strand, im Bett, auf den Spazierwegen, den Märkten, beim Essen, beim Reden, beim Einschlafen und Aufwachen. Das Kindermädchen, die Lehrerin. Die Frau, die neben Strenge auch Milde aufweist, die Frau mit erstaunlichem Einfühlungsvermögen. Die Frau, die alles versteht, was Pauline nicht sagen kann, nicht einmal in den kryptischen, düsteren Gedichten, die sie in ihre geheimen Bücher kritzelt. Die ihr, weil sie ja alles versteht, niemals wirklich böse sein kann, die sie nur bestraft, um sie zur Besinnung zu bringen, und nach den ersten Tränen alles verzeiht. Die Frau, vor der sie auf die Knie fällt, die Frau, der sie ihr Handtuch, ihren Einkaufskorb, einfach alles hinterherträgt. Die Frau.

*

Das Haus an der Nordsee. Der Tisch aus hellem Holz mit dem Wachstuch darüber, Blumenmotive. Die weißrotblumigen Vorhänge, die weißrotblumigen Tagesdecken. Alle Textilien klamm, Ann hat das immer gehasst. Die weißen Küchenregale, die Kellen, Töpfe an der Decke. Die Emailleschüsseln. Der Gasherd. Das Spülbecken, über dem Ann Gemüse geschält hat und sich dabei eine andere herbeiträumte, die schälte, während sie im Sessel läge. Manchmal stünde sie auf, um nach dem Rechten zu sehen am Spülbecken, verpasste der kleinen Arbeiterin ein paar Hiebe mit dem Kochlöffel und sähe, wie sie sich auf die Lippen bisse, die Schultern hochzöge. Später auf der Terrasse hatte sie die Eltern, die sowieso schwiegen, ausgeblendet, die Hand der Mutter beharrlich umgedacht in die viel kleinere, jüngere, zierliche Hand ihrer Dienerin, die ihr auftat, um dann zu ihren Füßen niederzusinken.

»Was machst du denn da?«, fragte der Vater, als Ann die langen Beine weit zur Seite streckte, bevor sie aufstand, als sie einen Sprung machte, auf dem Weg zur Tür. Ann schwieg mit schmalen Lippen. Der vorwurfsvolle Blick des Vaters zur Mutter, die nach dem Glas griff. Als Ann den Kopf in den Kühlschrank steckte, auf der Suche nach Bluna, standen ihr Tränen in den Augen. Sollte sie etwa über ihre Dienerin stampfen, auf ihr herumtrampeln? Sie kann doch nicht immer die Kleine durch die Gegend kommandieren, sie kann sich ihre Bluna doch auch einmal selbst holen, wo die Kleine so erschöpft ist vom Kochen und der Züchtigung. Und da wird sie sie doch nicht wegscheuchen, bloß, weil sie ihr im Weg liegt.

Während der Vater dem kleinen Bruder die Welt erklärte, das Meer, das Watt, die Gezeiten, während die Mutter den kleinen Bruder mit Obst und Sonnencreme versorgte, während die Eltern, den schlafenden Bruder zwischen sich, in ihren Büchern versanken, unternahm Ann lange Strandspaziergänge, gefolgt von ihrer Dienerin. Sie ließ ihr Kleid einfach an sich hinuntergleiten, stieg hinaus und ging ins Wasser. Sie wusste, die Dienerin würde es aufheben, würde den Sand herausschütteln, würde es falten. Würde sie außerdem beobachten, wie sie mit präzisen, kräftigen Schwimmzügen durchs Wasser glitt. Wenn sie zu lange untertauchte, würde die Dienerin an Land sich Sorgen um sie machen, wenn sie wieder ihren Kopf erblickte, aufatmen. Der Dienerin würde vor Bewunderung der Atem stocken, sah sie Ann aus dem Wasser waten zurück an Land. Die Dienerin erwartete sie mit einem Handtuch in den Händen. Als Ann älter wurde, standen jubelnde Jungen am Ufer, wenn sie dem Meer entstieg, aber Ann ignorierte sie eisern und setzte an ihre Stelle die kniende Dienerin, deren Brustwarzen steif in die frische Meeresluft stachen. Beim langen Warten auf ihre badende Herrin hatte die blasse Dienerin einen Sonnenbrand bekommen. Darum zuckte sie und stöhnte leise, wenn Ann ihre Schulter, ihren Brustansatz mit den Fingern streifte. Aber sie wehrte sich nicht. Sie war begierig nach Anns Berührungen.

*

Es war wahr, was sie träumten. Diese Tage wird Pauline Ann dienen. Sie wird kochen, putzen, einkaufen, auf Befehl springen, sie wird gezüchtigt, bestraft, benutzt werden. Es wird keine Pause geben.

*

Zeit, Pauline kurz über den alten Holztisch zu legen, an dem Ann früher mit den Eltern gegessen, sie mit drei Fingern zum Japsen zu bringen, dann müssen sie einkaufen gehen, bevor die Geschäfte schließen. Pauline hat die Übersicht und schiebt den Einkaufswagen, trägt die Tüten. Ann zahlt. Warum hatte ich sie nicht schon mein gesamtes Leben bei mir, denkt Ann, wie schön wäre alles gewesen.

Pauline brät mit Kräutern gefüllte Forellen. Ann liest. Pauline kniet auf dem noch sonnenwarmen Terrassenboden zu Anns Füßen, den Teller auf den Knien. Pauline wäscht ab. Ann liest. Später, es ist schon dunkel, schwimmt Ann nackt im Meer, die Leine in der Hand. Die Leine endet an der Kette, welche Pauline an ihren Brüsten trägt. Pauline schwimmt hinter Ann, die schneller ist. Jeder Zug an der Leine löst ein Stechen in Paulines Brüsten aus. Ann ist nicht sicher, ob Pauline vor Schmerzen stöhnt, vor Anstrengung oder Erregung. Ann nimmt ihr die Kette ab und sie selbst auf den Arm. Ann hat wieder Boden unter den Füßen. Pauline liegt reglos auf dem Rücken, mit schlaffen Gliedern in ihren Händen.

»Frierst du?«, fragt Ann.

»Nein«, lügt Pauline gegen ihre Gänsehaut an.

Am Strand trocknet Pauline Ann ab. Ihre Haare, ihre Ohren. Ihren Rücken. Ihre Brust. Die Füße. Ann zerrt ihren Kopf an den Haaren hoch, zwischen ihre Beine. Salz, Sand und Ann.

»Ich dachte, Schlampen wie ich werden nur in öffentlichen Bedürfnisanstalten gevögelt«, bemerkt Pauline, auf dem Rücken liegend, eine Zigarette in der Hand.

»Da dachtest du ganz richtig. Aber benutzen kann man sie überall. Und ich wäre dir dankbar, wenn du den Rauch in die andere Richtung blasen würdest.«

Pauline drückt ihre Zigarette aus. »Früher, in der Schule, haben alle Mädchen von Sex am Strand geträumt«, erzählt sie. »Weil das offensichtlich eine so tolle Sache war, habe ich das dann ein paar Mal ausprobiert. Mit meinen Eltern in der Bretagne das erste Mal, das sorgte für Krieg, und später, beim Urlaub mit Freunden, in Südfrankreich und Spanien. Aber ich konnte das einfach nicht so prickelnd finden. In einer Nacht, in Argelès-sur-Mer, habe ich in den Armen von irgendwem geträumt, ich säße auf einem dieser Dixi-Klos am Strand und es käme eine fremde Frau, die sah ungefähr so aus wie du. Sie hat mir beim Scheißen zugesehen. Dann hat sie mich hochgezogen und mich in den Arsch gekniffen. Ich hatte sofort blaue Flecken. Jetzt bin ich glücklich.«

*

Morgens muss Pauline Brötchen holen. Sie steht nicht gerne früh auf und erst recht ist sie nicht gerne morgens aktiv. Jetzt muss sie den Hügel hinunter- und hinauflaufen, muss Kaffee aufsetzen und Eier anstechen, Tomaten aufschneiden, Orangen pressen. Ein Ei fällt ihr hinunter. Sie muss sich über den Tisch beugen und sich von Ann hart mit dem Kochlöffel züchtigen lassen. Beim Frühstück kann sie Ann nicht in die Augen sehen vor Scham. Zwischen ihren Beinen ist es nass.

Spaziergang am Nachmittag. Pauline muss mal. »Bitte«, sagt Ann und folgt ihr ins Gebüsch. Schweigend und reglos stehen sie sich gegenüber.

Da Ann die Stärkere ist, gibt Pauline nach. Zieht sich den Rock hoch, den Slip hinunter, ist rot. Ann steht über ihr und schlägt Paulines Arme, ihren Rücken mit diesem Ast, den sie vor einer

Weile schon gefunden und mit dem sie den gesamten Spaziergang über bedrohlich gewedelt hatte. »Na los!«, sagt Ann. Pauline ist rot und kann nicht. Pauline muss Ann in die Augen sehen. Es dauert lange, aber schließlich klappt es.

Sie kommen an einer Schafherde vorbei. Pauline bleibt am Zaun stehen. Sie möchte ein Schaf streicheln, aber es kommt keines zu ihr. Dafür packt Ann sie im Nacken und zerrt sie zu einem Zaunpfosten. Pauline muss sich daran festhalten und den Hintern hinausstrecken. Ann streicht ihr den Rock hoch, zieht ihr den Slip aus und schlägt mit der Hand ihre Arschbacken rot, bevor sie sie fickt. Während Paulines Wahrnehmung sich verlangsamt, während sie schon wieder vor Glück kaum noch Luft bekommt, fixiert sie die Schafe, die immer noch nicht näher gekommen sind. Die Schafe stehen, wo sie eben standen, und starren vor sich hin oder mampfen das trockene Gras. Die Schafe haben nicht das geringste Interesse an diesem außergewöhnlichen Ereignis direkt am Rande ihrer Weide. Pauline könnte schwören, die Welt sei aus dem Gleichgewicht geraten, gerade jetzt, aber die Schafe vor ihrer Nase bekommen nichts davon mit.

*

Ihre Fischsuppe schlürft Pauline am Abend aus dem Napf. Ein Nachtspaziergang am Strand, bei dem Ann ihr mit ihrem Seidenschal die Augen verbindet. Pauline geht weiter wie zuvor, grenzenloses Vertrauen. Anschließend Peitschenhiebe, Dildos, Gesten der Unterwerfung und ausgerissenes Haar.

*

Morgens schon wieder die Mühsal der Frühstückszubereitung. Ihre aufkommende Verstimmung schlägt Pauline durch intensive

Gedanken an Anns Füße in die Flucht, die sie leckte, während sie sich gleichzeitig selbst befriedigen musste unter Anns Blick am Vorabend. Trotzdem würde sie den nächsten Tag gerne mit Sex beginnen.

Sie unternehmen eine Fahrradtour mit Picknick, Baden und allem, was dazugehört. Mit Eistüten schlendern sie über die Strandpromenade. Familien. Blonde Väter, blonde Mütter, blonde Kinder. Männerarme auf Frauenrücken, Frauenhände auf Kinderköpfen.

Wir sind die Ausnahme, denkt Pauline, immer die Ausnahme. Auf dem Schotter zwischen Strandpromenade und Hauptstraße stürzt Pauline. Ann ist sofort bei ihr, voll Sorge.

»Mein Engel, hast du dich verletzt?«

»Nicht schlimm«, flüstert Pauline in Anns geweitete blaue Augen hinein.

Es ist wirklich nichts, Pauline hat ein paar Schrammen, mehr nicht. Trotzdem pflegt Ann sie hingebungsvoll. Die Dienerin wird in einen Liegestuhl auf die Terrasse gebettet, mit einer Decke, einem Buch, mit Saft und Keksen.

»Ich arbeite ein bisschen. Ich lasse das Fenster offen. Wenn du mich brauchst, musst du nur rufen.«

Pauline ist gerührt von Anns Fürsorge und enttäuscht darüber, dass sie arbeitet. Sie hatte versprochen, nichts zu tun die Tage.

Pauline greift sich ihr Buch und liest es nicht, träumt stattdessen von Ann.

Ann sieht von ihrem Buch auf und aus dem Fenster hinaus, zu Pauline hin, die in ihrem Liegestuhl liegt. Zierlich, verletzt, sagenhaft schön und weltvergessen. Dahinter die Sonne auf ihrem Weg ins Meer. Ann atmet tief ein. Es ist vollkommen. Endlich keine Leerstelle mehr, nirgends.

Ann serviert Fisch in Salzkruste. Den Nachtisch, Fruchtjoghurt, verabreicht sie Pauline löffelweise.

»Einen Löffel für deine Herrin«, murmelt sie aufmunternd, »einen Löffel für deine Gebieterin. Einen Löffel für deine Geliebte, einen Löffel für deine Meisterin. Einen Löffel für deine Chefin …«

Nach dem Essen möchte Ann wieder etwas arbeiten.

»Höchstens eine Stunde. Du kannst dich so lange ja weiter erholen.«

Aber Pauline ist nicht nach Erholung zumute. »Kaum bin ich nicht mehr hundertprozentig benutzbar, hast du kein Interesse mehr an mir!«, wirft sie Ann vor.

»Du kannst dich in einer Stunde bei mir entschuldigen, wenn du dich bis dahin beruhigt hast.« Anns Stimme ist kalt.

Pauline springt auf und stürmt zum Strand.

Ann geht in ihr Arbeitszimmer, schließt die Tür hinter sich und setzt sich an den Schreibtisch. Sie nimmt eine Hausarbeit von dem Stapel vor sich. *Hysterie als weiblicher Wiederstand.* Ein *e* zu viel im Widerstand. Warum führt man das nicht ein, dass Hausarbeiten ungesehen als ungenügend bewertet werden, wenn schon auf dem Titelblatt der erste Rechtschreibfehler prunkt.

Ann greift nach ihrem Füllfederhalter mit roter Tinte. Ein paar Sandkörner liegen daneben. Wie kommen Sandkörner auf ihren Schreibtisch, war Pauline – wo ist Pauline wohl hingerannt? Zum Strand wahrscheinlich, und dort wird sie jetzt darüber sinnieren, wie boshaft, herzlos und vor allen Dingen langweilig ihre Herrin ist. Ann weist in Rot auf die Rechtschreibprüfung in Word hin und blättert um.

Die Sprache der Hysterie kann als Artikulation des weiblichen Unbehagens an einer patriarchalen Kultur gelesen werden. Hoffentlich kommt Pauline nicht auf die Idee, jetzt zu schwimmen, mit ihren Verletzungen, ihrer Wut, denkt Ann. Und wenn schon, sie ist doch erwachsen und ich kein Babysitter, keine Nonstopdomina, keine Fickmaschine, keine Alleinunterhalterin. Ann umklammert den Füllfederhalter mit solcher Kraft, dass ihre Fingerknöchel weiß hervortreten. *Die Sprache der Hysterie kann als Artikulation des weiblichen Unbehagens* – wie kommt Pauline dazu, mich so allumfassend zu annektieren, fragt sich Ann, mit welchem Recht beraubt sie mich meiner selbst?

Es geht so nicht mehr, sie wird mit Pauline sprechen müssen. *Die Sprache der Hysterie kann als Artikulation des weiblichen Unbehagens an einer patriarchalen* – Pauline ist nicht zu bremsen in ihrer Habgier, was mich betrifft – Anns Halsansatz juckt, ihr linker Nasenflügel zuckt. Sie vernichtet all mein restliches, mein eigenes Leben! *Die Sprache der Hysterie* – aber was ist denn da überhaupt an Leben. Ann kratzt ihren Hals. Pauline hat recht, sie ist langweilig. Und herzlos ebenfalls. Pauline ist verletzt, physisch wie psychisch, Pauline steht allein am Strand, und es könnte ihr alles Mögliche zustoßen. Pauline ist das schönste Geschenk, das Ann jemals gemacht wurde, und sie liest über die Sprache der Hysterie, die als Unbehagen an was auch immer zu lesen sei. Sie wird sie jetzt suchen. Sie wird Pauline suchen, in den Arm nehmen und nie wieder allein lassen.

Ann rührt sich nicht. Ann kratzt sich. Paulines Verachtung fürchtet sie und auch ihre Wut. Paulines Unberechenbarkeit. Paulines emotionale Unmittelbarkeit und ihre eigene ständige Verzögerung. Wie sie Eis produziert, während sie nichts erkennen kann in sich und erst recht nichts artikulieren. *Die Sprache der Hysterie.*

Pauline steht im kühlen Sonnenuntergang, barfuß in der Gischt, die Jeansbeine werden hart vom Salz, die Gesichtshaut brennt vom Salz, wo die Tränen sie treffen. Es ist wie so oft in der Familienbretagne vor zehn, zwölf Jahren. Oben im Ferienhaus verzweifeln die Eltern an ihr, unten am Strand fragt sich Pauline, ob sie gleich ins Meer gehen oder sich lieber langsam mit Zigaretten und Bier aus dem Weg räumen sollte.

»Und weißt du, Ann, warum ich nicht ins Meer gegangen bin, von meiner Feigheit und tausend anderen Gründen einmal abgesehen?«, jammert Pauline leise in den Wind. »Weil ich mich nach dir gesehnt habe!«

Pauline trinkt ihre Flasche Bier aus und raucht vier Zigaretten, dann geht sie wieder zum Ferienhaus, klopft an Anns Tür, kniet vor ihrem Schreibtisch nieder und bittet um Verzeihung.

*

Etwas windig, etwas frisch, aber auch sonnig. Pauline trocknet, flach auf dem Bauch liegend und nackt, wie von Ann verlangt. Hinter ihr das Meeresrauschen, vor ihrer Nase Insektensummen.

»Möchtest du etwas arbeiten? Ich könnte so lange zum Strand gehen«, hatte sie Ann vorgeschlagen, die jetzt tatsächlich schon wieder am Schreibtisch sitzt, an dem sie ein b, d, p und q zu schreiben geübt, für das Abitur gepaukt, über Magisterarbeit, Promotion und Habilitation geschwitzt hatte. Pauline döst derweil im warmen Sand. Und wacht auf, als ihr etwas an die Schulter tippt. Anns Zeh. Blinzelnd durch Sonne und Schlaf erkennt Pauline Anns Füße vor ihrem Kopf. Braun, sehnig und so schön. Pauline küsst jeden ein paar Mal. Ann regt sich nicht. Heißt, Pauline solle weitermachen. Pauline beginnt, Anns linken Fuß zu lecken, leckt Niveacreme durch Salzaroma und Anns herben, reifen Duft. Sie leckt jeden einzelnen Zeh ab, lutscht daran, fährt mit der Zunge über die Nägel, stößt in die Spalten zwischen erstem und zweitem, dritten und viertem Zeh. Außen Rauschen, innen Rauschen. Pauline leckt Anns Füße mit Sand zwischen den Zähnen. Ann steht ruhig, bewegungslos. Klar. Sieht aufs Meer hinaus und auf Paulines Hintern. Mein, denkt sie, mein Körper, mein Mädchen. Stößt dann Paulines Kinn mit den Zehen hoch. Schiebt es von links nach rechts. Heißt, Pauline solle den anderen Fuß ehren. Pauline gehorcht. Ann stellt den erstverwöhnten Fuß auf Paulines Haar. Diese liegt auf dem Bauch, die Nase in den Sand gegraben und wartet, dass Ann sich entscheidet, sie sterben oder leben zu lassen. Ann kniet sich zu ihr, lässt ihr Haar frei, greift in ihren Nacken.

»Schau, wie nass du meinen Fuß gemacht hast. Wenn dein Mund schon so viel Flüssigkeit produziert, wie sieht es dann weiter unten aus?« Und jetzt, ausgerechnet jetzt, natürlich, muss Pauline sie ansehen. Ihr ruhiges Gesicht. Der Hauch von Spott, der nie ganz verschwindet.

»Hast du dich eingecremt?«

»Hab ich was? Ach so. Ja, nein. Also ja, wollte ich gleich, ich komme ja gerade aus dem Wasser und bin dann irgendwie weggedöst –«

»Dafür bekommst du hundert Peitschenhiebe.«

Sicher, das sieht Pauline ein. Wo sie ihre Haut, die ja Ann gehört, also Anns Haut riskiert hat.

Ann reißt Pauline die Beine auseinander und fährt ihr triumphierend lachend über die nassen Schamlippen. Pauline kommt schon wieder auf ihr derzeitiges Lieblingsthema zu sprechen.

»Ich hätte so gerne ein dauerhaftes Zeichen von dir, Ann! Du sagst doch immer, ich sei dein Eigentum!«

»Also gut, ich lasse dir deine Möse piercen, wenn wir wieder zurück sind.«

Pauline ist perplex, aber ihr bleibt nicht viel Zeit, sich zu wundern, denn Ann zieht sie zum Wasser. In den Wellen, da, wo sie gerade noch stehen können, schlingt Pauline ihre Beine um Anns Hüften und die Arme um ihren Hals, während Ann sie hält und fickt.

Am Strand liegen sie einander gegenüber und blicken sich an. Ann bläst Pauline eine Haarsträhne aus dem Gesicht.

»Ich liebe dich«, sagt Ann.

*

»Ich liebe dich«, hat Ann gesagt.

*

»Ich liebe dich«, klingt es in Paulines Ohren. Ich liebe dich, ist das wahr. Kneif dich, ist es ein Traum? Wer sagt eigentlich, dass man ausgerechnet durch Kneifen aufwachen würde? Es gibt Wissenschaftler, die behaupten, die Möglichkeit, dass unsere gesamte Welt die Computersimulation einer höheren Rasse sei, liege bei zwanzig Prozent.

»Ich wollte das schon länger sagen, aber ich habe gewartet, bis ich mir ganz sicher war. Es ist egal, was du denkst. Es ist einfach so.«

»Ich liebe dich auch.«

»Das freut mich.«

*

»Hast du das ernst gemeint mit dem Piercing?«, fragt Pauline auf der Rückfahrt. Die Sonne sticht ihr in die Augen, außen ist alles grün. Sie fahren an der Weide vorbei, an der Paulines Pobacken hellrot wurden unter Anns Schlägen am helllichten Tag. Die Schafe starren immer noch vor sich hin, kauen bedächtig an ihrem Gras. Sie haben keine Ahnung, was dieses Piercing bedeutet. Die Schafe bleiben, wo sie sind, während Pauline und Ann landeinwärts fahren, viel zu schnell. Paulines Hand liegt wieder in Anns, ihre Schultern sind gerötet. Sie hatte sich tatsächlich verbrannt vorhin am Strand. Die letzten zehn der hundert strafenden Peitschenhiebe hatte Ann ihr auf die verbrannten Schultern gegeben. Sie hatte gezaudert, bevor sie es tat. Ihr erster Impuls war eher, den Sonnenbrand durch Pflege zu lindern, aber etwas trieb sie, Pauline die Bluse herunterziehen zu lassen, und wirklich, sie war selten so feucht gewesen wie in dieser Minute, in der Pauline sie ungläubig, entsetzt und ehrfürchtig anstarrte, ohne einen Laut von sich zu geben, während die Peitsche ihren Schmerz traf. Anschließend cremte Ann die Schultern ganz behutsam mit Après-Soleil-Milch ein. Pauline weinte.

»Natürlich habe ich das ernst gemeint. Mit solchen Dingen scherzt man nicht«, lässt Ann sie wissen. »Des Weiteren befehle ich dir, deinen Job im Callcenter zu kündigen und deine Eltern ihre Zahlungen einstellen zu lassen. Ich werde dich so lange finanzieren, bis du mit meiner Hilfe ein Stipendium bekommst. Ich werde deine Arbeit kontrollieren. Du wirst mir assistieren, so gut du kannst in der Zeit, die dir bleibt. Einen Tag die Woche hast du frei, um ganz mir und meinem Mann zu dienen. Unsere Putzfrau wird nur noch ein-, statt zweimal die Woche kommen.«

Pauline hatte mehrmals Luft geholt, um irgendetwas zu sagen, aber Anns schneidende Stimme hatte ihr die Worte zerhackt, noch bevor sie gedacht waren. Jetzt kann sie nur noch schwer atmend den Blick auf Ann heften und aufstöhnen, kaum dass Anns Hand ihre Möse berührt.

29

Pauline flattert in Hochstimmung durch die nächsten Tage. Es hat sich ein Glück aus dem Wust ihres Lebens herauskristallisiert, das sie nie zu erbitten gewagt hätte. Ihre Nerven blitzen, ihre Worte sind atemlos und essen kann sie nichts. Franzi hingegen kuschelt in Paulines Bett mit einer Tüte Chips.

»Man muss einfach der Tatsache in die Augen sehen, dass diese Diätchips nicht schmecken«, moniert sie. »Statt aber die Finger davon zu lassen, frisst man umso mehr von den Dingern, in der dämlichen Hoffnung, man könne durch Quantität die mangelnde Qualität wettmachen. Daraus wird natürlich nichts, und das einzige Ergebnis ist Übelkeit.«

Pauline murmelt mitfühlend »hmmhm«, während sie mit ernstem Blick ihren Kleiderschrank inspiziert. Heute ist ihr freier Tag, an dem sie Ann dienen darf. Da der Sommer sich gemächlich aus dem Staub macht, genügt es nicht mehr, sich irgendein Kleidchen aus dem Schrank zu greifen. Pauline muss sich jetzt richtig Mühe geben, um ein halbwegs bequemes Outfit zu finden, das trotzdem sexy aussieht.

Franzi mustert misstrauisch Paulines Schrankinhalt, lässt ihren Blick dann noch einmal durch den Raum streifen.

»Pauline, was ist eigentlich mit deinem Schrank los?«, fragt sie. »Und überhaupt mit deinem ganzen Zimmer?«

»Warum?«

»Das sieht hier so ungemein ordentlich aus!«

»Ja, weißt du, Ann hat doch diesen extremen Ordnungs- und Sauberkeitsfimmel«, erklärt Pauline, »und dem musste ich mich irgendwie anpassen an der Nordsee. Du müsstest mal sehen, wie die einen ankuckt, wenn man seinen Pullover einfach über einen Stuhl wirft. Und da dachte ich mir, ich könnte vielleicht generell etwas ordentlicher werden. Das findet Ann sicher gut.«

»Klasse. Hast du denn noch Kapazitäten, um nebenberuflich auch meine Haussklavin zu werden? Oder wenigstens ehrenamtlich das Projekt Abwasch zu adoptieren?«

»Kein Mensch hindert dich, dir eine Sklavin zu angeln«, erwidert Pauline.

»Hmmm«, brummelt Franzi mit Chips am Gaumen. »Vielleicht könnte diese Katharina sich hier mal nützlich machen, als Dank dafür, dass ich ihr meinen Freund borge.«

*

Marius und Katharina treffen sich inzwischen mindestens zweimal die Woche. Er schlägt sie in ihrer Vanilla-WG im Prenzlauer Berg, was prickelnd ist, weil ihre beiden Mitbewohnerinnen jeden Moment nach Hause kommen könnten. Er lässt sich von ihr bekochen, massieren, eincremen. Er geht mit ihr im Mauerpark und am Landwehrkanal spazieren, während sie Klammern an Brüsten und Schamlippen trägt. Nachts wagen sie Wanderungen mit verbundenen Augen, mit gefesselten Händen, mit Halsband. Ein paar Blicke bleiben an ihnen haften, mehr passiert nicht. Die Berliner lassen sich nicht so leicht schockieren. Katharinas Eltern sind beide Juristen, ihr zehn Jahre älterer Bruder Lehrer. Seine Frau hat ihr Lehramtsstudium abgebrochen und Kinder bekommen. Marius' Eltern sind Lehrer, seine ältere Schwester hat ihr Jurastudium an den Nagel gehängt, als sie von ihrem Lehrer-Freund schwanger wurde.

»Das hat doch auch etwas von SM, seine eigene Karriere aufzugeben, um für den Partner Mutter und Hausfrau zu sein, oder nicht?«, fragt Katharina in einem Café in der Kastanienallee. Sie flüstert das Wort SM in der Öffentlichkeit, was Marius süß findet. So war er auch einmal, so war auch Franzi einmal.

»Kommt darauf an, wie man SM definiert«, antwortet er. »Meiner Ansicht nach findet SM dann statt, wenn Unterwerfung oder Schmerz in Zusammenhang mit sexueller Lust bei allen Involvierten auftreten. Wenn meine Schwester Hausfrau wird, geht es dabei aber nicht um Sex, soweit ich das beurteilen kann.«

Katharina nickt, ihr Teeglas in der Hand. »Aber Menschen, die SM leben, gehen doch irgendwie reflektierter mit all diesen alltäglichen Machtmechanismen um, oder?«

Marius lächelt. »Das denken wir alle am Anfang. Ich glaubte auch, der SMer als solcher sei ein Ästhet, *per definitionem*. Ein tragischer Irrtum.«

*

Pauline erzählt Franzi mit respektvoll leiser Stimme von dem Piercing, das Ann ihr schenken wird. »Dann gehöre ich ihr, ganz offensichtlich!«, strahlt sie.

Franzi runzelt die Stirn.

»Pauline, du wirst niemals jemand anderem gehören!«, widerspricht sie. »Du wirst dich nicht in Anns Stiefel verwandeln, und wenn du dir noch so viele Nägel durch die Haut jagen lässt!«

Pauline presst die Lippen zusammen und verlässt die Küche.

*

Franzi hat inzwischen bei fast jedem Treffen mit Marius Kopfschmerzen. Früher oder später piept sein Handy, woraufhin er sich in ein funkelndes Energiebündel verwandelt, welches augenblicklich seinem Mobiltelefon entgegenhechtet, ein paar Knöpfe drückt und selig lächelt.

Manchmal meldet sich Marius mit ganz aufgeregter Stimme am Telefon. Wenn Franzi »hallo« sagt, beruhigt er sich schlagartig.

Franzi wirft Marius vor, sich in Katharina verliebt zu haben, was eine himmelschreiende Frechheit sei, denn das sei gegen ihre Abmachung. Marius bestreitet jegliche romantische Gefühlsregung, beteuert, es ginge bloß um Sex, aber er sei eben kein Chauvi, der bei einer Frau auftaucht, sie vögelt und dann wieder geht. Es sei für das seelische Gleichgewicht aller Beteiligten wichtig, die sexuelle Intimität in emotionale Sicherheit zu betten, damit Vertrauen sich entwickle, welches wiederum für SM unabdingbar –.

»Mein seelisches Gleichgewicht hält sich in überschaubaren Grenzen!«, brüllt Franzi. Dann piept Marius' Handy. Franzi schnappt sich ihre Jacke und geht.

Zu Hause bricht sie zusammen. Kommt tränenüberströmt und verschwitzt an, schlägt den Kopf gegen die Küchentür, fegt die

Kochbücher aus dem Regal, trommelt auf die Tischplatte und wird erst in Paulines Armen langsam ruhig.

»Ich bin umzingelt von Leuten, die sich sexuell verwirklichen, und ich mache nichts als arbeiten, arbeiten, arbeiten. Ihr überstrahlt euch gegenseitig vor lauter Glückseligkeit, und ich komme einfach nicht von meinen kleinen Alltagssorgen weg!«

»Warum schläfst du nicht auch mal mit jemand anderem?«, schlägt Pauline vor.

»Will ich doch, aber ich finde keinen brauchbaren Mann!«

»Unter deinem Schreibtisch oder im Frauenknast wird der auch kaum stecken«, mutmaßt Pauline. »Du solltest öfter in Clubs gehen.«

»Hab ich keine Zeit für.«

»Oder du probierst es mal mit Z.«

»Mit Z.?«

»Ja. Der hat dir doch gefallen auf seiner Geburtstagsparty, oder? Und du ihm erst recht.«

Z. gefällt nach Paulines Einschätzung jede Frau, die halbwegs als solche erkennbar ist, aber das sagt sie jetzt nicht.

Franzi schürzt die Lippen und lächelt dann schon fast. Ihre Augen sind rot, ihre Wange geschwollen, die Hand schmerzt. Zwischen ihr und Pauline liegt ein Kochbuch, ihr Fußabdruck darauf. Auf dem Herd die Scherben des Zuckerstreuers.

30

Ann hat Pauline einen Bibliotheksausweis für Doktorandinnen besorgt, mit dem sie auch Bücher aus Präsenzbibliotheken ausleihen kann. Bislang nutzt Pauline diese Möglichkeit nur für Ann. Sie hat Texte zur Hysterie aus vierzehn Büchern kopiert und stellt diese jetzt in einer hübschen Mappe zusammen. Auf die Mappe schreibt sie: *Hysterie: Die Kontrolle des Weiblichen durch die Medizin, SE, Prof. Dr. Ann Raben.* Und wird feucht dabei, unweigerlich.

Zu Hause bei Ann muss sie sich komplett entkleiden und eine Schürze anziehen, die ihren Hintern nicht verdeckt, bloß mit einer rosafarbenen Schleife schmückt. Sie soll die Fenster putzen. Ann erklärt ihr vorher ganz genau, wie das geht. Dann telefoniert Ann, während sie Pauline weiterhin antreibt. Verpasst ihr mit dem Rohrstock ein paar aufmunternde Hiebe. Pauline kann nicht schreien, weil Ann ja telefoniert, und was, wenn man sie hörte am anderen Ende der Leitung.

»Dann würde ich erklären, dass mein Dienstmädchen ab und an den Rohrstock bräuchte, damit es gut arbeitet«, sagt Ann, und Pauline glaubt ihr das sogar, weswegen sie sich auf die Lippen beißt, während Ann sie vögelt und dabei Sachen sagt wie: »Pubertierende finden ihre Eltern immer peinlich, Mone, nimm das nicht persönlich!«

Pauline sprüht in Anns Rhythmus »Glasklar« auf die Scheibe. Gegenüber, vor dem Feinkostitaliener, streitet sich ein schwules Pärchen. Paulines Bauchdecke krampft.

Als Pauline das letzte Fenster geputzt hat, tun ihr Nacken und Arme weh. Pauline hatte noch nie so viele Fenster auf einmal geputzt.

Ann telefoniert schon wieder. Pauline lehnt in Schürze mit zerzaustem Haar im Türrahmen des Arbeitszimmers, macht Gesten mit ihren rot geputzten Händen und formt mit den Lippen lautlos das Wort: »Fertig!«

Ann in ihrem Schreibtischstuhl, zurückgelehnt, den Hörer in der Hand, nickt anerkennend. Sie winkt Pauline zu sich.

»Ich will ja keine Sekretärin, ich will einfach nur eine wissenschaftliche Hilfskraft, das ist doch nicht zu viel verlangt, oder?«, seufzt sie ins Telefon, während sie mit dem Zeigefinger, ihrem schönen, langen Zeigefinger auf den Boden deutet. Pauline, verschwitzt und geschafft, kniet vor Ann im Anzug mit weißer Bluse, etwas aufgeknöpft, nieder. Ann streichelt ihren Kopf, ordnet ihr Haar, so gut es geht, während sie faucht: »Na ja, die sagen, wir hätten doch alle bereits Hilfskräfte in unseren Instituten, demzufolge gäbe es kein Problem. Dabei ist sonnenklar, dass meine Hilfskraft, die gerade einmal so halbwegs mit den Aufgaben zurechtkommt, die bei mir im Institut anfallen, keine Kapazitäten haben wird, mich im Sonderforschungsbereich zu unterstützen. Ich schwöre dir, ich kopiere keine einzige Seite, und ich werde auch wirklich keinen einzigen Satz für keinen einzigen Antrag mehr formulieren, ich meine, ich bin doch nicht – «

Ann regt sich auf und krault dabei Paulines Kopf im Rhythmus ihrer Wut. Pauline schmiegt sich an die schlanken, langen Beine, sucht die Finger, die ihr Haar ordnen, um sie küssen zu können – sie driftet gemächlich hinüber in ihre atemlose Lustwelt.

*

Später schlendert Ann durch das Wohnzimmer, während Pauline wieder im Türrahmen lehnt.

»Kommst du bitte einmal?«, ruft Ann über ihre Schulter hinweg.

»Fällt dir etwas an diesem Fenster auf?«, fragt sie Pauline, als sie bei ihr angekommen ist.

»Äh – also – «

»Ja?«

»Ja, also, ähm, da sind so Streifen – «

»Richtig, Pauline, da sind so Streifen!«, bestätigt Ann. »Habe ich dich gebeten, meine Fenster zu streifen?«

»Nein.«

»Sondern?«

»Du hast mich gebeten, deine Fenster zu putzen.«

»Das habe ich auch so in Erinnerung. Würdest du dies hier als ein geputztes Fenster bezeichnen?«

Pauline mustert die milchigen Linien, die sich über das Fensterglas ziehen, ein Hauch von Lila ist zu erkennen, vielleicht sogar etwas Türkis – im Prinzip sind das Regenbögen. Das Fenster freut sich, wieder trocknen zu können, nachdem Pauline es nass gemacht hat, und aus lauter Freude schillert es in den schönsten –.

»Oder würdest du das eher als ein verschmiertes Fenster bezeichnen, Pauline?«

»Ja.«

»Ja, was?«, insistiert Ann.

»Ich würde das eher als ein verschmiertes Fenster bezeichnen«, murmelt Pauline, obwohl sie es eigentlich viel lieber ein verschönertes, farbenfroh schillerndes Regenbogenfenster nennen würde, aber sie vermutet, so etwas will Ann jetzt nicht hören.

»Das sehe ich genauso, Pauline. Und ich weiß, dass dir als Philosophin kausales Denken nicht schwerfällt. Wenn also ich dich gebeten habe, meine Fenster zu putzen, du sie aber stattdessen verschmiert hast, was werde ich dann wohl jetzt tun?«

»Du wirst mich bestrafen?«

»Das hast du schon wieder ganz richtig erkannt!«, lobt Ann, während sie Pauline in das Studio schiebt, über den Zuchtbock wirft und mit eleganter Geste einen Rohrstock aus dem Regenschirmständer zieht.

*

Eine Stunde später brät Pauline Kalbsfilets in Martini-Kapern-Sauce, blanchiert Gemüse, deckt den Tisch, mixt Z. nach seinen Anweisungen einen Wodka Martini. Ann umschlingt von hinten seine Taille. Er riecht gut, er riecht immer gut, er fühlt sich gut an, fest, knochig und gelassen. Er ist absehbar.

»Es ist nicht so, dass ich James Bond sein möchte, erklärt Z. Pauline, »das ist bloß wirklich ein verdammt guter Aperitif. Solltest du auch probieren. Aber unbedingt mit Noilly Prat. Das ist was für Königinnen!«

»... und nichts für kleine Dienstmädchen!«, fügt Ann hinzu. Ein Klaps auf Z.s Hintern, während sie sich von ihm löst, sein amüsiertes Lächeln. Von seinen Hüften weg gleiten ihre Arme um die von Pauline am Herd. Viel unruhiger dieser Körper, viel sprunghafter, und er greift Ann mit jedem Atemzug.

Pauline isst unter dem Tisch aus einem Napf, zwischen Z.s und Anns Beinen. Ann zieht ihre Hose hinunter und Paulines Kopf in ihren Schoß.

Nachdem sie gekommen ist, mustert sie Paulines erschöpftes, feuchtglänzendes, gerötetes Gesicht und könnte fast schon wieder ...

»Kümmere dich um meinen Mann, Pauline«, befiehlt sie. »Du hast genau fünf Minuten Zeit. Wenn ich ihn bis dahin nicht kommen gehört habe, dann gnade dir Gott!«

Pauline lässt Z.s Glied in ihren Mund gleiten. Es ist kleiner als die Dildos, mit denen Ann sie bearbeitet. Pauline hat nie sonderlich gerne an Schwänzen gelutscht, aber Z. ist immerhin rasiert, er hat ein schönes Bauchnabelpiercing, er ist feingliedrig und muskulös, und sie tut es für Ann. Pauline stellt sich mit geschlossenen Augen vor, wie Anns Blick auf ihr ruht, auf ihrem verformten, angestrengten Gesicht, ihren gespreizten Lippen.

»Schlaf nicht ein, Pauline!« Anns Fuß hart an Paulines Gesäß – Z.s Glied noch härter an ihrem Gaumen. Zwischen Schuhspitze und Schwanzspitze taumelnd in irgendeinem Rausch. Z., der sich schon selbst in die Hand genommen hatte, als die beiden Frauen miteinander beschäftigt gewesen waren, kommt vor

Ablauf von Anns Ultimatum, und so darf Pauline zur Belohnung endlich unter dem Tisch hervorkommen, um sich, die Arme über dem Kopf verschränkt, vor Ann aufzubauen.

Ann – schwarzer Hosenanzug, weiße Bluse, etwas aufgeknöpft, die Brille scharf gerändert, die Worte scharf geschliffen – lehnt sich in ihrem Stuhl zurück. Ein Glas Rotwein in der Hand, einen Finger auf Paulines Klit. Z. streicht über Paulines Rücken, das Kreuzbein, den Po. Z. ertastet von hinten ihre Brüste.

»Tu ihr weh!«, weist Ann ihn an. Er bohrt seine Fingernägel in Paulines Brustwarzen.

»Sieh mich an!«, verlangt Ann. Pauline hält dem swimmingpoolkühlen Blau stand, dem ruhigen, gleichmäßigen, tiefen und klaren Swimmingpoolblau, und es kostet sie Kraft. Anns Finger reibt ihren Kitzler, Anns Blick lässt sie zittern.

»Wir haben Zeit«, sagt Ann. »Du kommst hier nicht weg, bevor du nicht gekommen bist.«

31

»Habe ich dich gebeten, meine Fenster zu streifen!«, prustet Franzi mit Rührei im Mund. »Du kannst Ann ausrichten, ich sei ihr größter Fan! Und das mit dem kausalen Denken – herrlich! Sag mal, Pauline, dein Philosophiestudium hat dir bisher doch nichts als Ärger eingebracht, oder?«

Pauline grinst in ihren Milchkaffee mit 0,3 Prozent Fett – Franzi macht immer noch Diät.

»Manche studieren, um Karriere zu machen, und ich studiere, um tolle Orgasmen zu bekommen«, stellt sie fröhlich fest. Sie fügt hinzu: »Franzi, dir ist schon klar, dass Rührei nicht gerade das taillenfreundlichste Frühstück ist?«

»Komm, ich bin heute Morgen anderthalb Stunden gejoggt, also gönn mir doch bitte das bisschen Ei!«, verteidigt sich Franzi.

»Anderthalb Stunden – findest du das normal?«

»Nee. Aber normaler, als Leute zusammenzuschlagen, und dazu habe ich momentan permanent Lust, wenn ich mich nicht völlig auspowere. Ich meine, dieses Justizvollzugssystem – die entlassen eine Achtzehnjährige nach mehreren Jahren, im Wissen, dass sie heroinsüchtig ist, sie drücken ihr ihre neunhundert Euro Brückengeld bar in die Hand, und wenn sie sich fünf Tage später totgefixt hat, muss ich mir anhören, dass ihr das Theaterspielen wohl nicht sonderlich geholfen hat. Da muss man doch wahnsinnig werden, oder?«

Pauline sagt nichts. Was soll sie dazu auch sagen.

»Und du putzt jetzt also Anns Luxusbude, ja?«, nimmt Franzi ihr vorheriges Gesprächsthema wieder auf.

Pauline nickt selig.

»Sie finanziert dich, und du putzt ihre Fenster und lutschst an ihrem Mann rum, ja?«

Pauline nickt.

»Findest du das normal?«

»Nee«, antwortet Pauline, »aber geil!«

32

Eine Woche später geht Pauline einkaufen. Zu Kaiser's und zum Feinkostitaliener. Schleppt flaschenweise Wodka, Gin und Tonic Water für Z. die Treppen hinauf. Ann gibt Pauline einen Stapel Hausarbeiten und einen Stapel Bücher. Sie soll die Fußnoten kontrollieren. Ob sie vollständig sind und die Literaturhinweise korrekt, auch auf Rechtschreibung und Zeichensetzung achten. Pauline hasst das. Sie will keine kleinkarierte Kontrolleurin sein, keine Petze und keine Verräterin. Sie will aber andererseits alles tun, was Ann von ihr verlangt. Sie kauert auf dem Fußboden über den Arbeiten und macht nur ganz schwache Bleistiftstriche, wenn etwas falsch ist. Fehlende Kommata und Doppelpunkte könnte sie eigentlich auch übersehen, denkt sie, aber sie will nicht, dass Ann unzufrieden mit ihr ist. Sie will gut sein für Ann und wichtig.

»Also, was passiert denn jetzt, wenn da so ein paar Fehler in den Fußnoten sind?«, fragt sie Ann, als sie fertig ist.

»Das wirkt sich auf die Benotung aus«, erwidert Ann, ohne aufzusehen.

»Aber, ich meine, das sind doch nur so Flüchtigkeitsfehler«, setzt Pauline nach. Ann sieht sie jetzt an, ruhig und aufmerksam.

»Oder es hat den Studenten vielleicht auch nie jemand gezeigt, wie man so was richtig macht. Also, weil, also manche Professoren, also es sind ja nicht alle so wie du. Oder sie müssen total viel jobben, um sich ihr Studium zu finanzieren, weil ihre Eltern kein Geld haben, und dann bleibt ihnen nicht so viel Zeit für ihre Hausarbeiten. Die Studenten, die reiche Eltern haben, die können sich ja ewig mit ihren Fußnoten beschäftigen – ich meine ...«

»Danke für deine Hilfe, Pauline.« Ann lächelt. »Wärst du jetzt so freundlich, das Bett frisch zu beziehen?«

Pauline macht es absichtlich schlampig, in der Hoffnung, Ann würde ihre Arbeit wieder überprüfen und sie bestrafen. Ann tut nichts dergleichen. Ann möchte mit Pauline über ihr Exposé sprechen.

»Du erwähnst den Harem überhaupt nicht. Warum?«

»Weil du gesagt hast, dass ich nicht über Lusträume schreiben soll«, antwortet Pauline, während sie vor Anns Schreibtisch sitzt und sich die Fingernägel der rechten in die Haut der linken Hand bohrt.

»Ich habe dir nicht gesagt, was du tun sollst, sondern was mich an deinem Thema interessiert«, korrigiert Ann Pauline. »Und mir erscheint der Harem in diesem Zusammenhang durchaus bedeutsam. Ein Harem ist nicht zwangsläufig gleichbedeutend mit Lust. Es gibt eine Welt jenseits von Sadomasochismus, Pauline.«

Pauline lässt sich die Haare vors Gesicht fallen. Dort, wo ihre Nägel waren, sind jetzt blaue Striche auf der Haut.

»Ich möchte, dass du dieses Buch hier liest.«

Pauline starrt durch ihren Haarvorhang hindurch auf das Buch. Es ist französisch. Sie wird es nicht verstehen. Sie nickt und bohrt sich ihre Fingernägel in den Unterarm.

»Generell fehlt mir in deinem Exposé immer noch eine konkrete Stoßrichtung«, fährt Ann fort. »Was genau ist dein Motor, was deine Motivation? Du hast ja durchaus Fragen formuliert, aber was ich vermisse, ist eine weitaus provokantere These. Es geht ja nicht um eine Hausarbeit, die du schreiben musst, um deinen Abschluss zu bekommen. Niemand zwingt dich, zu promovieren. Und niemand zwingt die Stiftung, dich dabei zu unterstützen. Ich möchte ein wirkliches Interesse deinerseits spüren in deinem Text, ich will, dass dein Erkenntnisdrang mich anspringt. Es braucht einfach mehr Biss und mehr Präzision. Denke radikaler, Pauline, denke dort weiter, wo die Mehrheit aufhört zu denken.«

Pauline nickt und denkt, ihr Denken jenseits des Denkens der Mehrheit befasse sich eben hauptsächlich mit Anns Macht und ihrer eigenen Ohnmacht. Mit der seltsamen Struktur ihrer Lust, die sie beängstigt.

Pauline bereitet zum Abendessen einen Salat, Grünkernfrikadellen, eine Obstplatte als Nachtisch. Nichts Schweres, denn sie werden später ins Diesseits gehen. Z. hat seine neue Errungenschaft, Maria mit rotem Schmollmund und dunklen Locken, eingeladen.

Z. verteilt Noilly Prat auf Eis. »Für Königinnen!«, wie er Maria erklärt.

»Bevor du dein Essen bekommst, kümmerst du dich um meinen Schwanz«, sagt er kurz darauf. Maria geht rot, aber widerstandslos in die Knie, um Z.s Geschlecht zwischen Hosen und Hemd hervorzukramen.

Pauline verrührt Balsamicoessig und Kürbiskernöl. Sie steht mit dem Rücken zu den beiden, aber sie hört, wie eine Kondomverpackung aufgerissen wird. Sie könnte nicht sagen, was dieses Geräusch von ihm ähnlichen unterscheidet, warum es anders klingt als das Öffnen einer Kaugummipackung, einer Bonbonpackung, einer Taschentuchpackung oder was auch immer. Aber ihr Körper erkennt dieses Geräusch, und er reagiert darauf mit der Produktion von Flüssigkeit.

Ann kommt zu ihr in die Küche. Sie mustert Z., die ihr fremde, in ihrer Wohnung an ihrem Mann nuckelnde Frau und die ihr so vertraute, angespannt wirkende Pauline. Nichts davon erreicht sie gerade. Sie schenkt sich ein Glas Mineralwasser ein. Ich hätte ihr etwas zu trinken bringen sollen, denkt Pauline und freut sich gleichzeitig darüber, dass Ann hier ist, dass sie die lutschende Maria und den genießenden Z. sieht. Vielleicht animiert sie das ja, Pauline in die Knie –.

»Z., wenn du Pauline als Unterstützung benötigst, nimm sie dir«, sagt Ann und verschwindet wieder Richtung Arbeitszimmer. Pauline dreht sich lächelnd zu Z. um, das Tomatenmesser in der Hand. Z. lächelt auch. Er findet zwei Frauen immer besser als eine, aber etwas in Paulines Blick schreckt ihn ab.

*

Pauline hackt Tomaten, Maria würgt, Z. kommt. »Hört mal«, sagt Ann beim Essen, »ich glaube, ich bleibe heute Abend lieber zu Hause, wenn ihr es mir nicht übel nehmt. Ich muss diesen Antrag schreiben, ich habe einfach keine Ruhe.«

Bis gerade eben hielt sich Paulines Lust am höchsten Ast ihres Freudengartens fest, immer kurz davor, sich daran hochzuziehen, ihn rittlings einzunehmen. Jetzt lässt sie los und fällt.

»Du kannst ja auch ohne mich gehen«, schlägt Ann vor.

»Was soll ich allein in einem SM-Club?«, faucht Pauline.

»Na ja, wir sind ja auch noch da«, sagt Z. »Und ihr seid keine siamesischen Zwillinge, oder?«

»Du warst doch sowieso mit Franzi und Marius verabredet«, fügt Ann hinzu.

Z. verspricht: »Du wirst dich nicht langweilen, Pauline. Sei versichert, die Welt dreht sich auch, wenn Ann nicht anwesend ist.«

Pauline zwingt sich ein Lächeln für ihn ins Gesicht, er tut es ihr gleich. Ann kratzt den Ausschlag an ihrem Halsansatz, Maria zupft an ihrem Kleid.

Pauline räumt ab und fragt sich dabei, warum sie das tut. Mit Sex hat es ja offensichtlich nichts zu tun heute. Sie geht ins Bad, um sich zurechtzumachen. Ann plant irgendeinen Sonderforschungsbereich, der als interdisziplinäres Projekt Biologie, Philosophie, Kunstwissenschaft, Theaterwissenschaft, Medizin, Geschichte und Psychologie zusammenbringen soll, wenn Pauline das richtig in Erinnerung hat. Besonders scharf ist Ann auf die Sexualwissenschaftler von der Charité. Und sie stellt sich vor, das Ganze durch Ausstellungen zu ergänzen. Vielleicht könnte man sogar Theaterprojekte damit verbinden und überhaupt die Welt erobern. Das ist natürlich alles viel wichtiger als Paulines Möse.

Ann steht plötzlich im Türrahmen. Mit verschränkten Armen, dünner Nase, hochgezogenen Schultern und tatsächlich auch einigen Falten im Gesicht. Sie wird bald alt sein, denkt Pauline in diesem Moment.

»Sei mir nicht böse, Pauline, ja?« Ihre Stimme klingt müde und so, als ob sie selbst sich durchaus böse sei. »Wir holen das nach, ja?«

»Ja, klar«, gibt Pauline zurück. »Und du brauchst jetzt auch nicht die ganze Zeit in der Tür zu stehen. Ich kann mich durchaus allein schminken.«

Pauline spürt das Gift ihrer eigenen Worte sich in ihrem Magen ausbreiten, während Ann geht.

In der Küche kredenzt Z. irgendeinen Drink für Königinnen zu Jimi Hendrix. »Der Beste«, sagt er.

»Wegen ihm habe ich mit dem Gitarrespielen aufgehört«, erzählt Pauline. »Es ist doch sinnlos. Wozu soll nach ihm noch Gitarre gespielt werden?«

Pauline geht hinter Maria mit ihren entfesselten Hüften die Treppen hinunter, steht vor Z.s schwarzem Uralt-Mercedes, spürt die Nervosität der anbrechenden Nacht auf der Haut, als sie nicht weiter kann.

»Ich bleibe doch lieber hier. Fahrt ohne mich, okay? Grüßt Franzi!«

Maria ist alles gleich, ihre Hüften tanzen bereits. Z. spürt wieder dieses ungute Gefühl in der Magengegend, als er in Paulines ruheloses Gesicht blickt.

Ann scheint sich zu freuen, trotz schlechtem Gewissen. »Wir lesen einfach beide etwas, ja?«, schlägt sie vor. »Du musst doch auch arbeiten, damit du vorankommst.«

Pauline will nicht vorankommen, sie will genau hier bleiben, hier, zu Anns Füßen, auf Anns Teppich, hier und nirgendwo sonst. Sie lehnt den Kopf an die Beine der lesenden Ann auf dem Wohnzimmersofa und starrt in das französische Buch, das sie nicht versteht. Pauline spürt den weichen Stoff von Anns Hosen, die knochigen Schienbeine darunter, sie riecht das frische Waschmittel und schließt die Augen. Wie sie das erste Mal mit Ann in einem Club gespielt hatte, mein Opfer. Das zweite Mal, als sie auf der Kloschüssel geohrfeigt wurde, und danach. Paulines Möse schwillt. Es ist nass auf ihren nackten Schenkeln unter ihrem schwarzen Kleidchen. Sie möchte sich beruhigen, aber sie sieht Anns Hände, die das Buch halten, und kann nicht anders, als sich diese Hände zu denken, wie sie manchmal mit ihr umgehen, wie diese Hände hart und schneidend ihr ins Gesicht fahren, wie sie ihr streng den Hintern zeichnen und jeden Mut dabei nehmen. Ann, die ihren Ehering auszieht (eine Geste wie pures Aphrodisiakum), um in Pauline einzudringen. Wie sie zustößt und Paulines Atem hetzt.

Pauline ist so erregt, dass es weh, wirklich wehtut. Und sie macht alles nass. Ich verschmutze den Teppich mit meinem Verlangen, denkt Pauline und kann doch nicht aufhören damit. Ihr Becken malt kleine Kreise auf den Boden, ganz automatisch, sie will das nicht.

»Ann«, hört sie sich plötzlich flüstern, »bitte schlag mich.«

Ann sieht auf, mit mildem Lächeln, die Hand, die begehrte, auf Paulines Wange.

»Nicht jetzt, Pauline, ich bin so erschöpft!«

Pauline spürt Übelkeit in sich aufsteigen. Sie steht auf, läuft ins Bad. Seltsam leicht sind dabei ihre Glieder, seltsam bewusst jede Bewegung. Einmal hatte sie irgendwelche Drogen genommen, sie erinnert sich nicht mehr genau, aber da hatte sich ihr Körper genauso angefühlt. Der kalte Badewannenrand. Ihre Möse ist noch heiß. Biologisch betrachtet pulsiert sie vor Erregung, aber Pauline ist schlecht. Die Begierde zwischen ihren Beinen widert sie an, noch mehr die in ihrem Kopf.

Ann ist ihr gefolgt. Steht vor ihr und traut sich nicht, sie zu berühren. Manchmal weiß sie, sie kann jetzt alles tun mit Pauline, sie kann sie anfassen, streicheln, schlagen, vögeln, sie kann sie zerquetschen und erdrücken, sie kann diesem Körper antun, wonach immer ihr ist. Jetzt hingegen gibt es für sie keine einzige Möglichkeit, sich dem so vertrauten Körper zu nähern. Eine niederschlagende Erkenntnis blitzt in Anns müdem Gehirn auf: So sehr Pauline sich ihr auch schenkt immer wieder und so sehr Ann sie erobert, einnimmt, besetzt: Pauline bleibt doch ein radikal fremdes Wesen.

»Bitte, Pauline, sei nicht traurig!«

»Ich bin nicht traurig. Ich bin nur gedemütigt. Ich könnte meinen Körper in Stücke reißen, so gedemütigt fühle ich mich.«

»Was kann ich tun, damit du dich besser fühlst?«

»Nichts. Geh einfach. Deine pure Anwesenheit ist eine Demütigung.«

Anns Augen sind feucht, auch rot, als sie Pauline besorgt und befremdet ansieht, bevor sie sich abwendet. Pauline sieht zum Klo, spielt mit dem Gedanken, sich zu übergeben, und lässt es bleiben. Ihr Blick in den Spiegel. Die aufrechte, schmale Gestalt, das schmale Gesicht mit den blassen Wangen, die so gerne rot geschlagen werden. Sie schlurft wieder ins Wohnzimmer, zu ihrer Herrin, die auf dem Sofa liegt, die Brille auf, das Buch vor der Nase – sie liest jetzt nicht, Pauline weiß es.

»Wollen wir nicht schlafen gehen, Ann?«

»Ja.« Ann lächelt und ist ganz zerbrechlich dabei. Ich raube meiner Domina die Kraft, die ich so dringend brauche, denkt Pauline.

*

Pauline wird vor dem Wecker wach. Ann döst oder liegt mit geschlossenen Augen. Sie ist mehrmals aufgestanden in der Nacht, sie schläft nicht gut zurzeit. Pauline will Anns Schönheit noch einen Moment genießen und dann aufstehen, um ihr einen Kaffee zu kochen. Sie hat Anns Fantasie im Kopf, von dem zarten, weiblichen Geschöpf, das mit der Kaffeetasse in der Hand auf dem Bettvorleger kauert und schließlich von Ann über ihre Knie gezogen und mit der Bürste gezüchtigt wird. Aber der Wecker läutet, bevor Pauline aufgestanden ist. Ann will jetzt laufen.

Pauline fühlt sich schlaff und unsportlich, wenn Ann laufen geht, so wie bei all den blöden Ballspielen im Schulsport, bei den quälenden Bergbesteigungen mit der Familie und beim Fahrradfahren mit Franzi. Pauline verrührt Müsli mit frischem Obst für Ann, setzt Kaffee auf und wartet. Sie könnte duschen, aber sie könnte vielleicht auch nachher, mit Ann zusammen ...

Ann kommt dynamisch und mit einer Entschlossenheit, die Pauline die Knie weich macht, zurück. Sie küsst Pauline im Vorübergehen (und das ist eine Zeile aus irgendeinem Gedicht, das Pauline vor langer Zeit gelesen hatte: *Er küsste sie im Vorübergehen.* Sie hasst dieses Gedicht). Ann nimmt die Tasse, die Pauline ihr hinhält, und sagt immer noch im Gehen: »Ich bin kurz unter der Dusche.«

Pauline steht in der Küche, ist unentschlossen, ist kraftlos. Aber früher oder später muss sie sowieso duschen, also kann sie genauso gut jetzt ins Bad gehen, kann sich entkleiden, während Ann hinter ihrem nassen Vorhang verschwimmt, kann ihr ein Handtuch reichen und vielleicht –.

Die Badezimmertür ist einen Spaltbreit geöffnet. Bevor Pauline ihre Hand auf die Klinke gelegt hat, hört sie Z.s Stimme. »Nein, Pauline interessiert mich nicht brennend. Ich möchte einfach nur begreifen, was denn eigentlich zwischen euch passiert. Denn das, was unser gemeinsamer Ausgangspunkt war, ist es doch offensichtlich schon lange nicht mehr.«

»Ich bitte dich, Z., wann bleiben zwischenmenschliche Beziehungen statisch und wann lassen sie sich planen?«

»Du weißt, was ich meine!«

»Genau *das* sagen Menschen, die selbst nicht wissen, was sie meinen!«

»Du schlägst um dich, weil du das Thema nicht magst, weil es dir nämlich selbst im Magen liegt!«

»Ich schlage um mich, ach ja? Sieh an, und ich glaubte, ich würde meinen Körper eincremen!«

»Du müsstest deine eiskalte Stimme hören, Ann, oder schau dir dein Gesicht im Spiegel an! Du stellst dich tot, du stellst dich unmenschlich, du stellst dich tiefgefroren, damit nichts dich tangieren kann, aber ich sage dir trotzdem: Pauline ist süchtig nach dir, und du geilst dich an ihrer Abhängigkeit auf!«

»Abhängigkeit! Z., sie ist devot! Wir sind Sadomasochisten!«

»Ann, es geht doch inzwischen nicht mehr bloß darum! Was macht sie denn, außer dich anzubeten? Und was machst du, außer deine kleine Pauline zu vergöttern und dich in deine Arbeit zu flüchten?«

»Zacharias, bist du eifersüchtig? Du, der seine Geliebten längst nicht mehr zählen kann?«

»Selbstverständlich nicht! Aber Pauline beunruhigt mich. Ich mache mir Sorgen um dich, um uns, und *ja,* auch um mich! Ich denke, es ist an der Zeit, etwas zu ändern!«

Ann reißt die Badezimmertür auf und fegt hinaus.

»So behandelst du mich nicht, Ann!«

Ann möchte einfach ihre Ruhe haben, und zwar dringend.

Pauline ist nicht mehr da. Aber eine Stunde später ruft sie an. »Ich habe eure Stimmen gehört, ich wollte nicht stören. Da bin ich gegangen. Entschuldige, dass ich mich nicht verabschiedet habe.«

»Das entschuldige ich, Pauline, aber ich will es nicht noch einmal erleben.«

»Ganz sicher nicht, Ann!«, haucht Pauline. »Ann, ich liebe dich, ich liebe dich so fürchterlich, dass alles wehtut davon!«

»Ich liebe dich auch, meine Kleine!«

»Ann, du lässt mich doch nicht allein, oder?«
»Nein, Pauline, ich lasse dich nicht allein.«

33

Franzi hat bei Marius geschlafen, um dann den Tag im Büro und im Knast zu verbringen. Es ist schon fast zehn, als sie nach Hause kommt, mit eiskalten Füßen – sie weigert sich, das Ende des Sommers durch das Anziehen von Socken anzuerkennen.

Aus Paulines Zimmer dringt Tom Waits, der seine Martha besingt. Pauline selbst sitzt mit einem Glas Rotwein auf dem Bett. Sie starrt aus dem Fenster, wo man nichts sieht außer Dunkelheit.

»Du hast nicht viel verpasst gestern Abend«, sagt Franzi. Pauline trinkt ihr Wasserglas leer und gießt Wein für Franzi hinein. »Es war voll, aber gespielt haben nur ganz wenige. Alles in allem waren viel zu viele unattraktive Menschen da. Und dieser Z.«, fährt sie fort, »der geht mir auch auf die Nerven. Wenn der keine Handvoll Frauen um sich scharen kann, die nach Möglichkeit unter dreißig sind, dann kommt der doch nicht klar. Ich verspüre eigentlich kein Bedürfnis, mich da in die Warteschlange einzureihen.«

Sie erzählt von Marius und ihren Spielversuchen. »Ich war so müde. Ich dachte, wenn wir erst einmal spielen, wird's vielleicht besser, der Hunger kommt beim Essen, aber dem war nicht so. Geschlagen werden, wenn man nicht geil ist, tut einfach nur weh. Und dann ist Marius immer so komisch. Einerseits dominant, andererseits unsicher, was ja auch verständlich ist, aber dann geht bei mir eben gar nichts mehr. Also haben wir es gelassen und uns an die Bar gesetzt. Ich bin auf die Toilette gegangen, und als ich zurückkam, war er gerade dabei, eine SMS zu schreiben. Später, zu Hause, hat er mir ein Foto von Katharina gezeigt, die sich eine Gurke in die Möse schiebt, weil er ihr das vorher per SMS befohlen hatte. Und das zeigt der mir an unserem missglückten Spielabend! Da kann man doch nur heulen.«

Pauline legt der Freundin den Arm um die Schulter. Sie weiß nichts zu sagen.

»Und du hattest also gestern Heimspiel ohne Publikum?«, fragt Franzi.

»Ohne Spiel vor allen Dingen«, erwidert Pauline und erzählt von ihrem Abend.

»Komisch, irgendwie«, grübelt Franzi. »Während einer Session ist es geil, wenn man gedemütigt wird, aber im Alltag fühlt es sich nur schlimm an.«

»Oder auch nicht.« Pauline starrt in ihr Glas. »Ich bin mir manchmal nicht sicher, ob ich es nicht irgendwie immer gut finde und gleichzeitig schrecklich. Ich meine, ich war so feucht gestern, wenn sie mich nur einmal angefasst hätte, ich wäre explodiert – und ich hätte gleichzeitig kotzen können. Ich krieg das einfach nicht raus, wo die Lust aufhört und die Macke anfängt.«

»Vielleicht gibt's da ja Überschneidungen«, mutmaßt Franzi.

»Warum dann die Rede vom Spiel, wenn man über SM spricht?«, fragt Pauline. »Ich finde das nicht sehr spielerisch, ich finde das furchtbar anstrengend. Und wenn es ein Spiel sein sollte, dann kapiere ich keine einzige Regel. Ich komme mir vor, als hätte man mich auf ein Footballfeld gestellt und ich könnte höchstens die nächsten paar Sekunden bewältigen.«

»Es ist auf jeden Fall ein ziemlich aufwändiges Spiel«, bestätigt Franzi. »Wie diese Life-Rollenspiele oder noch schlimmer sogar. Auf keinen Fall Stadt, Land, Fluss oder Schere, Stein, Papier. Vielleicht ist das alles Quatsch, und wir sollten einfach nur vögeln. Rein, raus, ein paar Küsse, mehr nicht.

Pauline, meine Mutter kommt nächste Woche zu Besuch – was mache ich nur mit ihr?«

34

Pauline starrt an ihrer Promotion vorbei in den sonnig anbrechenden Oktober. Sie hört Rosenstolz, bis Marius ächzt, summt: »Sei mein Gott und ich bete wie nie!«, lässt ihr Kürbisragout kalt werden und schenkt Franzi ihren Nachtisch. Sie geht zu Roland, um auf seinem Klavier Beethovens 9. zu spielen. Roland sieht ihr verzaubert zu, sie selbst fühlt sich melodramatisch entrückt.

Sie schreibt Ann eine SMS: *Hey Ann, wie geht es dir? Was ist mit den Sexwiss.? Du fehlst mir.*

Ann schreibt zurück: *Projekt sieht gut aus, bin im Stress, bis bald.*

Mehr nicht. Kein Kuss, kein: *Ich vermisse dich,* kein: *Wann sehen wir uns?* Anna R. singt: *Es tut immer noch weh,* und Pauline verschwindet hinter ihren Haaren.

*

Ein paar Tage später besucht Ann Pauline. Es sei gerade besser, wenn sie sich nicht bei ihr zu Hause träfen, sagte Ann am Telefon, sie habe ein paar Differenzen mit Z. Nichts Dramatisches. Franzi arbeitet im Café, danach wird sie über Nacht zu Marius fahren. Pauline hat Kürbissuppe und Crème brûlée für Ann zubereitet. Ann erzählt von ihrem Projekt, sie ist erschöpft, sie weiß nicht, ob die ganze Arbeit sich lohnt, sie fühlt sich ausgebeutet. Pauline betrachtet Ann mit hungrigen Augen.

»Was macht dein Exposé, Pauline? Willst du es mir zeigen?«, fragt Ann, nachdem sie ihre Suppe aufgegessen hat.

»Ich habe nicht daran weitergearbeitet«, entgegnet Pauline. Sie blickt fordernd durch ihre Haare hindurch zu Ann.

»Warum nicht?«

»Mir war nicht danach.« Paulines Faulheit ist eine bewusste Provokation. Wenn Ann nicht mit ihr spielt, arbeitet sie nicht an ihrer Promotion.

»Gut. Dann gehe ich jetzt nach Hause, und du setzt dich an deinen Schreibtisch«, sagt Ann. Sie sieht traurig aus dabei, gleichzeitig so entschlossen und unangreifbar wie immer. Sie möchte bei Pauline sein, aber sie ist zu erschöpft für deren Probleme, für Streitgespräche, für Tränen, tiefe Gefühle und eigentlich auch für Sex.

Pauline vergisst das Ausatmen. Ihre Glieder sind schon wieder so leicht, das Blut scheint weg, die Hand, die den überflüssigen Löffel hält, zittert. Paulines Blick beißt sich in Anns Jackett fest, ihre kleine hysterische Angst krallt sich in ihren Bauch. Ann steht auf.

»Nein!«, haucht Pauline. »Bitte geh nicht.«

»Doch.« Anns Jacke. Ihre Tasche.

»Bitte.«

»Wir telefonieren, Pauline. Arbeite.« Ann kommt selbst nicht gegen ihre eigene Entschlossenheit an, sie kennt das.

Ihr letztes »Bitte« spricht Pauline in das Knarren der Tür, die Ann hinter sich zuzieht.

Es dauert, aber es passiert. Pauline steht vom Küchentisch auf. Ihr ist übel. Rammstein: *Die Liebe ist ein wildes Tier.* Lauter geht's nicht, doch Pauline wacht trotzdem nicht auf. Weißwein gläserweise. Wohin, wer, was. Weißwein, die Repeat-Taste. Die Suppe in den Abfluss, die Crème brûlée in den Kühlschrank für Franzi. Franzi. Zu Franzi. Jacke, Tasche und zehn Minuten zu Fuß. Das Café, in dem Franzi arbeitet, ist relativ voll, Thorsten und Sven sitzen am Tresen.

»Hey, was ist los? Du siehst nicht gut aus.« Franzi stellt Gläser ab und reißt den Kühlschrank auf. Pauline hatte sich auf der Toilette das Gesicht mit Papierhandtüchern gesäubert, nachdem sie sich übergeben musste, aber vielleicht sind ein paar Salzkrusten von Trockentränen übrig geblieben.

»Ich habe mich mit Ann gestritten.«

»Ach, du Arme! Ich komme gleich!« Mit federnden Schritten verschwindet Franzi. Pauline fragt Thorsten nach einer Zigarette, aber er hört sie nicht, so sehr ist er in sein eigenes Reden vertieft. Pauline bedient sich.

»Warum denn?«, fragt Franzi am Zapfhahn.

»Sie war wütend, weil ich nicht an meiner Promotion weitergearbeitet habe.«

»Da hat sie ja auch recht. Ich komme gleich.«

»Hey, Pauline, wie geht's dir?« Thorsten legt ihr die Hand auf die Schulter. »Hat dir Franzi schon von unserem nächsten Projekt erzählt? Wir können mit den Frauen tatsächlich eine Aufführung draußen machen, in einem richtigen Theater. Das ist revolutionär: Nie zuvor durften Inhaftierte aus dem geschlossenen Vollzug nach draußen, um Theater zu spielen!«

»Großartig!«, sagt Pauline, während sie sich ihre Jacke anzieht, um zu gehen.

Sie kauft sich ein Bier an einem Kiosk, macht sich auf den Nachhauseweg und weiß dabei, dass sie nicht nach Hause will. Bloß, wohin dann? Wen kann sie schon spontan besuchen gegen fast elf inzwischen? Pauline streunt durch Kreuzberg, ihr Bier in der Hand, am Mund. Es hat angefangen zu regnen. Ihre Zigarette wird nass. Ihre Tränen werden nass. Zu Ann. Immer will sie zu Ann, wo sie doch genau weiß, dass sie da jetzt nicht hin kann, und will es doch trotzdem so sehr gegen alle Vernunft und jeden Widerstand. Pauline macht sich auf den Weg zu Ann, einfach nur, um diesen Weg zu gehen, der sowieso viel zu lang ist zu Fuß, und den Untergrund ertrüge Pauline jetzt nicht. Es liegt glücklicherweise die SMbar auf ihrem Weg, und dort kehrt Pauline ein.

Pauline trinkt ein paar Weißweine und kennt ein paar Leute. Sie erzählt von sich und Ann, wie trotzig sie war und wie grausam sie bestraft wurde. Sie will wissen, ob das alles noch normal sei. Hört bei der Arbeit das Spiel nicht auf und SM beim ungewollten Schmerz?

Ihre Bedenken finden Bestätigung. Sorge in Blicken und Stimmen, behutsame Ratschläge, latente Aversionen gegen Ann, die keiner kennt. Das klänge nicht gut, man dürfe sich nicht aufgeben für jemand anderes. SM solle keine seelischen Schäden hinterlassen. Wenn man aber einmal begonnen habe mit dem schädlichen Spiel, dann käme man da ganz schwer nur wieder heraus, und im Grunde müsse Pauline sich von Ann trennen.

Pauline nickt und bedankt sich. Wieder draußen im Regen (ihre Jacke hat sie vergessen), nimmt sie ein Taxi.

Es ist gegen zwei Uhr. Ann ist noch wach, weil die Arbeit ihr keine Ruhe lässt. Z., der gerade von einer Vernissage zurückgekommen ist, mixt sich einen Gute-Nacht-Drink. Pauline, nass und frierend, betrunken und unter Tränen, das Make-up verschmiert, die Atmung außer Kontrolle, fällt noch in der Tür vor Ann auf die Knie. Sie fleht um Verzeihung für alles, ohne zu wissen, für was genau, sie bittet um Vergebung, sie entschuldigt sich, sie schwört Besserung.

Ann hebt sie auf. Ann drückt gute, warme Küsse in ihr Haar. Sie bringt Pauline ins Bad unter Z.s befremdetem Blick.

Ann legt Paulines nasse Kleider über die Heizung und wickelt sie in ein Handtuch, als sie dampfend und immer noch weinend aus der Dusche kommt.

»Es ist schön, wenn du mir im Spiel wehtust«, flüstert Pauline in Anns fester Umarmung, »und es ist schlimm, wenn du es in Wirklichkeit tust.«

»Ich weiß«, sagt Ann, »es tut mir leid. Aber ich will auch nicht, dass du in Wirklichkeit mit mir spielst, dass du mich provozierst und dich wie ein trotziges Kind verhältst.«

Pauline nickt. Die Sicherheit in Anns Worten tut gut, gleichzeitig regt sich ein latentes Unbehagen in einem entlegenen Winkel ihres Bewusstseins. Denn es stimmt nicht ganz, was sie gesagt hat. Trotz aller Tränen und allen Horrors hat sie es genossen, durchnässt vor Ann zu knien und um Vergebung zu flehen.

Deshalb greift Anns Hand auch in Feuchte, als sie die immer noch verstörte Pauline im Bett an sich drückt, ihren angespannten Rücken, ihre straffe Bauchdecke entlangstreicht, ihr die Beine mit zwei Fingern spreizt.

Ann stimuliert Klitoris und Brustwarze der inzwischen wieder zitternden Pauline, bis sie sich tränennass in Anns Armen entspannt.

35

Franzis Mutter naht. Das bedeutet, die Wohnung muss entsext werden. Und das erweist sich als ein durchaus kompliziertes Unterfangen, denn Pauline und Franzi ist inzwischen die Fähigkeit zu einer mehrheitsfähigen Beurteilung der sexuellen Brisanz von Dingen, die sie umgeben, abhanden gekommen. Gut, Peitschen und Handschellen müssen weg und ungefähr zwanzig Bücher aus Franzis Regal unter Paulines Bett wandern. Aber was ist beispielsweise mit Kochlöffeln?

»Jeder benutzt Kochlöffel. Man kann damit Suppen umrühren«, sagt Pauline.

»Schon, aber wir werden durch Kochlöffel feucht«, gibt Franzi zu bedenken. »Und ich will nicht, dass meine Mutter mit Gegenständen in Berührung kommt, die mich feucht machen.«

So geht es weiter. Wie sind Kerzen einzuordnen? Gürtel, Seidenschals, Eiswürfel, Wäscheklammern? Was ist mit den Weintrauben, die Pauline gekauft hat, um sie sich von Ann in die Möse schieben zu lassen?

»Also, die Weintrauben sehen doch wirklich unschuldig aus!«, findet Franzi.

»Ja«, stimmt Pauline ihr zu, »aber ich werde trotzdem knallrot, wenn deine Mutter sie isst!«

*

Franzis Mutter – sie ist Physiotherapeutin – hat den Mädchen aufblasbare Sitzkissen mitgebracht, die für eine rückenfreundlichere Haltung am Schreibtisch sorgen.

»Mama, ich sitze nicht am Schreibtisch. Ich habe mein Studium unwiderruflich abgebrochen«, sagt Franzi.

Pauline flüstert ihr später zu: »Franzi, in deinem Büro arbeitest du doch permanent am Schreibtisch!«

»Ja schon«, lenkt Franzi ein, »aber ich weiß, dass meine Mutter ans Studieren dachte, als sie diese Kissen besorgt hat, und dass sie hofft, ich mache doch irgendwann noch irgendeinen Abschluss!«

Franzis Mutter wundert sich über die Leerstelle in Franzis Bücherregal. Leere Bücherregale verströmen ihrer Ansicht nach negative Energien. Sie sind wie tote Augen oder schwarze Fenster. Franzi stellt Paulines Magisterarbeit in das leere Regal und verziert sie mit Rosenblättern.

Abends kocht die Mutter.

Pauline erzählt beim Essen von der Frau, in die sie sich verliebt hat. Franzis Mutter freut sich für sie und bewundert, wie offen sie mit ihrer eigenen Homosexualität umgeht. Franzi verdreht die Augen, nicht zum ersten Mal an diesem Tag. Die Mutter versteht nicht, was sie falsch gemacht hat.

»Sie macht mich fertig!«, erklärt Franzi Pauline nachts bei einem letzten Glas Wein, als ihre Mutter schon schläft. »Sie ist so übergriffig! Sie grabscht an mir herum, um die Entwicklung von irgendwelchen Leberflecken zu begutachten, und sie kommt einfach ins Bad, während ich dusche. Das hat sie schon immer gemacht. Bei uns zu Hause gab's gar keinen Badezimmerschlüssel. Ich meine, da kann man doch nur wahnsinnig werden!«

Pauline muss lachen, als Franzis Mutter am nächsten Morgen bemerkt, Franzis Brüste seien gewachsen, wahrscheinlich wegen der Pille. Sie solle jetzt besonders auf ihre Rückenmuskulatur achten, die Brüste würden sie ja nach vorne ziehen. Frauen mit großen Brüsten hätten oft Haltungsschäden.

»Mama, ich boxe!«, sagt Franzi lauter als nötig. »Ich bin muskulös genug! Und meine Titten gehen dich nichts an!«

*

»Ist sie immer so aggressiv in letzter Zeit?«, fragt die Mutter, nachdem Franzi sich ins Bad verkrümelt hat. Pauline lächelt. »Irgendwie kommt sie mit ihren Kräften nicht zurecht«, mutmaßt die Mutter. »Da ist etwas ganz Starkes in ihr, das raus will und nicht rauskommt.«

Pauline lächelt.

*

Zum Kaffee kommt Ann, um Pauline abzuholen. Die Mädchen haben Apfelkuchen gebacken. Franzi hat ihre Diät unterbrochen. Mutter und Diät gleichzeitig ginge nicht, hatte sie erklärt, man müsse wissen, wann Schluss sei. Als Ann ihr Auto abschließt, befiehlt sie Pauline telefonisch, Brustklammern anzulegen.

»Deine Ann weiß aber schon, dass meine Mutter hier ist, die keinen Schimmer von SM hat?«, raunt Franzi der aufgeregten Pauline zu.

Franzi ist besorgt und Pauline irgendwie auch. Doch Ann verhält sich harmlos, unterhält sich mit Franzis Mutter, ist höflich. Besonders freundlich lächelt sie Pauline an, wenn sie sieht, wie diese sich ganz vorsichtig bewegt, um den Schmerz ihrer Brustwarzen nicht zu verschlimmern.

Die Mutter sucht im Besteckfach nach einem Löffel für den Zucker und findet etwas anderes. »Was ist das denn?«, fragt sie, eines dieser kleinen, sich drehenden Rädchen mit scharfen Zähnen an einem langen Stiel aus Edelstahl in der Hand. Sadistische Menschen können damit ihren masochistischen Gefährten über die Haut fahren, und je nachdem, wie stark man drückt, tut das ganz schön weh.

Ann lächelt voll boshafter Freude.

»Das ist zum Massieren, also zum Sensibilisieren der Haut, meine ich«, erklärt Franzi.

»Ach wirklich?« Franzis Mutter ist fasziniert. »Aber Mädchen, so etwas bewahrt man doch nicht in der Küche auf!«

»Da hat sie vollkommen recht!«, stimmt Ann ihr zu, während sie lächelnd die Augenbrauen hochzieht. Pauline weiß, das bedeutet, sie wird sie für diese Schlampigkeit bestrafen.

»Franzis Mutter ist wirklich sehr nett!«, sagt Ann im Auto. »Vielleicht solltest du dich ihr auch einmal anbieten. Viel älter als ich ist sie schließlich nicht, und dieses Rädchen lag doch schon ganz gut in ihrer Hand!« Ann lacht. Pauline verschwindet hinter ihren Haaren. »Sehr witzig, wirklich!«, murmelt sie und fügt dann hinzu: »Ann, die Klammern tun ziemlich weh.«

»Das kann ich mir vorstellen!«, sagt Ann, den Blick weiterhin auf die Straße gerichtet. Ihr Gesicht unbewegt, aber es schimmert trotzdem die Energie ihrer Lust darauf.

»Möchtest du mich um etwas bitten, Pauline?«, fragt sie nach einer quälend langen Pause.

»Bitte nimm mir die Klammern ab.«

Jetzt sieht Ann doch zu Pauline, während sie mit leiser, dunkler Stimme befiehlt: »Flehe mich an, Pauline!«

Pauline kann es nicht. Sie möchte, aber die Worte kommen nicht aus ihrer Kehle, und in ihrem Magen macht sich ein ungutes Gefühl breit. Sie denkt daran, wie sie Ann vor ein paar Tagen angefleht hatte, ihr zu verzeihen. Nachts, betrunken, tränennass.

Ann fährt rechts ran. Sie betrachtet Pauline, die mit ihrer eigenen Sprachlosigkeit kämpft. Ann weiß, sie muss ihr die Klammern abnehmen, so oder so, alles andere wäre verantwortungslos. Sie verspürt den starken Drang, die Klammern nicht behutsam zu lockern, sondern brutal abzureißen, als Strafe für Paulines Schweigen. Sie darf das nicht tun, es wäre zu schmerzhaft, außerdem gefährlich und wirklich brutal. Sie reißt die Klammern mit einem Ruck herunter. Pauline schreit, dann sieht sie schwarz, bevor ihr Bewusstsein, und mit ihm der Schmerz, wiederkommt. Erst erblickt sie Sternchen, dann Anns Gesicht, aufmerksam, undeutbar.

»Danke, Ann«, flüstert Pauline. »Bitte verzeih mir meinen Ungehorsam.«

Ann sieht Schweiß auf Paulines Stirn glänzen, sieht, wie der Schmerz sie erschöpft, und ist auf der Stelle high.

Spieler

36

Nachdem sie den Besuch ihrer Mutter heil überstanden hat, versinkt Franzi tagelang in Wiederaufnahmeproben. Die Inszenierung, mit der sie in Paris war, wird in Berlin auf einem Festival gezeigt. Marius würde zur Aufführung kommen, wenn Franzi es wollte. Allerdings werde am selben Tag bei einem Freund auf einer Party *Verfolgt*, ein Film über sadomasochistische Liebe gezeigt, den Katharina noch nicht gesehen hat. Franzi schickt ihn zu der Party. Ihr Stück hat er sowieso schon gesehen. Trotzdem fehlt er ihr bei der anschließenden Feier. Es ist lange her, dass er bei einem Fest im Theater dabei war. Nach ein paar Gläsern wird Franzi auf der Tanzfläche von einem Darsteller und einem Techniker in die Zange genommen. Sie denken, ich sei solo, blitzt es ihr durch den Kopf.

Franzi ist aber nicht solo. Franzi geht vor die Tür, um Marius anzurufen. Er geht nicht ran. Weder an sein Handy noch an den Festnetzapparat. Der Film müsste längst zu Ende sein. Franzi begibt sich wieder nach drinnen, in das elektronische Wummern, hält sich ihre Verehrer vom Leib und genießt die Energie ihres eigenen Körpers. Wie gerne würde sie diese Energie jemandem schenken dürfen. Sie probiert noch einmal, Marius zu erreichen, und wieder wird nichts daraus. Zwei Bier und ein paar Zigaretten hält Franzi noch durch, dann macht sie sich auf den Weg. Vielleicht ist Marius ja schon zu Hause. Und wenn nicht, kann sie dort auf ihn warten. Es ist kalt inzwischen, und es beginnt zu regnen. Franzi hat keine Mütze, dafür Wasser in den Schuhen. Sie gleitet mit ihrem Fahrrad über leere Straßen, auf denen Lichter sich spiegeln, mit Unruhe im Bauch. Vor Marius' Haus bleibt sie stehen. Sie sieht Licht in seinem Fenster. Sie ruft ihn an. Er hebt nicht ab. Der Regen prasselt ihr auf den Kopf. Sie hat einen Schlüssel. Sie könnte jetzt hochgehen. Und dann. Er wird mich nicht zur Spaßverderber-Gattin machen, denkt Franzi. Sie steigt wieder aufs Rad und rast nach Hause, die kalte Luft stechend im Hals. Ihr fällt eine Zeile aus einem Gedicht von Walter Fritz ein, die Pauline letztes Jahr mit Edding auf den Kühlschrank geschrieben hatte: *Wenn du weggehst, greifen die erleuchteten Fenster nach dir.* Sie tritt fester in die Pedale. Zu Hause sind die Fenster dunkel. Sie ruft Pauline auf dem Handy an, und auch sie nimmt nicht ab. Franzi fällt ein, dass Pauline auf eine queere SM-Party im Expedia gehen wollte, falls Ann dazu Lust haben sollte. Das Expedia ist auch in Kreuzberg, also fährt Franzi hin.

*

Jemand mit Bart und Brüsten öffnet ihr die Tür und nimmt ihr die nasse Jacke ab. Drinnen ist es heiß, düster, es riecht nach Weihrauch. Trance wird gespielt. An der Bar eine blonde Transe oder eine männlich wirkende Frau oder ein Mann mit ausladender Oberweite im Paillettenkleid, einige Pärchen. Hinten, in den Spielräumen, stehen Franzi zwei Männer in Frauenkleidern im Weg, die sich hingebungsvoll und wirkungsbewusst küssen. In einem großen Raum wälzt sich auf dem Boden ein Mann mit Springerstiefeln im Kreuz. Woanders tanzen zwei Schulmädchen für eine ältere Frau. Etwas abseits liegt eine Frau vor einer zweiten auf den Knien und lutscht an ihrem Umschnalldildo, während eine dritte Frau ihren nackten Hintern auspeitscht und eine vierte und fünfte sie verbal anfeuern. Von Pauline keine Spur.

Franzi kehrt zurück in den ersten Raum, wo ein schönes junges Mädchen eine dickliche Grauhaarige nach Kräften anhimmelt. Ein Paar unklaren Geschlechts turtelt. Ein Mann vor einer Frau kniet, die an seinen schwarzen Locken reißt. Franzi setzt sich an die Bar.

»Ach du liebes bisschen!«, sagt das blonde Wesen im Paillettenkleid. »Du bist ja klatschnass, Liebes! Komm, mach dich am besten nackig. Ich lege deine Kleider über die Heizung. Dann sind sie trocken, wenn du wieder gehst. Und ein frisches Handtuch müsste hier auch irgendwo sein.«

Sie kramt ein bisschen herum und fördert tatsächlich ein großes Handtuch zu Tage.

»Na bitte!«, sagt sie lächelnd. »Tausche Handtuch gegen Kleider!«

Franzi starrt sie reglos an, zwischen Unsicherheit und Rührung schwankend. Es ist nicht so, dass sie sich noch nie nackt in einem SM-Club aufgehalten hätte, aber bislang hatte sie das ihrer aufgepeitschten Hormone und dem Wunsch ihres Herrn wegen getan.

»Na was denn? Bist du etwa das erste Mal unterwegs? Hast du Angst, dich zu zeigen? Liebes, hier tut dir keiner was, außer, du willst es!«

Was soll's, denkt Franzi, die sich tatsächlich nicht wohl fühlt in ihren nassen Klamotten. Sie zieht sich aus, trocknet sich ab und setzt sich, das Handtuch auf dem Hocker, an die Bar.

»Ich mach dir mal einen Tee«, sagt die Blonde.

»Ein Bier wäre mir lieber!«, entgegnet Franzi.

»Du bekommst von mir ein Bier und einen Tee. Man wird schnell krank, wenn man durchnässt ist und dazu noch so unglücklich!«

»Wie kommst du darauf, dass ich unglücklich bin?«

»Na hör mal, Liebes, so etwas sehe ich auf den ersten Blick. Ich arbeite nicht erst seit gestern im Nachtleben, und außerdem habe ich Röntgenaugen. Ich heiße übrigens Pea.«

»Also bist du eine Frau?«

»Inzwischen ja, kann man so sagen, wenn es einem wichtig ist.« Pea lächelt.

»Na dann.« Franzi prostet ihr zu. »Ich bin Franzi, ebenfalls weiblich.«

»Und was liegt dir so schwer auf dem Herzen, Franzi?«

»Mein Freund und seine Geliebte.« Franzi erzählt von Katharina und Marius.

»Erst erklärst du dich mit einer offenen Beziehung einverstanden, und dann passt dir die Öffnung nicht?«, fasst Pea zusammen.

»Die beiden haben sich ineinander verknallt, und davon war nie die Rede gewesen.«

»Also wird Sex zu etwas Schlimmem, sobald Liebe im Spiel ist?«, fragt Pea. »Meine Mutter hat mir das Gegenteil beigebracht.«

»Na ja, wenn er sie vögelt und sie liebt, wozu braucht er mich dann noch?«

»Auf diese Frage solltest du tatsächlich eine Antwort finden. Vielleicht fragst du ihn mal. Jedenfalls braucht er dich nicht mehr oder weniger, weil er diese Katharina hat oder nicht hat. Wenn er dich wegen ihr verlässt, hat er dich schon vorher verlassen.«

»Ich will aber nicht verlassen werden!«

»Wer will das schon? Wir sind alle kleine Kinder, die nicht wollen, dass Mama weggeht. Bloß: So ist das Leben, Liebes. Wenn er dich verlassen hat, kannst du's nicht ändern, nur annehmen. Doch wahrscheinlich liebt er dich heiß und innig, und ihr könntet glücklich sein, wenn du nicht lieber eifersüchtig wärst!«

»Aber wenn er mich wirklich lieben würde, würde er sich dann in diese Katharina verknallen?«

Pea beugt sich lächelnd mit wogendem Busen vor. »Die Liebe ist ein seltsamer Stoff, Liebes. Sie vermehrt sich, verschwendet man sie. Je mehr du davon weggibst, desto mehr davon hast du.

Wer geübt ist im Lieben, der kann so viele lieben! Nur die Geizigen konservieren ihre Liebe für einen Einzigen.«

»Das klingt alles ganz fantastisch, aber ich habe solche Angst!«

»Angst ist nicht gut, Liebes«, erklärt Pea, während sie Franzi ein weiteres Bier öffnet. »Angst blockiert. Angst macht, dass du stehen bleibst, dass sich nichts bewegt, und das ist der Tod. Lass los, lass dich treiben. Alles ist gut, so wie es ist, wenn du es nur zulässt. Es tut bloß weh, solange du dich wehrst.«

»Und wenn ich das aber einfach nicht ertrage, mir Fotos von Katharinas begurkter Möse reinzuziehen? Wenn es mich so irrsinnig wütend macht?«

»Ertragen sollst du gar nichts. Es ist nicht gut, etwas für jemanden zu ertragen, damit tust du niemandem einen Gefallen, weder dir noch ihm. Gib mit Freuden, oder gib gar nicht. Du solltest sie ihm aus ganzem Herzen gönnen, die begurkte Möse, du solltest dich mit ihm freuen, du solltest sein Glück teilen. Wenn du das nicht kannst, dann trenne dich von ihm, dann ist das alles nicht das Richtige für dich.«

»Und warum verlässt er nicht sie für mich?«

»Weil er dann etwas für dich ertragen müsste, und das willst du nicht wirklich.«

»Aber ich will auch eine begurkte Möse haben!«

»Da kommen wir deinem Problem schon näher, Liebes! Bloß hat das mit dieser Katharina rein gar nichts zu tun. Dein Süßer hat doch sicher zwei Hände, also kann er auch zwei Mösen begurken. Und Katharina hat drei wundervolle Öffnungen, also könnt ihr sie bequem zu zweit bepflanzen. Und wenn das alles nichts wird, dann hol dir dein Gurkenspiel eben woanders. Deine Bedürfnisse sind nicht an diesen Mann gebunden, ob ihr euch nun liebt oder nicht. Du bist frei.«

»Ich fühle mich aber ganz und gar nicht frei. Ich fühle mich schwach, ungeliebt und frustriert.«

Pea nickt mitfühlend mit ihrem blonden Schopf.

»Weißt du, was du jetzt brauchst, meine Liebe?« Sie öffnet eine Flasche Sekt und schenkt sich ein. »Du brauchst eine tüchtige Tracht Prügel, damit deine Zellen ordentlich durchgepustet werden. Ich würde dich gerne auspeitschen. Darf ich?«

»Äh – ja, klar, warum nicht.« Franzi trinkt ihr Bier aus und ist startklar.

»Na dann mal mir nach, meine Liebe.« Pea umrundet den Tresen, pflückt im Gehen eine mehrschwänzige Peitsche von der Wand und geht voraus in die hinteren Räumlichkeiten. Franzi, die beim Aufstehen leicht ins Schwanken gerät, folgt ihr.

Die Frau mit Schwanz und Gefolge ist verschwunden, ebenso die Männer. Die beiden Schulmädchen liegen mit bloßen, roten Popos über einem breiten Bock und werden mit dem Rohrstock gezüchtigt.

»Wäre dir der Balken hier recht?«

Franzi nickt, und Pea knüpft ihre erhobenen Arme daran fest. Die Peitsche klemmt sie sich derweil zwischen die Zähne. Dann legt sie los. Erst sanft, ein sensibilisierendes Streicheln auf der durchgefrorenen, alkoholbetäubten Haut von Franzi, auf Vorder- und Rückseite. Die Peitsche schlingt ihre Tentakeln eng um Franzis Hüften, die Seile drücken sich ihr ins Fleisch, ihre Brustwarzen richten sich auf. Pea lächelt. Ihre Schläge werden stärker. Ihr Busen wogt. Franzi atmet tief durch. Ihr Hintern fängt langsam Feuer, beginnt sachte zu glühen. Die Zuchtmeisterin der Schulmädchen und Pea verständigen sich wortlos auf einen gemeinsamen Rhythmus. Franzi wiegt ihre Hüften, und die Peitsche macht ernst. Es brennt die Haut auf Rücken und Schenkeln, es brennen Pobacken und zucken Brüste. Franzi hört ihr Stöhnen, ihr Schreien irgendwann. Sie bekommt Publikum. Eine türkisch wirkende Frau mit kurzen Haaren in Mafioso-Kostümierung, außerdem eine kleine Rothaarige und ein knabenhaftes, scheues Ding.

»Du siehst gut aus, echt!«, sagt die Mafioso-Frau.

»Danke!«, keucht Franzi zwischen zwei schneidenden Hieben.

Die Mafioso-Frau sieht sich das noch eine Weile an, dann fragt sie: »Darf ich auch mal?«

Franzi nickt, und Pea gibt ab.

»Bist du an deiner Grenze, oder kannst du noch mehr?«, erkundigt sich die Patin, nachdem sie die Peitsche übernommen hat.

»Ich kann noch mehr«, behauptet Franzi. Das würde sie immer sagen, und wenn ihr die Sinne schon schwinden, das ist ihr Mechanismus.

Die Patin lacht anerkennend, während sie die ledernen Peitschenschwänze durch ihre Finger gleiten lässt.

»Okay, okay, wir drei jetzt also! Ich heiße Ara, und du?«

»Franzi.«

»Franzi. Sehr angenehm. Händeschütteln verschieben wir!«

Aras Schläge sind nicht von schlechten Eltern. Franzi fand ihren Mafioso-Aufzug etwas lächerlich, jetzt vergeht ihr das Lachen. Manchmal ist sie von der Wucht der Hiebe derart überrascht, dass sie das Schreien vergisst, obwohl alles in ihrem Körper brüllt.

»Kommst du klar so weit?«, fragt Ara.

»Ja, alles bestens!«, keucht Franzi zwischen Schmerz und Schmerz. Sie kann sich kaum noch auf den Füßen halten, sie baumelt der Peitsche entgegen, der Peitsche davon, sie brennt im Griff der Peitschenschwänze, sie jappst nach Luft.

Pea ist jetzt bei ihr. Pea ist ganz nah, ohne sie zu berühren, Pea hält ihren Blick. »Atme durch, meine Liebe, atme tief durch. Atme ein, wenn's zischt, atme aus, wenn sie dich trifft. Lass los, lass dich fallen. Ergib dich dem Schmerz, nimm ihn an.« Peas Stimme ist rauchig, Franzis Konzentration messerscharf, gerade jetzt. Franzi atmet nach Anleitung. Peas prüfender Blick. »Lass los, entspann deine Schultern, gib dein Becken frei.«

Franzi gehorcht. Sie setzt den Schlägen nichts mehr entgegen, sie öffnet sich dem Schmerz. Wenn die Peitsche sie trifft, glaubt sie, wegzufliegen durch deren Wucht, ihr Körper ist durchtränkt vom Feuer der Schwänze.

»Spürst du die Hiebe in deiner Klit nachklingen?«, fragt Pea.

Sie spürt sie, und wie sie sie spürt.

»Oh ja, du machst das so gut!«, ruft Ara im Wahn.

Franzis Arsch sucht Aras Peitsche, ihre Brüste schmiegen sich an die Schwanzenden, ihre Wirbelsäule räkelt sich.

Ara schlägt, als hätte sie Götterkräfte. Die roten Linien, die sie in Franzis Haut eingraviert, leuchten ihr entgegen, schwellen und kreuzen sich, Schweißtropfen funkeln neben dunkelroten Verfärbungen.

Franzi lacht. Lacht herzhaft und aus voller Kehle. Die Schläge wirbeln sie herum, der Schmerz durchflutet sie und Franzi kann nicht aufhören zu lachen. Pea stimmt ein.

»Ja!«, ruft sie. »Das macht Freude, meine Liebe, das macht solche Freude!«

Ara lacht. Juchzt beim Ausholen und lacht, wenn die roten Linien aufleuchten. Die Schüchterne und die Rothaarige lachen ebenfalls. Sie klatschen Beifall.

Ara schlingt ihr Werkzeug um Franzis Taille und sieht sie an. »Das ist wirklich wunderbar, und du bist richtig gut, aber ich denke, jetzt hast du genug.«

Franzi nickt träge.

»Noch zehn zum Abschiednehmen, und hier zählt jeder mit!«, kommandiert Ara.

Franzi brüllt die Zahlen den Schlägen hinterher, Pea flüstert sie dicht an ihrem Ohr, die beiden Mädchen schreien sie fröhlich heraus. Dann hängt Franzi in den Seilen, so wortwörtlich wie nie. Gute Hände an ihr. Jemand bringt Wasser und ihr Handtuch. Ara stützt sie, während Pea sie losbindet.

37

»Unglaublich. Echt unglaublich!«, entfährt es Pauline. Franzi hatte kurz zuvor in der Tür zu Paulines Zimmer gestanden, die tatsächlich schon morgens um halb zehn an ihrem Schreibtisch saß.

»Pauline, kann ich dir mal was zeigen?«, hatte Franzi gefragt mit seltsam belegter Stimme.

Jetzt stehen sie beide vor Paulines Spiegel und mustern Franzis Rückseite. Sie ist übersät von Linien, Flecken und Punkten in den verschiedensten Rot- und Violetttönen. Über den Ansatz ihres Hinterns und ihr unteres Kreuzbein ziehen sich diagonal zwei dick geschwollene Striemen.

»Ja, ziemlich unglaublich.« Franzi zieht sich sehr behutsam ihr Sweatshirt über. Ganz langsam geht sie gefolgt von Pauline in die Küche, wo sie mit vorsichtigen Gesten Kaffee aufsetzt.

»Bloß keine hektischen Bewegungen jetzt, damit das Glück keine Angst kriegt«, erklärt sie.

Pauline schneidet Tomaten und Schafskäse auf, während sie sich über die Entstehungsgeschichte von Franzis Hautkunstwerk ins Bild setzen lässt.

»Diese Ladys sind echt ausgeschlafen.« Franzi nickt bedächtig. Pauline bekundet ihre anteilnehmende Freude. »Siehst du, jetzt hast du auch mit anderen gespielt, und schon bist du viel entspannter.«

Franzi nickt langsam vor sich hin, die Lippen voll, die Arme baumelnd.

»Es wird jetzt alles anders werden. Ich werde mich nicht mehr für Marius' und Katharinas Beziehung interessieren, sondern für meine eigene zu ihm.«

Franzi macht sich über den Teller mit Tomaten und Schafskäse her.

»Und wo warst du gestern?«, wendet sie sich nach den ersten Bissen wieder an Pauline. »Ich bin doch eigentlich wegen dir dort hingegangen.«

»Ann hielt nicht so viel davon, andere Frauen kennenzulernen«, entschuldigt sich Pauline. »Sie war genau genommen ziemlich eifersüchtig.«

Und eiskalt vor allen Dingen. In ihr hat es gebrodelt, aber je heißer Ann kocht, desto kälter ist es um sie herum. Sie scheint ihrer Umgebung alle Wärme abzuziehen für sich selbst. Pauline hätte Schlittschuh laufen können auf Anns Swimmingpoolaugen, aber wie die Finger getrommelt haben auf ihrem Tisch aus Glas.

Einmal, es ist gar nicht lange her, da hat sie ihren Schreibtisch komplett freigeräumt und Pauline lag darunter, nackt. Dann hat Ann sorgfältig einen Stapel Hausarbeiten auf den leeren Tisch gelegt und gearbeitet über der nackten Pauline unter Glas. Ann hat verhalten nur geatmet dabei, sie hat ihre Klitoris pochen gespürt und ihre klaren Gedanken dagegengesetzt. Ihr Kopf hat gewonnen und der Kampf sie berauscht.

Pauline zitterte vor sich hin, zitterte in Erwartung und entsprechender Erregung, bis sie schließlich wusste, dass nichts mehr passieren würde. Keine Schläge, kein Sex. Bloß Warten, Hoffen, Brennen.

Pauline hat nicht viel übrig für unterdrückte Orgasmen.

*

Gestern also trommelte Ann auf Glas, während ihre Augen froren und ihre Stimme klirrte. Sie selbst habe Besseres zu tun, als anderen beim Spielen zuzusehen. Sie sei mit Pauline mehr als ausgelastet. Aber natürlich, wenn Pauline sich langweilte, wenn sie neue Kicks bräuchte, wenn ihre Lust für Ann sich abgenutzt hätte, sie könnte gern und sofort und was immer sie wolle –.

Das hat Pauline gefallen.

Der Kampf, der Pauline reizt, spielt sich zwischen Anns Eis und ihrer eigenen Glut ab. Anns Gleichmut, Anns Mauer, Anns Grenze. Ihre Abschottung. Pauline liebt, so sehr sie kann, doch ihre Liebe prallt auf Eis. Pauline schmachtet mit Worten, in Gesten. Je härter Ann ihre Zuneigung abschmettert, desto inniger wird sie. Paulines Blick in Anns Gesicht als Sprung gegen die Wand. Pauline geht zu Boden, denn dort unten ist es am wärmsten. Pauline gewinnt. Sie gewinnt immer. Sie taut Ann auf von unten her. Wenn die Augen den Feind verlieren, weil er nicht mehr auf Augenhöhe ist. Die guten Umarmungen voll von Anns Unsicherheit. Dort, wo du mich nicht hinlässt, bist du gefangen, denkt Pauline und sagt es nicht, denn sie weiß, Ann denkt dasselbe, denkt es schon ihr Leben lang.

»Franzi, gerade auf dem Nachhauseweg war ich bei der Bank. Sieh mal.«

Pauline hält Franzi einen Kontoauszug unter die Nase. Allerhand Soll darauf und ein Haben: Ann Raben Promotionsförderung, 800 Euro.

»Ist das nicht sexy?«, fragt Pauline. »Ich bin total abhängig von ihr, und das ist so sexy!«

Franzi mustert ihre Freundin eindringlich. »Wenn du Geld als Fetisch nutzen möchtest, dann tu das. Es ist ja auch wirklich nichts anderes. Aber Pauline, du musst dir bewusst sein, dass dieses Geld hier auf deinem Konto ein Sextoy ist, mehr nicht!«

»Doch, Franzi!«, sagt Pauline. »Es ist viel mehr für mich, und das begreifst du nicht.«

Sie stehen sich noch einen Augenblick in der Küche gegenüber, dann wendet Pauline sich ab und geht in ihr Zimmer.

*

Den Nachmittag verbringt Pauline in der Bibliothek, auf der Suche nach der Stoßrichtung ihrer Promotion. Danach holt sie

Ann ab. Draußen geht die Sonne hinter Berlins schönsten Gebäuden unter. Pauline könnte sich ans Fenster stellen und den düsterbunten Himmel betrachten, oder sie könnte ihr Ohr an die Tür zum Seminarraum pressen und Anns gedämpfter Stimme lauschen. Sie zieht es gerade rechtzeitig wieder zurück, bevor die erste Studentin herausstürmt. Drinnen werden Stühle gerückt, Taschen gepackt, Ann macht sich Notizen, sie sieht nicht auf.

Sieh mich, denkt Pauline, als Ann aufblickt, zu einer kleinen Blonden, die vor ihrem Pult steht und eifrig spricht. Sieh mich, denkt Pauline, die ihren Blick beschwörend auf Ann heftet, welche aufmerksam der Blonden zuhört. Das kann Ann, denkt Pauline, das kann sie so gut. Ruhig, wach und aufmerksam, vollkommen bei ihrem Gegenüber sein, ganz dicht. Die Studenten drängen sich an Pauline vorbei durch die Tür, draußen wird es dunkel, Ann im Gespräch.

Die Blonde wirkt nervös, streicht sich Haarsträhnen zurück, Richtung Zopf, Richtung Klammern, hat eine rosige Gesichtsfarbe. Ann nickt lächelnd. Das Mädchen wedelt mit den Händen. Ann nickt lächelnd. Sie kann so beruhigend sein und einen um den Verstand bringen dabei. Schließlich packt sie ihre beiden Taschen. Das Mädchen nimmt ihr eine ab, als sie hinter ihr her Richtung Tür geht.

»Grüß dich, Pauline!« Anns Lächeln. Jetzt endlich. Kurz bevor sie in sie hineinläuft, bemerkt sie ihre Sklavin im Türrahmen, der schon die Füße wehtun vom Warten.

»Sie können das Pauline geben, danke«, sagt Ann auf ihre Tasche deutend zu dem Mädchen. »Wir sehen uns Mittwoch.«

*

»Was wollte die kleine Blonde denn von dir?«, fragt Pauline im Auto nach drei innerlichen Anläufen.

»Sie möchte, dass ich ihre Zwischenprüfung abnehme.«

»Dann muss sie ziemlich jung sein.«

»Ja.«

»Du magst junge Mädchen, oder?«

Ann sieht zu Pauline, lächelt, nimmt ihre Hand. »Ja. Das müsstest du doch inzwischen gemerkt haben.«

»Und wenn ich nicht mehr jung bin? Ich meine, man wird ja in der Regel immer älter mit der Zeit.«

»Da hast du vollkommen recht. Das gilt im Übrigen auch für mich.«

»Ja, aber wenn ich älter bin, Ann, liebst du mich dann noch?«

»Ich verbiete dir, älter zu werden. Du hast dein Leben lang fünfundzwanzig zu bleiben, hast du mich verstanden?«

Pauline braucht jetzt ein klares Ja. *Ja, Pauline, ich liebe dich auch dann noch, wenn du neunzig bist und ich folglich knappe hundertzehn. Ich werde steinalt werden, um dich immer und immer weiter zu lieben, meine Liebe zu dir dauert ewig.*

»Ob du mich verstanden hast, Pauline?«

Anns Stimme wird dunkler, wenn ihre Lust kommt.

»Das ist doch Blödsinn, wenn ich jetzt ja sage und ich weiß, ich kann dir nicht gehorchen.«

Anns Gesichtszüge festigen sich wieder. Spannung-Entspannung-Spannung-Entspannung. Gesetze für Yoga und Beziehungen.

Später, zu Hause, kocht Pauline Pasta, während Ann liest. Pauline knallt die Teller auf den Tisch und verschränkt ihre Arme, sie habe keinen Hunger, lässt sie Ann wissen.

»Gut.« Ann sieht sie an mit ihrer gebündelten Aufmerksamkeit. »Was ist los?«

»Nichts.«

»Keine Ratespiele jetzt, Pauline. Ich wiederhole meine Frage nicht.«

»Du interessierst dich nicht für mich.« Anns Gesicht wird hart, aber etwas lebt dahinter.

»Ich koche für dich, ich schleppe deine Tasche durch die Gegend, aber du siehst mich gar nicht. Ich stand ewig in diesem Türrahmen, und du hast mich überhaupt nicht bemerkt, weil du das kleine blonde Mädchen viel spannender fandest. Also, warum triffst du dich mit mir und nicht mit ihr? Sie hätte sicher Lust.«

Es wird kalt in Anns Augen. So bricht sie ihr Eis nicht, hat Pauline gemerkt, während sie sprach. Überhaupt ist Anns Eis keines, das sich brechen lässt. Man kann es nur schmelzen.

»Weder deine Vorwürfe noch deine Launen möchte ich weiter dulden.«

Schweigen. Nichts. Nirgendwo ein Gedanke, bloß das Krampfen von Anns Schultern und die Übelkeit Paulines.

»Warum tust du mir absichtlich weh, Ann?«

Was möchte Pauline jetzt hören? *Ich will dir nicht wehtun, niemals könnte ich dir, meiner Liebe, auch nur ein Haar krümmen.* Etwas in der Art.

»Wie kommst du darauf, dass ich dir absichtlich wehtue?«

»Ich habe es gesehen.«

»Du hast Philosophie studiert. Ich werde mit dir nicht über denkbare Verhältnisse zwischen Wahrnehmung und Wirklichkeit diskutieren.«

Dann eben Tränen. Heiß auf Paulines Haut und gespiegelt in Anns klaren Augen.

»Ich liebe dich.« Paulines brüchige Stimme gefällt sowohl ihr selbst als auch Ann. »Ich habe Angst, dich zu verlieren. Ich fühle mich verletzt.«

Wie kommt Ann jetzt von ihrem Stuhl hin zu Pauline, die neben ihr sitzt, wie kommt sie ihr nah? Ann steht auf, Ann geht in die Knie, Ann umfasst Paulines Hüften, den Kopf legt sie ihr auf die Schenkel. Redet von Liebe. Streichelt und redet von Liebe dabei. Pauline gleitet zu ihr hinunter, an sie heran. Hände in Haar, Wangen an Wangen, manche sind feucht. Küsse von spröden Lippen, der Winter naht. Finger kreuzen Finger, die Welt verschwommen, die Körper so schwer und Worte von Liebe.

Ann entkleidet Pauline, hier unten, auf dem Parkett, es ist kalt. Sie verbindet Pauline die Augen mit ihrem Schal, nimmt ihr die Welt. Sie fesselt Paulines Hände mit ihrem Unterhemd. Küsse, Küsse. Pauline kniet. Wachs auf ihrer Haut. Heiß und hart. Wachs auf ihren Brustwarzen, und das tut weh. Etwas piekst kalt. Ann drückt ihre Gabel an Paulines Haut, drückt rote Punkte hinein. Sie kratzt *Ann* in den flachen Bauch. Streicheln, Küssen. Anns Nähe, ihr Körper. Ist es ein Geräusch oder die Wärme, die Pauline ahnen lässt, dass Ann sich entkleidet?

Paulines Mund rot und weit offen. Anns Brüste darin, Pauline saugt, küsst, leckt. Sie denkt nicht nach dabei, nie.

Bei Männern immer früher. Mache ich das richtig, gefällt ihm das? Was kann ich mit seinen Brustwarzen anstellen und wie sehr seinen Schwanz drücken? Bei Ann hört das Denken auf und lebt sich der Körper frei. Tropenluft, Mandelaroma. Weiches, richtig weiches Fleisch. Falten, mit Zähnen durchlaufen. Die Zunge ruhen lassen und warten, bis etwas wächst darunter. Prall wird und rund, rot, auch wenn Pauline es nicht sieht. Wie Ann dann zuckt, zurückweicht. Wie sie Pauline wegreißt und ranholt. Küsse auf Haar, Küsse auf Münder, Paulines Gesicht trocknet.

Ann nimmt ihr das Tuch von den Augen, gibt ihr die Sicht zurück. Ann kniet dicht vor Pauline, drückt ihren Körper auf den der Freundin, während sie Brustwarzen und Klitoris mit Fingern und Zunge aufreizt. Pauline keucht sich schnell in Fahrt und wird schnell wieder ruhig. Es tut so gut. Sie umarmt Ann, die nach hinten fällt, sie beugt sich über Ann, legt ihr Becken auf Anns und mustert ihr Gesicht unter dem eigenen. Pauline weint schon wieder, warum auch immer, das passiert ihr oft in Anns Gegenwart.

Übelkeit während des Spiels und Schluchzen danach. Eine Träne fällt aus Paulines Auge direkt in Anns. Die weint sie zu Ende.

*

Am nächsten Vormittag kommt Pauline nach Hause, als Franzi gerade geht. Eine schnelle Zigarette in der Küche.

»Wie war's bei Ann?«, fragt Franzi.

»Schön«, sagt Pauline.

Mehr nicht.

38

Ein paar Tage später macht Franzi sich schon wieder auf ins Expedia. Sie weiß nicht, was sie anziehen soll, und auch nicht, was sie will. Sie entscheidet sich für einen schwarzen Hosenanzug ohne Bluse, den sie für die Beerdigung ihrer Großmutter gekauft hatte. Damals muss sie dünner gewesen sein, aber es gefällt ihr, wie ihre Brüste den Stoff dehnen.

Franzi hofft, Pea wiederzusehen. Wenn Pea da ist, vielleicht hat sie dann ja Lust, und vielleicht wird es, wie es war.

Pea ist da und winkt ihr zu. Bei ihr am Tresen sitzen ein Knabe, schmal und blass mit nacktem Oberkörper, und ein Mann im Anzug.

Außerdem sind ein paar Frauen da, die Franzi wiedererkennt, die Frau mit dem Umschnalldildo und die Bläserin zum Beispiel. Samuels Freundin Kelly steht neben ihr, lächelt, winkt und freut sich offensichtlich, Franzi hier zu sehen. Hinten wird eines der Schulmädchen von der blonden älteren Frau für allerlei Verfehlungen bestraft. Weil sie ihre Hausarbeit noch nicht abgegeben und den Abwasch nicht erledigt hat, weil sie vergessen hat, ihre Mutter zurückzurufen. In einem anderen Raum kämpfen drei Männer miteinander, Franzi hält Abstand.

An der Bar ist inzwischen Ara eingetroffen. Sie scheint sich ebenfalls über Franzis Anwesenheit zu freuen. Sie lobt ihren Anzug und ihre Tapferkeit. Sie stellt ihr die anderen Frauen vor.

»Schlägst du denn manchmal auch selbst?«, fragt sie Franzi.

»Ich weiß nicht«, antwortet Franzi und merkt dabei, dass Ara nicht der Typ Mensch ist, der diese Art von Antwort schätzt. »Klar, manchmal, warum nicht«, fügt sie hinzu. Ara grinst anerkennend. Dann verschwindet sie mit dem rothaarigen Mädchen, das Franzi ebenfalls kennt. Die anderen Frauen scheinen sich nicht sonderlich für Franzi zu interessieren. Pea redet mit dem schwulen Pärchen. Franzi nuckelt an ihrem Bier.

Ara ist zurück.

»Hey, Franzi!« Sie legt ihr den Arm um die Schulter. »Wir gehen nach hinten zum Spielen. Kommst du mit?«

Die meisten der Frauen, die sich vorhin an der Bar aufhielten, sammeln sich jetzt in einem großen Spielraum. In der Mitte steht ein Zuchtbock. Ara schiebt ihn zur Seite. Mit einer Geste bedeutet sie den Frauen, einen Kreis zu bilden.

»Okay, Kai«, ruft Ara, als alle ihren Platz eingenommen haben. »Dann sag uns mal, was du dir für heute wünschst!«

Die Rothaarige stellt sich tapfer in die Mitte des Kreises und verkündet mit fester Stimme: »Ich wünsche mir für heute Abend, öffentlich erniedrigt und gefickt zu werden.«

Ara lässt sie einen Moment stehen, während sie Mo, ein dunkelhaariges Knabenmädchen, und Tanja mit braunen Engelslocken zu sich winkt.

»Komm her!«, ruft sie dann Kai zu, die unverzüglich auf sie zugeht und mit gebührendem Abstand vor ihr stehen bleibt.

»Zieh dich aus.«

Kai gibt ihr schwarzes T-Shirt und ihren schwarzen Rock an Tanja weiter.

»Umdrehen.« Kai dreht sich. Ara stößt ihren Oberkörper hinunter.

Ara lässt sich von Mo einen mit Kondom und Gleitcreme versehenen Dildo reichen. Er ist nicht riesig, aber die Größe von Marius' Schwanz hat er schon. Ara schiebt ihn Kai in den After, die dunkel stöhnt dabei. Der Dildo ist an einem Gürtel befestigt, den Ara um Kais Hüfte schnallt.

»Geh herum und zeig dich.«

Kai geht mit behutsamen Schritten den Kreis ab. Vor jeder Frau bleibt sie stehen, um ihr ihren Hintern entgegenzurecken. Nora, die beim letzten Mal diesen Umschnalldildo trug, fickt Kais Arsch ein bisschen, so dass sie wieder zu stöhnen beginnt.

»Jetzt machst du die ganze Runde noch einmal, und zwar kriechend!«, befiehlt Ara, als Kai wieder bei ihr angekommen ist. Kai geht in die Knie. Ara stellt ihr den Stiefel auf das Kreuz.

»Wer will, kann gerne mit ihr spielen!« Mit einem Tritt schickt Ara ihr Spielzeug in den Ring.

Die ältere Blonde verpasst Kai ein paar Hiebe mit dem Rohrstock. Eine dicke Frau gibt ihr einen Tritt, dass sie nach vorne rutscht. Sie muss wieder zurückkrabbeln und erhält einen weiteren Tritt. Das wiederholt sich. Das blonde Mädchen streichelt sie. Nora ruft: »Komm mir bloß nicht zu nah, du Nacktschnecke, du tropfst ja aus allen Löchern!«

Franzi streicht, als ihr der Arsch mit Dildo präsentiert wird, sanft mit ihrer Schuhspitze darüber. Sie spürt an dem Zittern in dem Körper unter ihr, dass Kai Angst hat, getreten zu werden. Sie tritt sie nicht.

»Das hast du gar nicht schlecht gemacht, Schlampe!«, bemerkt Ara, als Kai wieder bei ihr ist. »Steh auf und beug dich vor.«

Ara vögelt den Hintern der keuchenden Kai. »Wie fandest du das, durch den Raum zu kriechen und deinen Arsch zu präsentieren?«, fragt sie.

»Gut«, stöhnt Kai.

»Hat es dich geil gemacht?«

»Ja.«

»Wie bitte?«

»Ja, es hat mich geil gemacht.«

»Was hat dich besonders geil gemacht?«

»Ich weiß nicht.« Aras Hand fährt auf ihren Po nieder. »Die Füße auf mir und wie Nora mich beleidigt hat.«

»Sehr gut. Zur Belohnung wirst du jetzt gepeitscht, wenn du lieb darum bettelst.«

Kai geht vor Ara auf die Knie und bittet um die Peitsche.

Ara lässt sich von Mo das Instrument reichen. Sie legt los. Nach einer Weile winkt sie Franzi zu sich heran. »Möchtest du weitermachen?«

»Äh ...« Franzi ist perplex.

»Schau einen Moment zu, wie ich das mache. Du hältst die Peitsche so, ja? Wichtig ist, dass du nicht aus dem Handgelenk schlägst, sonst hast du morgen einen Tennisarm. Und du musst immer auf Hintern und Oberschenkel zielen, sonst verletzt du vielleicht ihre Nieren, klar?«

Sie übergibt. Während Franzi zaghaft zu schlagen beginnt, lässt sich Ara von ihrem Opfer die Stiefel lecken.

»Das ist doch noch gar nichts«, ruft Ara von oben herab Kai zu. »Du brauchst es viel, viel härter, oder?« Kai nickt leckend.

»Dann bitte sie. Na los!« Ara stupst Kais Kopf mit dem Bein an.

»Bitte«, sagt Kai, ohne mit dem Lecken aufzuhören, »bitte schlag mich härter, Franzi!«

Franzi tut, was sie kann. Die Peitsche liegt erstaunlich gut in ihrer Hand, und es ist eine sehr dynamische Sache, sie zu schwingen, die Luft mit ihr zu zerteilen und sie Kais Arsch verbrennen zu lassen. Franzi fühlt sich als starke Tänzerin. Kai ist auch eine Tänzerin. Kai tanzt mit ihr, aber Franzi führt. Wenn sie mit den Peitschenschnüren ihre energievollen Bahnen gezogen hat, bäumt sich Kai keuchend auf. Franzis Kraft fährt via Peitschenschnur in die Frau zu ihren Füßen, die sie aushalten muss. Alles, was Franzi an Energie aus dem Raum angeln kann mit ihren Schnüren, muss die Kleine zu ihren Füßen ertragen. Deswegen wackelt sie wie wild mit ihrem Arsch, der dunkelrot wird, und leckt in Ekstase an Aras Stiefeln.

»Willst du gefickt werden?«, fragt Ara. Kai bejaht.

»Lauter, na los!«

Kai bettelt, den Stiefel leckend, die Peitsche duldend, um ihren Fick. Ara lässt sich von Mo einen weiteren Dildo mit gleitgelbeschmiertem Kondomüberzug bringen.

»Hast du Lust?«, fragt sie Franzi, während sie ihr das Ding entgegenstreckt.

»Äh …« Franzi ist perplex.

»Mo, zeig ihr das mal!«

Mo kauert sich mit Franzi zusammen hinter Kai. Sie erklärt ihr, wie sie mit dem Dildo umzugehen habe und dass sie sich keine Sorgen um Kai zu machen brauche, denn die hielte viel aus.

»Sag ihr, wie du gefickt werden willst.«

Kai stöhnt.

»Wird's bald!« Aras Peitsche auf Kais Rücken.

»Ich will hart gefickt werden.«

»Hart willst du gefickt werden!«, höhnt Ara. »Was soll das, das sagen sie in jedem Porno! Ich will hören, wie du es wirklich brauchst! Du bringst dich selbst um dein Vergnügen, wenn du es nicht sagst!«

Sie bearbeitet die röchelnde Kai mit ihrem Stiefel, während sie spricht, und sie macht damit weiter, als Kai antwortet: »Ich will, dass der Dildo schnell eingeführt wird, so als ob man mich pfählt, und dann langsam in mir bewegt wird. Ich mag es auch, gedehnt zu werden. Am Ende brauche ich schnellere, härtere Stöße, und es gefällt mir, wenn man mich dabei beschimpft.«

»Ich habe nichts verstanden, Ara!«, ruft Nora. »Sie war so leise!«

Also, das Ganze noch einmal.

Während Franzi nach Anweisung vögelt, lässt Ara sich weiter die Stiefel lecken. Der Kreis der Frauen schließt sich um die drei. Es hagelt Beleidigungen. Nora spuckt Kai mit Aras Erlaubnis auf den Rücken. Ara erinnert Kai immer wieder daran, das Lecken nicht zu vergessen. Sie habe nicht das Recht, gevögelt zu werden, ohne sich dabei selbst zu erniedrigen.

Ara will mit Franzi tauschen. Sie selbst fickt Kai um einiges härter, sie bringt sie zum Brüllen und zum Verstummen im Wechsel. Franzi kniet neben Kais Kopf nieder. Sie hebt ihn auf. Sie sieht in das feucht schimmernde Gesicht mit den fiebrigen Augen, die ganz präsent sind und irgendwie abwesend. Die roten Lippen geöffnet, der Atem geht schwer. Sie streichelt über die weiße, zarte Gesichtshaut, was Kai erzittern lässt. Es ist außergewöhnlich. Jeder noch so kleine Impuls, den Franzi in das Opfer hineingibt, sorgt bei ihm für Erschütterung.

Ara fickt härter und härter, Nora stellt ihren Fuß auf Kais Gesäß. Da bewegt die Gequälte die Lippen.

»Wie bitte?«, fragt Franzi und dann noch einmal in forschem Ton, die Finger in Kais Wangen drückend. »Wie bitte?«

»Ohrfeige, bitte ohrfeige mich!«, flüstert Kai.

Franzi schlägt sie. Kai zuckt.

»Noch einmal?«

Kai nickt.

»Bettle darum!«

Kai bettelt. Franzi schlägt.

»Magst du das, gleichzeitig gefickt und geschlagen zu werden? Macht dich das glücklich?«

Kai nickt. Franzi schlägt fester. Ihre Hemmungen schwächeln. Kais Blick kommt nicht mehr aus dieser Welt. Er kommt von fern, er kommt aus ihrem traumhaft sich öffnenden Anderswo. Franzi streift dieses Jenseitige, wenn sie sich des Geschöpfs in ihrer Hand bemächtigt. Kai zieht sie mit sich nach unten, schlägt Franzi sie. Kais fiebrige Augen weiten den Raum, Franzi greift mit ihrer schlagenden Hand in dieses Dunkel hinein, das auch ihr eigenes ist. Wenn sie das zittrige Geschöpf vor sich jetzt küsste, wohin brächte sie ihr Kuss?

Er brennt ihr die Synapsen durch, der ungezähmte Kuss Kais. Es verglühen Gedanken in diesem Kuss von diesen Lippen, die längst aus jeder Kontrolle sich frei gemacht haben. Was ist das eigentlich, was Franzi da schlägt, schlägt wie wild inzwischen? Ist das Kai oder ein Mensch oder Körper oder Hingabe, eine Wange, eine Haut oder das Zucken an sich?

Franzi merkt, wie sie die Zügel lockerer hält von ihrem eigenen inneren Tier. Sie schlägt zu.

39

Pauline ist außergewöhnlich früh schon wach am nächsten Tag, denn Ann wird sie am Nachmittag piercen lassen, und das macht sie nervös. Sie hatte in der Nacht geträumt, wie auf einer grünen Wiese ein schwarzer Schamane mit allerlei Ketten, Ringen und brennenden Eisen sich an ihr zu schaffen machte, während Ann in einigem Abstand dabeistand. Tragischerweise ging ihre Klitoris kaputt durch die Kunst des Schamanen, und alles war voller Blut. Der Schamane zuckte, Ann zugewendet, die Achseln. Ann drehte sich weg. Ann ging. Pauline schrie wie am Spieß, ohne schreien zu können, während die Wiese sich schwärzte, Ann immer kleiner wurde und Pauline all ihr Blut verlor.

Pauline erwachte röchelnd und mit hämmerndem Herzen gegen acht Uhr früh. Sie floh in die Küche, zu Deutschlandradio und Kräutertee. Kaum hatte sie sich einigermaßen gefangen, hörte sie ein Rumpsen im Flur. Sie steckte den Kopf durch die Küchentür und sah Franzi im Sweatshirt fluchend Regenschirme aufheben. Franzi war gegen den Schrank gelaufen, auf dem sie gelegen hatten. Franzi sieht nicht gut aus. Sie ist vor vier Stunden nach Hause gekommen, erklärt sie Pauline, als die ihr in der Küche eine Tasse Kaffee in die Hand drückt. Sie hatte einen wirklich anstrengenden Abend, und jetzt müsse sie kellnern.

*

»Danke, das war echt gut!«, hatte Kai nach dem Spiel zu ihr gesagt, nachdem Ara sie von ihren Dildos befreit, sie im Bad gewaschen und angezogen, sie mit Wasser und Lächeln versorgt hatte.

Franzi war high. Sie hätte Bäume ausreißen können, auf der Stelle. Sie war göttlich.

Außerdem schlug Kelly vor, sie könnten sich doch demnächst zu viert treffen, mit Samuel und Marius, weil es doch so schön gewesen sei, wie Samuel Franzi an die Decke von Z.s Studio gefesselt hatte. Ihre Telefonnummer schrieb sie Franzi theatralisch mit einem Kugelschreiber auf die Innenseite ihres Armes.

»Wenn sie verwischt, musst du dir etwas einfallen lassen.«

»Wir spielen übrigens nicht immer und nicht alle so hart«, erklärte Tanja Franzi. »Ara und Kai sind hier quasi für das Verschieben der Grenzen verantwortlich.«

Dass sie gerade das erste Mal dominant gewesen war, fanden die Frauen klasse. Woher eigentlich ihr seltsamer Name käme, fragte Franzi Pea im Gehen schon.

»Die Griechen haben drei Worte für die Liebe: Philia ist die freundschaftliche Liebe, Eros die sinnliche und Agape das schrittweise Einswerden. Die Anfangsbuchstaben aller drei Lieben ergeben meinen Namen. Ich bin die Liebe.« Pea schenkte Franzi ein strahlendes Lächeln. Sie hatte roten Lippenstift auf den Zähnen und Wimperntusche unter den Augen. Sie war betrunken.

*

Nachts saß Franzi auf einem riesigen Dildo in einem dunklen Wald. Vor ihr, in einer Baumkrone kauerte Kai. In anderen Baumkronen hockten Affen. Franzi winkte ihnen zu. Ich pflücke sie mir alle, beschloss sie. Dann stand sie auf und sprang in einen silbrig schillernden See.

*

Pauline hetzt auf dem Fahrrad hinter Franzi her zum Café. Franzi ist viel zu spät dran und außerdem unzurechnungsfähig. Pauline wird ihr helfen, so gut sie kann.

»Weißt du, es ist schon irre hart, dominant zu sein!«, schreit Franzi gegen den Wind. »Ich dachte immer, nur der Kriechende sei ausgeliefert, weil er sich erniedrigt und all das. Aber da hast du immerhin den Schutz deines Rausches, du kannst den Blick senken, du kannst bei deinem Top Schutz suchen und du bist irgendwo da unten am Boden. Andersherum, als dominanter Part hingegen, stehst du aufrecht und blickst allen direkt in die Augen. Du musst die Ehrerbietung rechtfertigen, die dir entgegengebracht wird, und du musst zeigen, dass du weißt, was du tust, wenn du schlimme Sachen machst. Du musst die Kontrolle behalten und dabei entspannt sein. Du musst hart und sinnlich wirken. Kais Körper unter meinem Fuß war wie eine Bühne, plötzlich war der ganze Rest von mir total ausgestellt, und ihre Augen, wenn sie mich angesehen hat, das waren Scheinwerfer! Alle beobachten dich in so einem Moment, und du kannst nichts verbergen, weil du ja nicht beschämt wegschauen kannst wie die Devoten!«

Paulines Bewunderung für Dominanz erhält neuen Aufwind. Was Ann doch Großartiges leistet, während sie selbst einfach nur ist. Pauline stellt die Stühle von den Tischen herunter und Aschenbecher darauf. Im nächsten Jahr soll das Rauchen auch in Berliner Gaststätten verboten werden.

»Und spätestens dann, Pauline, hören wir aber wirklich auf!«, grummelt Franzi heiser, während sie mit dem Zigarettenautomaten kämpft. Franzis Kopf ist kurz davor zu explodieren. Pauline rennt los, um ihr Tabletten zu kaufen, dann presst sie jede Menge Orangen und trinkt ein paar Kaffees. Sie poliert Gläser, sie wird nervös, wenn Gäste sie ansprechen. Nach gut zwei Stunden klingelt ihr Handy, und sie ist weg.

*

Ein Zimmer wie beim Frauenarzt. Ein antiker Gynstuhl. Ein Piercingmeister mit Zöpfen in grellen Farben, tätowierten Armen und einer enormen Menge von Metall im Gesicht. Ann hat bereits alles mit ihm besprochen. Sie hatte lange gesucht. Er ist der Piercer ihres Vertrauens.

Ann hat eine Flasche Sekt dabei, die Pauline nahezu allein trinkt.

»Als archaische Narkose sozusagen«, wie sie Ann erklärt.

»Na, das geht natürlich nicht!«, erhebt diese Einspruch. »Du sollst merken, was mit dir passiert! Es soll dir wehtun, wenn ich dich versklave, sonst macht es keinen Spaß!«

Es tut Pauline weh genug. Ann spürt Vulkane explodieren irgendwo in ihr drin, fern von ihr. Sie spürt das Nachbeben entlegener Erschütterungen, als Pauline sich windet und ihre weißen Finger in Anns Hand krallt. Ann mag den Schmerz ihrer kurzen Nägel, er ist ein Abbild des anderen, des eigentlichen Schmerzes, der in Pauline wohnt.

Die Klitorisvorhaut wird von einem silbernen Stab mit einer Kugel an jedem Ende durchbohrt. Ann hat das Schmuckstück ausgesucht. Die Instrumente des Piercers, Paulines gespreizte Beine, ihre geweiteten Augen, der Druck ihrer Finger – Ann kocht in kalter Leidenschaft.

Abends hält Ann einen Vortrag, in dem sie Bourdieus Habitus-Begriff für die Genderforschung fruchtbar macht. Pauline deliriert im Hörsaal mit einem Kühlpad zwischen den Beinen.

Bevor sie schlafen gehen, legt Ann ihre Pauline mit entblößtem Unterleib auf den Esstisch, um ihre Wunde zu begutachten. Es ist alles in Ordnung. Dass Pauline sich übergeben muss, liegt an den Schmerzmitteln und ihrem Innersten, das nach außen drängt. Ann wäscht sie mit Kochsalzlösung. Z. mustert die beiden. Er ist beunruhigt. Er geht in die Küche und auf Distanz.

*

»Wie fühlst du dich?«, fragt Ann am nächsten Morgen, über die gerade erwachende Pauline gebeugt. Sie streicht eine braune Haarsträhne aus dem schmalen, blassen Gesicht, und es schmerzt ihr die Brust, so sehr rühren sie die friedlichen, zufriedenen Züge der gerade erst erwachenden Pauline. Morgens sieht sie noch jünger aus und noch zarter. Pauline öffnet die Augen. Warmes Grün, ein bisschen Bernstein darin und sofort Schmachten für Ann. Wie Ann ihn liebt, diesen Blick voller Liebe.

Es dauert einen Moment, bis Pauline der Grund für Anns Besorgnis einfällt. Ann streift vorsichtig die Decke von Paulines Körper und mustert ihr Schmuckstück. Schön sieht es aus.

»Hast du Schmerzen?«

Pauline schüttelt bedauernd den Kopf. Es wäre gut gewesen, jetzt Schmerzen zu haben. Vielleicht wäre Ann dann zu Hause geblieben und hätte sie gepflegt. Vielleicht auch nicht. Aber so, wie es ist, ist es unspektakulär. Hätte sie ihre Schamlippen piercen lassen, hätte sie wochenlang nicht Fahrrad fahren können. Das fanden sie beide zu heftig, was Pauline jetzt bereut. Sie fühlt sich nicht anders als gestern und vorgestern, obwohl sie doch nun offiziell und gut sichtbar in Anns Besitzstand übergegangen ist. Es hat sich nichts geändert.

Ann berührt ganz vorsichtig die silbernen Kugeln zwischen dem rosa Fleisch. Pauline saugt Luft ein. Ann mustert ihre glänzenden glatten Fingernägel auf dem glänzenden glatten Metall. Sie spürt Paulines Blut pulsieren darunter. Es liegt eine Erwartung in diesem Schmuckstück. Mit Geschenken hat man sorgsam umzugehen, und dieses hier ist kostbar.

40

Franzi fühlt sich die nächsten Tage herrlich frisch. Es ist, als hätte ein trockener Frühlingswind vom Meer her kommend das Haus, das sie bewohnt, kräftig durchgepustet. Die Fenster und Türen tanzen mit wehenden Vorhängen in der Zugluft. Der Mief und der Modergeruch sind weggeweht, ebenso wie die Staubschichten und Kalkspuren. Die Tiere werden in Bewegung versetzt und die Kinder geweckt.

Aber Franzi fällt es einigermaßen schwer, ihre Unbefangenheit gegen den Irrsinn von außen zu verteidigen. Pauline schleicht mit merkwürdig gespreizten Beinen durch die Wohnung und trinkt in der Tat keinen Tropfen Alkohol, weil Ann ihr das verboten hat, da es den Heilungsprozess verzögern könnte. Marius versteht nicht, warum seine Freundin sich plötzlich mit Lesben herumtreibt und schlägt, obwohl sie doch devot ist. Ann ruft stündlich an, um sich nach Paulines Befinden zu erkundigen. Katharina hilft Marius derweil in seinem Büro. Sie lernt dort wertvolle Dinge, und er gibt lauter Geld für sie aus, das er nicht hat, bloß um sich als Mentor zu fühlen. Franzi sagt nichts dazu. Sie wartet darauf, dass ihr etwas einfällt, um sich zu retten.

*

Ann fliegt zu einem Symposion nach Zürich. Sie hatte vorgehabt, Pauline mitzunehmen. Während sie in der Universität wäre, würde Pauline ausschlafen. Dann könnte sie durch die Stadt schlendern, um sich von Anns Geld Unterwäsche zu kaufen. Ann würde ihr befehlen, sich der Verkäuferin zur Begutachtung in der Unterwäsche zu präsentieren, und sie würde von Anns Schlägen gezeichnet sein dabei. Das hat Ann in so vielen Büchern gelesen, und es hat sie jedes Mal feucht gemacht. Später würde Pauline ins Hotel zurückkehren, sich für Ann schön machen und dann vor der Tür kniend auf sie warten, Stunden vielleicht.

Jetzt sagt Ann dieses Spiel ab. Sie trifft Pauline zum Mittagessen. Sie wird morgen fliegen. Ihr ist schlecht vor Aufregung, und sie merkt, sie kann das nicht mit Pauline. Sie könnte sich nicht konzentrieren. Sie findet die Vorstellung sexy, aber sie bringt es nicht.

»Ich bin ein Weichei«, sagt Ann, während Pauline Tränen über die Wangen laufen. Ann möchte sie wegküssen, und selbst das traut sie sich nicht. Nach dem Essen kauft Ann eine rote Rose für Pauline. Auf dem Nachhauseweg wirft Pauline sie in den Kanal.

*

Immerhin Telefonsex bringt Ann fertig, als sie spätabends ins Hotel zurückkommt.

»Zieh dich aus und knie nackt vor deinem Bett nieder. Spreize die Beine. Berühre deinen Körper. Deine Lippen, deine Arme, deine Brüste. Tu dir weh. Kneife in deine Brustwarzen und tu dir weh. Schone dich nicht. Ich will deinen Schmerz hören. Krabble zu deiner Tasche. Nimm die Klammern heraus. Befestige sie an deinen Brüsten und deinen Schamlippen. Krabble wieder zurück. Knie mit gespreizten Beinen. Greife dir zwischen die Beine. Wie fühlt sich deine Möse an?«

»Sie ist ...«

»Ich höre!« Die Gewalt in Anns Stimme.

»Sie ist nass und heiß. Sie ist prall, geschwollen. Sie ist erregt. Ich sehne mich nach dir.«

»Reibe deine Klitoris. Beuge deinen Oberkörper über das Bett und strecke deinen Hintern hoch. Stell dir vor, ich stehe hinter dir und peitsche dich. Ich peitsche dich so lange, bis du kommst. Reibe, Pauline. Nimm die Kette, die an deinen Brüsten hängt, in den Mund und reibe. Lecke an den Fingern deiner freien Hand. Stell dir vor, du würdest mich lecken, während ich dich mit einer Gerte schlage. Reibe, Pauline.«

*

Pauline kuschelt sich fest in ihre Decken. Sie friert. Das Telefonat gerade war gut, aber die Leerstelle in ihr stopft es nicht.

*

Auch Franzi ist trübsinnig am nächsten Tag. Sie hatte einen schönen, ruhigen Abend mit Marius verbracht, aber als sie zu ihm kam, war Katharina bei ihm. Sie war gerade dabei zu gehen, sie schlüpfte schon in ihre Jacke. Sie kniete im Flur nieder, um sich ihre Schuhe anzuziehen, während Franzi reglos über ihr stand. Als sie hochkam, trafen sich ihre Blicke. Katharinas waren schuldbewusst. Sie hatte geschwollene Lippen. Sie war frisch durchgevögelt.

*

Pauline hat ihr von Ann aufmöbliertes Exposé an eine Stiftung geschickt, die ihr ein Stipendium geben soll. Im Briefkasten von Franzis Büro nisten sich diverse Absagen auf Anträge um Förderung ein. Sie weiß nicht, wie das nächste Projekt und auch die nächste Miete finanziert werden soll.

Außerdem ist es November und kalt und regnerisch. Es muss Kohle aus dem Keller geholt werden, um die Öfen zu beheizen. Vielleicht hätten wir doch etwas Anständiges lernen sollen, sinnieren Franzi und Pauline, wie immer im November, aber es schüttelt sie bei dem Gedanken an ein sozialversicherungspflichtiges Korsett mit vierzig bis sechzig Stunden Anwesenheitspflicht und gelegentlichem zwangsverordneten Saufen im Team.

Ene, mene, miste

41

Pauline liest interessenlos über den Harem, die Gebärmutter, das Frauenhaus. Sie bestellt französischsprachige Bücher zu Queerstudies, um Ann zu beeindrucken. Sie kauft für Ann ein, sie staubsaugt und putzt, sie erstellt Literaturlisten und kontrolliert voller Abscheu Fußnoten. Manchmal wird sie zwischendurch von Ann gevögelt, übers Knie gelegt, an den Pranger gebunden, unter den Tisch verbannt, zwischen ihre Beine gezwungen. Manchmal auch nicht. Ziemlich oft eigentlich nicht. Ann hat ihren Sonderforschungsbereich im Kopf. Daneben bleibt wenig Raum für Gedanken an Pauline, deren Promotion und Sex.

Es gibt einen Tag im November, an dem Pauline, wie so oft, Staub wischend, Gemüse schälend, Bücher ordnend glüht und glüht und glüht, weil sie Anns Stimme im Ohr hat, die telefoniert, weil sich der Rhythmus ihrer Absätze auf dem Parkett in ihr Bewusstsein hakt, weil sie unerwartete und wirklich machtvolle Küsse auf Paulines Wangen haucht im Vorübergehen. Schlage diese Wangen, die du küsst, beschwört Pauline sie stumm – es funktioniert nicht. Und wenn ich mich selbst befriedige, denkt Pauline im Bad mit Kalkentferner in der Hand. Aber ihre Lust hat sie doch Ann geschenkt, sie will sie nicht zurück.

Es passiert so lange nichts, bis Paulines Glut zu Asche wird und ihre Erregung zu Frust. Dann, oder kurz danach, hat Ann plötzlich doch Lust. »Komm zu mir, und zwar flott!«, ruft sie vom

Esstisch aus der Klavier spielenden Pauline zu. Pauline bekommt Kopfschmerzen von ihrer schneidenden Stimme.

»Das hat zu lange gedauert!« Endlich fährt sie ihr ins Gesicht, die lang ersehnte Ohrfeige, und jetzt hat Pauline wirklich Kopfschmerzen. Sie will nicht auf die Knie fallen, will nicht ihren Slip falten und im Mund zum Sofa tragen, will nicht gestraft werden, weil sie es unordentlich macht.

Anns unsichere Wut und kalte Entschlossenheit. Ann, die Pauline bezwingt und doch nicht klein kriegt. Ein Orgasmus, der sich schrecklich anfühlt. Tränen, die Ann nicht glücklich machen. Erschüttertes Erwachen.

42

Am nächsten Abend kochen Pauline und Franzi Kürbisauflauf. Als er fertig ist, hat Pauline keinen Hunger mehr. Franzi schon, obwohl sie beim Warten bereits eine Schale Oliven verdrückt hat. Franzi beobachtet Pauline, die Weißwein einschenkt.

»Tut dein Piercing noch weh?«

»Nein.«

»Und Sex, ich meine, deine Lust ist nicht beschädigt?«

»Nein, ich glaube nicht. Und du, wie geht's dir?«

»Ich habe Marius darauf festgenagelt, nächste Woche mit mir wegzufahren. Wir fahren ins Münsterland, in das Haus seiner Eltern. Die sind im Urlaub, und man kann da schöne Spaziergänge machen.«

»Also Harmonie zwischen euch beiden?«

»Ganz und gar nicht. Deswegen fahren wir ja weg. Es ist in Ordnung, was er mit Katharina macht. Ich will ihm das wirklich gerne gönnen, keine Frage. Aber ich möchte auch etwas haben. Wenn es zwischen uns beiden nichts Besonderes mehr gibt, dann habe ich keine Lust, mir Katharinas pornographisch geschwollene Lippen ansehen zu müssen.«

Pauline nickt. Sie raucht, während Franzi isst.

»Und du, Pauline, alles klar mit Ann?«

»Ja, klar, warum?«

»Na ja, du glaubst, deine Lust sei durch das Piercing nicht beschädigt, aber warum weißt du es nicht? Du warst doch gestern bei Ann?«

»Jaja. Es ist – na ja. Was ist das nur, SM, warum macht man das, was ist das Großartige daran?«

»Erklär du es mir!«, erwidert Franzi mit ihrer frisch erworbenen Dominanz. »Du bist hier die Philosophin, die seit Monaten komplett in ihrer SM-Welt versinkt!«

»Na ja, es geht natürlich um etwas Höheres, um etwas, das größer ist als man selbst«, doziert Pauline. »Du weißt schon, die Idee, für die wir unser Leben lassen, sofern wir Revolutionäre in revolutionären Zeiten sind … Da der Hunger aber in einigem Abstand von mir wütet und an mir selbst keine harte Entsagung nagt, gebe ich also meine Hoffnung, meinen Glauben, all meine Kraft und meine Liebe der Einzigen, die meiner körperlichen Unversehrtheit zu Leibe rückt.«

»Und dir so gut tut dabei!«, ruft Franzi weinglasschwenkend. »Welch angenehme Revolution, wo sie einen nach jedem Kampf mit Obst und heißen Getränken aufpäppeln, wo die Folterknechtin auch im stundenlangen Streicheln geübt ist!« Franzi schürzt die Lippen und zieht die Augenbrauen hoch.

»Also, das findest du albern, ja?« Pauline schenkt nach. »Was glaubst du? Man kann nicht nur die Augenbrauen hochziehen, wenn andere sprechen. Man sollte dann schon eigene Gedanken formulieren!«

»Nein, ich gebe dir ja vollkommen recht!«, wehrt Franzi ab. »Klar, die großen Ideen. Sicher, kaum einer zieht die Kraft zum

Kampf schlicht aus der abstrakten Notwendigkeit des Kampfes heraus. Es ist einer der Grundtriebe des Menschen, anzubeten. Götzendienst zu leisten, Gottesdienst zu halten. Deswegen drucken sie ja auch das Bild von Che Guevara auf die T-Shirts und nicht das Wort Revolution. Wenn man nun aber von Religion und Kirche, von Kaiser und Boygroup nichts wissen will, dann ist es doch völlig in Ordnung, seine Anbetungsenergien auf seinen Sexualpartner zu konzentrieren. Wodurch man diesen Menschen feiert, der es sicher wert ist, schlicht, weil er ein Mensch ist, und wodurch man auch dessen Werk am eigenen Leib, somit die eigene Sinnlichkeit und damit das höchstpersönliche Selbst feiert. Was sind wir denn schon weiter als Körper und körperliches Empfinden?«

»Aber du betest Marius doch nicht an, oder?«

»Leider nicht.«

43

Bevor Franzi mit Marius wegfährt, wird ihr Gefängnistheaterstück in einem Theater, draußen, in Freiheit, aufgeführt. Für jede Darstellerin kommen zwei Justizvollzugsbeamte mit, die Gänge des Theaters werden nach möglichen Mauselöchern abgegrast, die Griffe von den Fenstern entfernt. Franzi ist schlecht vor Aufregung, und in ihrem Kopf hämmert jemand. Pauline betreut sie nach Leibeskräften. Sie verspricht, eine halbe Stunde vor Vorstellungsbeginn mit Baldrian, Wodka und einem Dutzend Schmerztabletten an ihrer Seite zu sein.

Diesmal wollte Ann wirklich mitkommen, mit Pauline im Zuschauerraum Händchen halten und sagt dann doch kurz vorher ab.

»Du bist so unzuverlässig. Du spielst mit mir. Meine Gefühle interessieren dich nicht im Geringsten!«

Pauline legt das Telefon weg und sinkt kraftlos ins Bett. Ann ist empört und schuldbewusst.

*

»Sag mal, spinnst du? Wo warst du? Wir feiern jetzt in der Bar, komm nach, oder lass es bleiben. Ich übernachte bei Marius.«

Das hat Franzi auf Paulines Mailbox gesprochen oder gefaucht. Es berührt Pauline nur am Rande, denn Ann klingelt an der Tür. Das süße Gefühl der Reue, nachdem sie Ann angeschrien hatte, und die Heerscharen von Entschuldigungen, auch Gnadengesuchen, die aus ihren geplatzten Kokons nach außen quillen.

Wie Pauline ganz Bitte wird zu Anns Knien. Verzeih, Ann, verzeih, nur dieses eine Mal noch verzeih. Ihre Güte, ihre Hände, die Staubmäuse am Bettpfosten, und auch Ann tut es leid, tut es so leid, jede Sekunde ohne Pauline und jedes böse Wort.

Hochgezogen, übers Knie gezogen. Die Lippen warm im Haar, den Arm beruhigend um die Brust und die Finger hart in Pauline. Die Wut weggestoßen, die Verzweiflung, den Schmerz. Aus Bitte wird Dank. Pauline ist Hingabe, Aufgabe. Ach, Ann, ich bin die Dankbarkeit in Person. Schreib in dich rein das Wort Danke mit meiner Zunge.

*

Und ein paar glückliche Tage später steht Ann in Paulines Küche, in rotem Kleid mit blasser Haut. Sieht alt aus. Pauline, in schwarzem Samt für Z.s Vernissage, hält den Atem an bei ihrem Anblick. Franzi stockt beim Proseccoeingießen.

»Pauline«, sagt Ann, »nach der Vernissage heute, also, du kannst dann nicht mit zu mir kommen.« Wenn sie glaubt, jemand würde ihr mit einer Frage weiterhelfen, hat sie sich getäuscht.

»Z. ist – er findet – Z. sagt, es sei sehr eng zwischen uns, also dir und mir, und es gäbe da immer weniger Raum für ihn. Er sagt, es entstünden Abhängigkeiten und Destruktivitäten, die er nicht zu tragen bereit – er will – ich meine – es ist alles in Ordnung, er braucht nur etwas Abstand zwischen dir und mir. Keine Übernachtungen vorerst –«

»Dann werde ich dich jetzt natürlich nicht auf seine dämliche Vernissage begleiten. Amüsier dich gut, Ann!« Paulines Worte sind Faustschläge. Sie wusste selbst nicht, wie hart sie zuschlagen kann. Als Ann gegangen ist, mit fahler Haut und glänzenden Augen, rennt Pauline ins Bad, um sich zu übergeben. Danach fällt sie auf dem Küchensofa in sich zusammen. Ihr Herz schlägt viel zu laut für ihren kleinen Körper, es wird sie sprengen, es wird sie detonieren lassen. Ihr Herz ist zu viel für sie allein. Das Tränenwasser hat Anns Auftritt ihr gefroren, jetzt kommt es nicht heraus, blockiert bloß.

*

»Erst diese Geschichte mit meiner Theateraufführung vor ein paar Tagen und jetzt das – was soll das denn?«, fragt Franzi.

Pauline wiegt sich, den Kopf in den Armen, hin und her.

44

»Natürlich kannst du mich allein lassen!«, beteuert Pauline am nächsten Morgen, einen brüllenden Kater im Kopf. Sie wird einfach schlafen, während Franzi weg ist.

*

Im Haus von Marius' Eltern hängt ein vertrauter Geruch. Es gibt vielleicht eine spezielle Art von Staub, denkt Franzi, die nur durch Bücher entsteht. Papier fängt nach einer gewissen Anzahl von Jahren an zu riechen, so wie alte Menschen und überhaupt fast alles. Sie bringen ihre Taschen in Marius' Kinderzimmer mit dem schmalen Bett und den Postern aus einer anderen Zeit. Marius stellt überall im Haus die Heizung an, Franzi lüftet und gießt die Pflanzen.

Später kauft Marius ein, während Franzi sich schön macht. Sie stellt sich anschließend in die halbfremde Küche und schält, wäscht, schneidet Gemüse. Ihr roter Nagellack bleibt an der gelben Paprika kleben. Sie flucht.

»Muss man den Lack nicht ein paar Minuten trocknen lassen?«, fragt Marius.

»Was für eine enorm hilfreiche Frage, Marius!«, faucht Franzi. »Was meinst du, was ich die letzte halbe Ewigkeit getan habe? Aber ich kann doch nicht den Rest des Abends herumsitzen und meine Nägel in die Luft halten!«

Sie stürmt ins Badezimmer, Marius dicht auf den Fersen. Der Nagellackentferner entfernt den Nagellack nicht, sondern verschmiert ihn, und Franzi flucht. Ob es Chancen auf eine Besserung ihrer Laune im Laufe des Abends gebe, will Marius wissen.

»Hör mal, ich mache mich für dich schön, ich stelle mich für dich in die Küche, und du, was machst du?«, schreit Franzi. »Hast du dir vielleicht die Nägel lackiert? Marschierst du auf Pfennigabsätzen durch die Gegend? Verbrennst du dir die Hände am Herd?«

Marius weiß, mit Freundlichkeit ist Franzis Aggressivität besser beizukommen als mit Argumenten. Er nimmt ihre Hände, um sie behutsam von der Farbe zu befreien.

»Sehen auch in Natur wunderschön aus, deine Nägel«, sagt er und küsst ein paar Fingerspitzen.

Er folgt ihr in die Küche, er rückt dem Kürbis zu Leibe. Er platziert hauchzarte Küsse auf Franzis Schulter, an die Stelle, wo aus Schulter Hals wird, denn die liebt er besonders. Sie schichten gemeinsam Gemüsescheiben in die Auflaufform und beginnen dabei, sich zu entspannen.

Sie trinken das erste Glas Wein, als der Auflauf im Ofen ist, und entspannen sich dabei noch mehr. Sie trinken ein weiteres Glas, dann holen sie den Auflauf aus dem Ofen. Beim Essen erzählt Marius von früher, vom Mittagessen an diesem Tisch nach der Schule, die Schwestern redeten durcheinander, während er schwieg.

Franzi fragt: »Findest du mich überhaupt noch schön?«

Und wie er sie schön findet, immer noch und für immer, natürlich. Wie sie jetzt vor ihm sitzt, die dunklen, langen Haare fallen glänzend auf ihren runden Busen, ihre großen dunklen Augen hat sie schwarz umrandet. Ihre ausgeprägte Nase glänzt etwas. Die Arme verschränkt sie vor ihrem Bauch, ein Fuß wippt.

»Warum schläfst du dann so viel lieber mit Katharina?«

Marius seufzt. Das hat er doch alles schon gesagt, schon so oft.

»Katharina ist verfügbar ... «

»Ich auch, ich doch auch!«

»Nein, das stimmt nicht«, widerspricht Marius. »Wenn ich Katharina treffe, dann ist klar, sie will Sex. Du hingegen willst in der Regel lieber schlafen, kuscheln, reden, weggehen, arbeiten, lesen – du kennst es doch. Du möchtest vielleicht immer verfügbar sein, aber du bist es nicht.«

Franzi schweigt.

»Und ich kann alles mit Katharina machen, weißt du –«

»Marius, du könntest mit mir auch alles machen, wenn du nur wolltest, wirklich, du weißt doch gar nicht, was ich träume!«

»Aber ich kann mit dir nicht alles machen, auch wenn ich es könnte«, erklärt Marius. »Vor dir habe ich zu viel Respekt!«

»Ach, und vor Katharina hast du keinen Respekt?« Franzi beginnt zu kochen. Marius weiß, er muss seine Worte jetzt sorgfältig wählen und kann sich für keines entscheiden. »Selbstverständlich respektiere ich auch Katharina. Aber vor dir habe ich ...«

»Angst?«, fragt Franzi, bevor sein Schweigen sie zum Explodieren bringt.

»Ja, irgendwie, vielleicht«, gibt Marius zu. »Ich meine, weißt du, mit dir kann ich mich nicht entspannen, weil ich nie weiß, was du im nächsten Moment tust, in welche Richtung deine Stimmung sich dreht. Ich habe den dominanten Part, aber ich kann mich nicht darauf verlassen, dass ich bestimme, was geschieht. Vielleicht passt dir irgendetwas plötzlich nicht, vielleicht magst du etwas nicht, was du immer gemocht hast. Vielleicht willst du mehr von dem einen und nichts von dem anderen, vielleicht widersprichst du mir, vielleicht fauchst du mich plötzlich an, vielleicht hast du mit einem Mal überhaupt keine Lust mehr – du kennst es doch!«

Franzi sagt nichts. Sie weint. Marius kommt um den Tisch herum, legt ihr die Hand auf die Schulter, aufs Haar.

»Komm mit zum Sofa!«, bittet er.

Auf dem Sofa nimmt er sie in den Arm, sie drückt ihr Gesicht an seine Brust, hört sein Herz schlagen und weint.

»Ich möchte so gerne verfügbar sein!«, murmelt sie nach einer Weile. Sie richtet sich auf, sie schnappt sich ihr Weinglas. »Ich sehne mich wirklich danach, benutzt zu werden, ganz brutal und völlig respektlos, am besten von mehreren Männern gleichzeitig!«

»Also, ich würde dir nicht genügen?«, fragt Marius.

»Nein, du kannst mich nicht richtig benutzen, du liebst mich ja!«, erklärt Franzi. Sie lacht jetzt mit Tränen im Mund. Marius lacht nicht. »Franzi, glaubst du ernsthaft, ich ließe zu, dass irgendwelche Männer, die dich nicht lieben, dich respektlos benutzen?«

»Du könntest ja dabei sein und auf mich aufpassen«, schlägt Franzi vor.

Marius lächelt. »Na ja, gut, aber dann dürftest du mir natürlich keine Schande bereiten, ich meine, dann müsstest du wirklich perfekt benutzbar sein und alle Bedürfnisse ohne Murren befriedigen!«

»Selbstverständlich!«, gurrt Franzi, die langsam vom Kochen zum Brennen übergeht.

»Aber momentan bist du absolut unzumutbar, du weinerliche Anarcho-Sklavin«, mäkelt Marius und freut sich dabei sehr über Franzis Lachen. »Ich müsste dich erst einmal erziehen, abrichten, vorbereiten ... «

»... einreiten«, ergänzt Franzi quietschend vor Freude.

»Okay, du Hure in spe«, sagt Marius, »dann leg dich mal über meine Knie.«

»Warum denn?«, fragt Franzi.

»Weil es nur Spaß macht, dich zu benutzen, wenn dein Arsch rot ist, und bei der nächsten Warum-Frage knalle ich dir eine.«

»Au jaaa!«, ruft Franzi.

Sie schiebt ihren aufgeregten Körper langsam über Marius' Knie, den Rock nach oben. Marius' große, starke Hand knetet und tätschelt, schlägt dann auch, und all das tut Franzi wirklich gut. Sie über seinen Knien, das ist eines dieser Rituale, die sie lieben, eine Sache, die immer funktioniert. Marius spürt Handinnenflächen und Arschbacken heiß werden. Er schiebt seine Finger zwischen Franzis Schenkel, wo es schon ziemlich feucht ist. Er reibt ihre Klitoris. Sie stöhnt. Er hat eine Idee, die er lange nicht mehr hatte. »Dreh dich um!«, verlangt er.

Franzi dreht sich, er schiebt sie von seinem Schoß, spreizt ihr die Beine, bis das eine vom Sofa herunterhängt und das andere auf der Lehne liegt, fast im Bücherregal dahinter. Er schlägt ihre Möse. Er schlägt mit der flachen Hand, die schnell nass wird. Er schlägt ziemlich hart. Franzi schreit, zuckt mit dem Unterleib, zuckt von ihm weg und bietet sich ihm wieder an. Marius zieht seinen Gürtel aus, die heiß geliebte Geste, hält ihn kurz und prügelt damit Franzis geschwollene Möse. Franzi stöhnt oder wimmert, Franzi entzieht und präsentiert sich. Marius schlägt auch die Innenseite ihrer Schenkel, am liebsten aber die Klitoris. Als sie zu keuchen beginnt, dringt er mit drei Fingern in ihren weit geöffneten Schlund ein und stößt zu. Franzi starrt an die Decke, der bestickte Lampenschirm, während sie mit brennenden Schamlippen und Marius' flinken Fingern in sich kommt. Ihr Unterleib verkrampft sich, als es so weit ist, sie lacht, sie entspannt sich. Marius streichelt sanft, voller Bewunderung die roten Schenkel, den heißen Bauch, die weichen Brüste. Er will Franzi beruhigen, sie zu sich kommen lassen, aber dann kann er doch nicht widerstehen. Er muss ihre Brustwarzen zwischen seinen Fingern quetschen, die Nägel hineinbohren, bis Franzi schreit und länger. Er greift ihr in den Nacken, zieht sie zu sich hoch.

»Du krabbelst jetzt nach oben und holst die Peitsche aus meiner Tasche«, verlangt er.

»Wie bitte? Ich soll die Treppe hinaufkrabbeln, bist du dir da sicher?«

Marius verpasst ihr eine Ohrfeige, dass es knallt. »Sicher bin ich mir da sicher! Hör mal, du machst gefälligst, was ich dir sage, anstatt blöde Fragen zu stellen!«

Franzi geht grinsend zu Boden und macht sich auf den Weg, hin zur Treppe, dann die glatten, hellen Stufen hinauf, die jedes Kind des Hauses mindestens einmal heulend hinuntergesegelt ist. Blutige Stirn, aufgeschlagene Knie, großes Geschrei und Schokolade zum Trost. Sie ist erstaunt, wie gut das geht, Treppen emporzukrabbeln. Aber andere Tiere können das ja auch.

Marius trinkt einen Schluck, rückt seinen steifen Schwanz in der Hose zurecht und staunt nicht schlecht, als Franzi mit schwingenden Hüften und wehendem Haar die Treppe hinunterstolziert, die Peitsche zwischen den Zähnen.

Er springt auf, ist ganz schnell bei Franzi, greift ihr ins Haar und drückt sie zu Boden. Die Peitsche reißt er ihr aus dem Mund, lässt sie auf ihren entblößten Arsch knallen.

»Habe ich dir erlaubt aufzustehen?«, fragt er barsch.

»Marius, ich kann doch nicht die Treppe hinunterkrabbeln, willst du mich umbringen?«

Er bearbeitet mit der Peitsche wie wild ihren Hintern. Franzi schreit. Sie windet sich, er nimmt sie zwischen seine Beine, drückt ihr seine Unterschenkel in die Taille und peitscht ihren Hintern aus, der bereits allerlei dicke rote Striemen aufweist. Marius ist sich nicht ganz sicher, ob man Treppen hinunterkriechen kann, er hat den Eindruck, etwas falsch gemacht zu haben, und das ärgert ihn.

»Du gehorchst mir, ganz egal, was ich dir befehle, hast du das verstanden!«, sagt er oder schreit es. Franzi schweigt. Marius schlägt. Spreizt ihr mit dem Fuß die Beine und peitscht ihre Möse, was ihm ein höllisches Vergnügen bereitet. Franzi stöhnt und, ja, sie hat verstanden. »Dann mal vorwärts mit dir«, befiehlt Marius.

Er treibt sie mit Peitschenhieben hin zur Terrassentür, die er öffnet, und hinaus in den Garten. Franzi spürt die spitzen Steine des Terrassenbodens, vor allen Dingen die Kälte, sie kann es nicht fassen. Marius will, dass sie sich auszieht. Es ist Vollmond und der Himmel voller Sterne. Der Garten geht dunkelgrün und zaunlos ins Feld über. Dahinter, schwarz und fern, beginnt der Wald. Kein Laut ist zu hören. Im Mondschein, im Gras steht Franzi – sinnliche Formen, blasse Haut und dunkles Haar leicht auf den runden Schultern, dem schweren Busen liegend. Marius drückt sie zu Boden. Die Kälte beißt ihr in die Haut, das Gras ist nass, auf dem sie kniet. Marius' Peitsche pfeift durch die Nacht ihren Brüsten entgegen. Jetzt ist Franzi wirklich drin, ist ihr Verlangen uferlos, jetzt will sie mehr.

Wieder im Haus, drückt sie die Stirn gegen das Bücherregal und schiebt den Arsch so weit hinaus wie nur möglich. Sie sagt: »Ja, bitte«, wenn Marius fragt, ob sie es härter braucht. Sie bettelt ihn an, sie zu treten, ihren Arsch, ihre Möse. Sie sieht den Raum nur noch sehr verschwommen, als sein Schuh sie malträtiert. Sie krümmt sich zu seinen Füßen auf dem Boden, Thomas Mann vor der Nase, Günter Grass, den ganzen deutschen Bildungskram, während ihr Kitzler fast platzt und ihr Po brennt. Schließlich öffnet Marius seine Hose, reißt Franzi hoch, schiebt ihr seinen Schwanz in die Kehle. Er wirft sie wieder zurück auf den Boden auf den Bauch, kommt über, kommt in sie.

45

Pauline hat einen Termin bei Ann, in der Universität, um mit ihr über ihre Promotion zu sprechen. Ihr ist schlecht. Ann schließt die Tür. Sie nimmt wieder hinter ihrem Schreibtisch Platz. Pauline lehnt an der Wand und spürt, wie Anns Bewegungen ihr Kraft rauben, wie ihre Hände ihr Kraft rauben, ihre Lippen, ihr offenes graues Jackett. Pauline wird schwach und schwächer an der Wand und kann den Blick nicht abwenden von dem Objekt ihrer Begierde.

»Komm her.«

Pauline steht vor Ann, die mit gespreizten Beinen auf ihrem Stuhl sitzt.

»Auf die Knie.«

Pauline starrt auf die Knopfleiste des Jacketts, auf die Knöpfe der weißen Bluse. Ann nimmt das metallene Lineal von ihrem

Schreibtisch und weitere Kraftreserven verlassen Pauline. Sie beugt sich freiwillig vor, legt den Oberkörper über Anns Bein und schiebt den Hintern hinaus. Ann zieht ihr ihre Jeans samt Slip hinunter. Kein langsames Aufwärmen, keine gemächliche Steigerung. Stattdessen sofort die scharfen Schläge des metallenen Lineals. Pauline stöhnt auf bei jedem Hieb.

Ann öffnet ihre eigene Hose und zieht Pauline an den Haaren zu ihrem Schoß hin. Pauline spreizt ihre Beine freiwillig dabei und verschränkt von selbst die Hände auf dem Rücken. Ann drückt Paulines Kopf fest in ihren Schoß, quält ihre Brustwarzen. Sie sucht mit ihrer Schuhspitze Paulines Möse.

Pauline reibt mit kreisendem Becken ihren Kitzler an Anns Schuh, noch bevor sie es ihr befiehlt.

»Du kommst gemeinsam mit mir, hast du verstanden?«

Ann hat Paulines Kopf an den Haaren hochgezogen, um sie das zu fragen. Sie betrachtet Paulines rote, schimmernde Lippen, ihre geweiteten Augen. Sie greift ihr schmerzhaft ins Gesicht.

»Ja, Ann, ich komme mit dir!«, nuschelt Pauline.

Sie schafft das tatsächlich. Ihr Becken zuckt, während Ann sich in ihren Stuhl zurückwirft.

»Danke, Ann!«, murmelt Pauline. Sie küsst Anns Schuhspitze. Ann hebt sie auf, hält ihr Gesicht, drückt ihr Küsse auf die klebrige Haut. Sie haucht in ihr zerwuscheltes Haar: »Meine Kleine. Mein Engel.«

*

»Ich weiß immer noch nicht, wohin du mit deiner Arbeit willst«, sagt Ann, als beide wieder angezogen sind, ein Glas Wasser in der Hand. Pauline sitzt auf ihrem Schreibtisch, ihre Füße liegen in Anns Schoß.

»Ich habe den Eindruck, du arbeitest nicht ernsthaft. Warum?«

»Weil mich diese Arbeit nicht interessiert«, erwidert Pauline mit einer Ehrlichkeit, die sie selbst erstaunt. »Ich mache das alles nur für dich.«

In Anns Swimmingpoolaugen wird es Winter, während sie nach Worten sucht. »Dann verschwendest du meine Zeit.«

Pauline nimmt alles zurück, fällt schon wieder auf die Knie, gelobt Besserung und fleht um eine weitere Chance.

Ann küsst Paulines Tränen und ihre eigenen Zweifel weg. Ann will nicht, dass Pauline jetzt geht, Ann will ihre Jeans erneut öffnen und in Pauline hineingreifen.

*

Zu Hause, in der Küche, schieben sich Marius und Franzi gegenseitig ihre mit Mousse au Chocolat überzogenen Finger in den Mund.

»Was ist los mit euch?«, fragt Pauline stirnrunzelnd. »Habt ihr euch etwa verknallt?«

»Ja, kann man so sagen, glaube ich, oder was denkst du, mein Herr und Meister?«

Schokoladenküsse.

»Doch, das hat sie ganz richtig erfasst.«

Grinsende Schokoladenmünder.

»Das ist ja widerlich!«, grummelt Pauline, am Radio drehend.

»Und du riechst nach Sex!«, kontert Franzi.

»Was, wirklich?« Pauline ist jetzt hellwach. Das hatte sie immer gewusst, dass man es ihr anriecht, wenn sie bei Ann war. Wie oft ist sie aus der Bibliothek in Anns Büro gerannt, weil sie eine SMS bekommen hat, in der etwas stand wie: *In fünf Minuten hast du vor mir zu knien, sonst gnade dir Gott.* In Anns Büro ein schneller Kniefall, ihr Kopf zwischen Anns Beinen. Oder sie zog sich freiwillig die Hosen herunter und legte sich über den Schreibtisch. Sie erkannte inzwischen an Anns Blick, was sie wollte. Und keine zwanzig Minuten später saß sie wieder in der Bibliothek. Das muss man doch riechen.

»Ja, echt!«, bestätigt Marius. »Nimm das nicht persönlich, Pauline, aber ich habe sofort einen Ständer gekriegt, als du reingekommen bist, weil du einfach so intensiv nach Mösensaft riechst. Da würde sich bei jedem Mann der Schwanz aufstellen.«

Franzi kann Paulines Blick nicht deuten, deshalb sagt sie sicherheitshalber: »Vergiss es, Pauline, das war ein Scherz! Ich wusste, dass du bei Ann warst, und da musst du ja in deinem eigenen Saft schmoren, ich kenne dich doch!«

46

Katharina ist kühl am Telefon und reagiert nicht auf Kurzmitteilungen. Als Marius sie das nächste Mal besucht, wirkt sie reserviert. Gekocht hat sie trotzdem für ihn. Beim Essen fragt Marius, ob irgendetwas nicht stimme. Sie ist wortkarg. Nach einer Weile erklärt sie: »Als wir uns das letzte Mal getroffen haben, hast du nach dem Sex gedankenverloren meinen Körper gestreichelt und mir dabei erzählt, wie geil deine Tage mit Franzi waren. Wenn die Freundin interessanter wird als die Geliebte, ist die Zeit der Geliebten doch abgelaufen, oder?«

Marius ist bestürzt. Er hat sich darüber noch nie Gedanken gemacht, aber er sieht das nicht so. Er will beide.

»Sei ehrlich, Marius«, fährt Katharina fort, »Franzi mag mich nicht. Sie wird nicht mehr lange zulassen, dass du mich triffst.«

Das glaubt Marius nun ganz und gar nicht. Er hat nahezu inflationär viele Freibriefe von Franzi erhalten nach ihren gemeinsamen Tagen und außerdem hat sie sich in seinen Augen jedes Recht auf Einspruch verwirkt, seit sie Lesben prügelt.

Sie schweigen viel. Marius trinkt Wein, Katharina Mineralwasser. Sie räumt ab. Sie kocht ihm Kaffee.

»Bisher war das mit uns in sexueller Hinsicht ja fast monogam«, sagt sie. »Wenn das jetzt anders ist – ich weiß nicht, ob ich das will.«

Nach dem Spiel ist vor dem Spiel

47

Marius und Franzi sind mit Samuel und Kelly im Klit verabredet. Natürlich war Kellys Telefonnummer auf Franzis Unterarm unleserlich gewesen, als sie sich daran erinnerte. Es dauerte einen Moment, bis Franzi die Herkunft des komischen blauen Geschmieres einordnen konnte. Pauline hatte Ann nach Samuels Nummer gefragt, und Marius hatte mit ihm gesprochen.

»Wir haben schon relativ konkrete Pläne ausgeheckt«, lässt er Franzi im Auto wissen.

»Was denn für Pläne, Marius?«

»Das wirst du schon noch sehen.«

»Und wenn mir eure Pläne nicht gefallen?«

»Hey, Baby, ich weiß doch, was du brauchst!« Marius hätte jetzt gerne eine Sonnenbrille auf der Nase oder eine Zigarette im Mundwinkel. Für beides ist er am Steuer, an einem Dezemberabend zu feige.

»Aber sicher! Und wenn ich *nein* sage, meine ich *ja!«*, kichert Franzi.

*

Es sind nicht sehr viele Gäste da. Aber Kelly und Samuel stehen bereits an der Bar. Kelly trägt eine schwarze enge Hose und ein schwarzes enges T-Shirt. Das sähe unspektakulär aus, hätte sie nicht eine so ungewöhnlich schmale, lange und knabenhafte Gestalt.

Samuel hat eine schwarze Hose und ein schwarzes, geöffnetes Hemd an, das seinen muskulösen Oberkörper flatterig umrahmt.

Marius ist in schwarzem Anzug mit weißem Hemd erschienen und Franzi in einem fransigen, roten Kleid, mit schwarzen Netzstrümpfen und Stiefeln.

»Wollen wir nach oben gehen?«, fragt Kelly nach dem ersten Bier.

Sie betreten diesen Raum, in dem Franzi vor knapp einem halben Jahr Simone geküsst hat, während unten Pauline zu Anns Füßen niedersank.

»Ich könnte mit einer Bondage für Kelly beginnen, wenn ihr euch das ansehen möchtet?«, schlägt Samuel vor.

Franzi und Marius setzen sich auf ein Sofa und sehen zu, wie Kelly sich auszieht (nackt ist sie eher hager als schmal) und sich mit geschlossenen Augen an Samuels Brust lehnt, bevor dieser beginnt, seine Seile um sie zu ziehen.

Samuel knüpft Kelly ein Kleid aus Seilen und Knoten auf den Leib. Das sieht interessant aus. Tarzan und Jane. Die Brüste zwischen Stricken frei und auch die Scham.

Jetzt will er Franzi fesseln. In einer Art Torbogen in der Tiefe des Raumes soll sie gebunden werden.

Samuels Nähe. Die Wangen-, die Kieferknochen. Die dunkle Haut, der Geruch von Tabak.

Kelly sitzt in ihrem Seilkleid neben Marius auf dem Sofa. Einmal beugt sie sich zu ihm, um ihm etwas zuzuflüstern, während die Seile beginnen, Franzis Freiraum zu minimieren. Marius lächelt.

Franzi schließt die Augen. Ihre Arme weit von sich gestreckt, ein Bein auf dem Boden und eines hochgezogen, angewinkelt. So endet Franzi im Torbogen und kann sich keinen Zentimeter mehr rühren. Ihre großen Brüste quellen zwischen den Stricken hervor, viel obszöner als Kellys kleiner Busen. Ihr Bauch wölbt sich wie bei einer Schwangeren und ihr Beckenboden ist durch das angewinkelte Bein so freigelegt, dass sie jeden Lufthauch an ihren Öffnungen spürt.

Samuel stellt sich neben das Sofa, die Hand liebevoll auf Kellys Schulter. Die drei betrachten Franzi mit großem Gefallen. Sie sind nicht die Einzigen. Eine Traube von Interessierten hat sich in einigem Abstand am Eingang des Raumes versammelt, nur als Schatten wahrnehmbar. Scherenschnitte, denkt Franzi, und Blicke aus der Dunkelheit. Franzi ist preisgegeben.

Sie lassen ihr Zeit, Scham und Schutzlosigkeit zu genießen, dann tritt Marius an sie heran. Kelly und Samuel nähern sich ebenfalls.

»Wir drei würden dich jetzt sehr gerne schlagen, wenn du einverstanden wärst«, erklärt Marius.

»Nur zu!«, murmelt Franzi mit einem kleinen Lächeln.

Sie bewaffnen sich.

Marius nimmt sich ein breites hölzernes Paddel, Samuel eine mehrschwänzige Peitsche und Kelly eine schmale Gerte.

Marius beginnt, ihren Hintern mit seinen Händen und dem Paddel zu bearbeiten. Auch ihre Schenkel schlägt er. Kelly streichelt derweil Franzis Brüste, ohne die Gerte aus der Hand zu legen. Samuel betrachtet.

Ihr Tempo steigert sich. Der elektronische Rhythmus aus den Boxen bleibt getragen, aber Franzis Folterer beschleunigen. Zwischen Marius' Paddel saust mit präziser Schärfe Kellys Gerte. Samuels Peitsche fängt an, sich um Franzis Rundungen zu schlingen. Um die durch die Seile hervorgepressten Arschbacken und Brüste, um den angewinkelten Schenkel und die stehende Wade.

Die einnehmende Peitsche, das breitflächige Paddel, die klare Gerte.

Reglose Schatten im Eingang, Bässe im Ohr, der Geruch von Tabak und Fremde, auch Heimat, wenn Marius sie küsst.

Sie befreien Franzi, aber sie ist nur kurz mit Schwerkraft und Bewegungsfreiheit konfrontiert, dann wird sie in schwarze Folie gewickelt und waagerecht aufgehängt. Alles eingepackt, der gesamte Körper und auch der Kopf. Nur ein schmaler Spalt zum Atmen. Ihr ist das Morbide ihres Anblicks bewusst. Sie ist eine schwarze Mumie, eine verpackte Leiche, ein Stück Fleisch in Folie – in jedem Fall entmenschlicht. Es gibt nichts zu tun für sie. Ihre Bewegungsunfähigkeit ist absolut, sie hört und riecht nur noch schlecht, sie spürt die Luft nicht mehr auf ihrer Haut. Es gibt nichts zu tun, außer zu sein, und zwar jenseits der Welt, die sie für gemeinhin bewohnt. Es gibt keinen Ort mehr für sie gerade und auch keine Körperlichkeit. Es gibt nur ihr diffuses, nicht greifbares Ich, ihr splitterhaftes Selbst, das sich niemals in Eins zusammenfügt, das sich nur erfahren lässt in seinem vielfältigen Funkeln und seinen fehlenden Grenzen.

»Wir legen dich jetzt auf den Boden.«

Stimmen von ferne und feste Handgriffe. Sie sinkt ab. Sie spürt Härte. Mehr nicht. Nur Marius' Hand einmal schwer auf ihrer Brust, dazu beruhigende Worte. Es wird ein bisschen heller um Franzi herum, glaubt sie, und sie hört manchmal ein leises Stöhnen. Sie meint, nervöse Energien wahrzunehmen im Raum. Sie ist sich dessen nicht sicher. Sie driftet ab.

Später, nach wer weiß wie langer Zeit, ist Marius wieder bei ihr. »Ich habe eine Verbandsschere in der Hand«, lässt er sie wissen.

Er macht sich mit seinem Werkzeug an ihren Brüsten zu schaffen. Sie zuckt unweigerlich, obwohl ihr Foliengefängnis ein Zucken kaum zulässt. Das ist Marius, sagt sie sich und kein durchgedrehter Massenmörder, auch, wenn es sich so anfühlt, das Aufgeschlitztwerden mit dieser stumpfen Schere. Denn irgendwie ist die Folie ihr zur Haut geworden, zur äußersten Hautschicht, während die vorherige Außenschicht sich weiter nach innen zurückgezogen hat. Marius schneidet ihr jetzt also beherzt die Haut auf, die Brusthaut.

Das kühle Scherenmetall an ihrer zarten, zarten Brustwarze – die schneide jetzt bitte nicht durch, Liebling – wenn sie Worte hätte.

Später ist es so kalt, liegt der eigene Schweiß Franzi eisig auf der Haut. Die äußerste Schicht ihres Körpers ist jetzt ihr Eiswasser, in dem sie zittert wie ein Fisch in der Luft, und es werden Decken gebracht. Macht der Körper so etwas, das Zittern beispielsweise, absichtlich, damit die anderen mit Decken kommen und mit Fürsorge, was sie vielleicht nicht täten, bäte man bloß verbal darum?

Kelly gibt ihr zu trinken. Kelly hat rote Punkte auf ihrer Haut und ihrem Seil. Sie wurde von den beiden Männern mit Wachs begossen, während Franzi in Folie lag. Jetzt küssen die Frauen sich, eine heiß, eine kalt und beide erschöpft.

48

Pauline holt wieder Ann von ihrem Seminar ab. Sie essen bei einem Italiener in der Nähe zu Abend. Man muss ja nicht immer spielen, denkt Pauline. Man kann sich genauso gut einfach zum Essen treffen. Sie sitzen direkt am Fenster. Von draußen, wo es dunkel ist und kalt, sieht man sie über ihre unberührten Teller hinweg einander anlächeln, ansehen, anblitzen.

Pauline redet mit flatterigen Händen, Ann lacht.

Paulines Hände liegen in Anns Händen.

Pauline küsst Anns Hand, Ann küsst Paulines Hand.

Ann sagt etwas, und Pauline lässt sich lächelnd die Haare vors Gesicht fallen.

Ann hebt ihr den Kopf hoch mit der flachen Hand unter dem Kinn. Ann umgreift Paulines Gesicht und zieht es zu sich, an ihre Lippen. Als Pauline wieder freikommt, ist sie erhitzt und gerötet. Ann spricht schmunzelnd mit hochgezogenen Brauen.

Pauline zieht sich ihren Rollkragenpullover über den Kopf, Anns Haltung strafft sich.

Pauline im Sweatshirt streichelt Anns Wange.

Ann nimmt Paulines Hand und legt sich die Fingerspitzen auf den Mund.

Pauline hält sich ihr Wasserglas an die Lippen, ohne zu trinken daraus.

Ann hebt ihre Espressotasse und lässt sie wieder sinken.

*

»Pauline, komm mit zu mir!«, bittet Ann an ihrem Auto.

Pauline verwehrt sich ihr nie.

*

Die Wohnung ist dunkel, keiner da.

»Ganz schön kalt. Frierst du?«, fragt Ann.

»Überhaupt nicht.«

»Und wenn du gleich nackt bist?«

»Erst recht nicht.«

Pauline wird unsanft, aber lachend in das Studio gestoßen. Sie zündet Kerzen an, während Ann Beethoven einlegt. Ann setzt sich auf den Zuchtbock.

»Ist das nicht mein Platz, auf dem du dich gerade niederlässt?«, fragt Pauline.

Ann lacht. »Zieh dich aus, Schlampe!«

Das dauert im Winter länger als im Sommer. Genügend Zeit für Ann, jeden einzelnen Nerv zu spannen, die Augen zu weiten, die Beine zu öffnen. Der Rollkragenpullover, das Sweatshirt, das Trägershirt. Die Socken, die Stulpen, die Hose, der Slip.

»Und das bleibt hier so liegen, dein Klamottenberg?«

Wie dunkel, wie leise Anns Stimme jetzt schon ist.

»Nein, das, ich – ich heb's auf, ich wollte gerade –«

»Zu spät, Schlampe!« Ann stößt sich dynamisch vom Zuchtbock hoch und schnappt sich Paulines Arm. Blaue Flecken oder Blutstop und der Arm fällt mir ab, denkt Pauline.

Ann befestigt sie mit harten Griffen an diesem Balken, der von der Decke herunterbaumelt. Sie schlägt ihr so brutal ins Gesicht, dass Paulines Kopf nach hinten fällt.

»Du wirst jetzt bestraft werden für deine Schlampigkeit. Für deine Unordnung. Für dein Chaos.«

Eine weitere Ohrfeige, die Pauline den Atem raubt.

»Willst du dich nicht bei mir dafür bedanken, dass ich mir die Mühe mache, dich zu bestrafen?«

»Danke, dass du dir die Mühe machst, mich zu bestrafen«, nuschelt Pauline. Wegen der Ohrfeigen kann sie ihren Kiefer nicht so gut bewegen.

Ann versohlt ihr mit der flachen Hand den Hintern.

Ann schreitet von dannen, sie kehrt mit einem Rohrstock zurück.

Mit ihrem gesenkten, heiß geschlagenen Gesicht sieht Pauline Anns elegante Stiefel, ihre weiten grauen Hosenbeine, während sich der Rohrstock in ihr Empfindungszentrum frisst. Ann wird brutaler. Pauline schreit.

»Ann, du tust mir so weh!«

»Das will ich hoffen.« Ihre schneidende Stimme. »Und du hast noch viel härtere Schläge verdient, meinst du nicht auch?«

»Ja, Ann.« Pauline spricht gegen ihre aufkommende Übelkeit an.

»Dann bitte mich darum.« Jetzt ist sie wieder ganz sanft, Anns Stimme.

»Bitte, bitte, Ann, schlage mich härter, bitte.«

»Aber gerne, meine schöne Schlampe.« Anns Hand umfasst das heiße Gesicht ihres Opfers und platziert kühle Küsse auf dessen Lippen, bevor sie sich wieder an ihr Werk macht. Pauline brüllt. Sie windet sich.

»Du wagst es, dich mir zu entziehen?« Die sanfte, die dunkle Stimme direkt an Paulines Ohr, während Ann ihr den Hals mit einem Griff in ihr Haar zurückbiegt. Paulines Entschuldigungen. Ihre Reue.

»Biete mir deinen Arsch dar. Streck ihn mir demütigst entgegen. Lass ihn um Schläge betteln.«

Pauline tut, was sie kann.

Ann bestraft sie für ihre Vergehen, die großen und die kleinen. Für Widerworte gegen sie, für fehlenden Ehrgeiz bezüglich ihrer Promotion, für jedes Glas und jede Zigarette, für mangelnde Unterwürfigkeit manchmal, für jede Sekunde, in der sie nicht schmachtend ihrer Herrin gedachte.

Als Paulines Hintern sich bereits taub anfühlt, ihr schwindelig und übel ist vom Keuchen, Röcheln, Angsthaben, legt Ann den Rohrstock endlich zur Seite. Sie stellt sich vor Pauline, sie umfasst ihren zitternden Leib.

»Was für ein schöner Körper«, murmelt sie, »wie unglaublich schön du bist, mein Engel.«

Küsse auf Wangen und ihre Finger in Paulines Möse.

»Ich will dich weiterschlagen, Pauline«, flüstert Ann, während sie stößt und Pauline stöhnt. »Ich will deinen gesamten Körper einnehmen mit meinen Schlägen. Ich will in dich eindringen und dich aufwühlen durch meine Gewalt, ich will dich zum Zucken und Schreien und an den Rand deines Bewusstseins bringen.«

Pauline stöhnt, sie windet sich, sie streckt ihr Becken Anns Hand und ihr Gesicht ihren Küssen entgegen.

»Ich will dich besitzen, ganz und gar. Ich will dich quälen, so hart, wie ich es möchte, ganz ohne Rücksicht.«

»Tu mit mir, was du willst«, stößt Pauline zwischen schweren Atemzügen hervor. »Ich gehöre dir. Ich bin dein Eigentum. Ich bin nur für dich und dich allein.« Pauline hechelt. Sie zuckt und entspannt sich, sie lässt sich hängen.

Ann fasst mit zwei Fingern nach ihrem Piercing zwischen Paulines Beinen. Die Klitoris darunter interessiert sie mehr. Ann nimmt eine mehrschwänzige Peitsche zur Hand. Sie peitscht Paulines gesamten Körper, rücksichtslos und wahnsinnig. Pauline schreit, röchelt, zuckt und zittert. Ihre Haut glüht, violette Striemen laufen ihr über die Schenkel, dunkelrote Punkte flecken ihren Bauch, Schwellungen verformen ihren Hintern.

Als Ann sie losbindet, fällt Pauline ganz automatisch vor ihr auf die Knie, denn ihr fehlt die Kraft zum Stehen. Pauline leckt Anns Stiefel, leckt wie wild unter Dankesbeteuerungen.

Ann beugt sich zu ihr hinunter, nimmt ihr Gesicht in die Hände. »Hast du das verdient, die Stiefel deiner Herrin zu lecken?«

Pauline versucht vergebens, die richtige Antwort aus Anns Gesicht abzulesen. »Nein?«

»Oh doch, das hast du dir verdient, mein tapferer kleiner Engel. Mach weiter.«

Pauline leckt. Ann peitscht.

»Krieche mir nach!«

Wieder nimmt Ann auf dem Zuchtbock Platz. Sie zieht ihre Hose hinunter. Pauline kniet zwischen ihren Beinen. Ann zerrt Paulines Kopf an ihre Möse. Pauline leckt. Ann peitscht.

»Ich vertrete die Ansicht, hündische Schlampen wie du sollten stets geschlagen werden, während sie lecken. Was denkst du darüber, Pauline?«

»Ja, Herrin.«

»Kannst du in ganzen Sätzen sprechen, Pauline?«

»Hündische Schlampen wie ich brauchen Schläge, wenn sie lecken.«

»Sehr gut. Es geht mir nur um dein eigenes Wohl, wenn ich dich peitsche, das weißt du. Ich tue es, damit du besser leckst, und das ist in deinem Interesse, nicht wahr? Du willst deine Herrin doch gut lecken, oder?«

Das will Pauline. Sie muss sich selbst anfassen und gleichzeitig mit Ann kommen.

*

Pauline liegt auf dem Sofa in Anns Arbeitszimmer, den Kopf in Anns Schoß. Ann streichelt, hält und drückt ihr Opfer. Ann küsst behutsam die geröteten Wangen. Sie legt ihre kühle Hand auf Paulines verwundeten Po. Pauline stöhnt auf.

*

»Hi.«

Im Türrahmen hinter Paulines nacktem, geschundenem Körper steht Z. – grauer Mantel, grauer Hut.

»Guten Abend.« Ann lächelt müde. Pauline verdreht sich den Hals, um ebenfalls zu lächeln. Z. verschwindet. Pauline geht ins Bad. Es tut weh, auf der Kloschüssel zu sitzen, und gut, sich zu entleeren. Sie kann nicht mitten im Spiel darum bitten, auf die Toilette zu dürfen, sie würde alles kaputtmachen. Sie betrachtet sich in dem großen Spiegel über den beiden Waschbecken. Ihr Gesicht bietet diesen erschreckenden Anblick, an den sie sich inzwischen gewöhnt hat. Kleine matte Augen unter aufgedunsenen Lidern, geschwollene dunkle Lippen, verschmiertes Make-up und zerzaustes Haar. Striemen entstellen ihre Brüste, ihren Bauch, ihre Schenkel. Ihr Arsch ist eine dunkelrote Schwellung.

Paulines Kleider liegen ordentlich gefaltet auf dem Sofa neben Ann, als sie zurückkommt. Ann zieht ihr das Trägershirt über den Kopf, ganz sachte, und trotzdem hält Pauline die Luft an, als es ihre Brustwarzen berührt. Ann zieht der kleinen, erledigten, auf dem Sofa liegenden Gestalt ihren Slip an. Streift ihn die dünnen, schönen Beine hinauf über die schmerzende Wölbung ihres Hinterns und saugt dabei den Ausdruck der Qual auf Paulines Gesicht in sich auf. Stulpen, Hose, Pullover und noch ein Pullover. Alles rückwärts. Zeit ist unwiderruflich verstrichen.

Ann zieht den kleinen, zarten, schönen Leib hoch an ihre Brust. Sie schlingt ihre Arme um ihr Mädchen, hält es ganz fest, ihr kleines Wunder.

»Dann fahre ich dich jetzt nach Hause.«

Ann spürt, wie Pauline den Atem anhält, und tut es ihr gleich. Sie verstärkt den Druck ihrer Arme, denn sie weiß, dass Pauline sich losreißen wird, und kann es ja doch nicht verhindern.

»Du schmeißt mich jetzt raus, ja?«

Wieder diese eiskalte Wut, die man der heißen Pauline nicht zutrauen würde.

»Nein, ich fahre dich nach Hause, Pauline, Liebes –« Vergebens das Lächeln und die ausgestreckte Hand.

»Du reißt mich in tausend Stücke, und dann schmeißt du mich raus?« Pauline ist fassungslos. »Du willst deine Aggressionen, deine sadistischen Triebe an mir ausleben, du willst innerlich wachsen durch die Macht, die meine Unterwerfung dir gibt, und das war's dann? Ich als Mensch bin dir völlig egal! Auffangen, Trösten, Kuscheln, Reden, das alles interessiert dich gar nicht!«

Anns schwacher Protest. »Das stimmt nicht. Du weißt, wie es ist, Z. ist da, und wir wollten uns heute eigentlich gar nicht –«

»Aber du hast das doch gewollt!«, schreit Pauline. »Du hast mich gebeten, mit dir zu kommen! Du wolltest mich, und jetzt schmeißt du mich weg!«

Es entwickelt sich ein Ausschlag an Anns Armen und Dekolleté. Es juckt. Sie weiß, sie darf sich nicht kratzen, und darum geht es jetzt auch gar nicht.

»Bitte, Pauline, hab doch Verständnis.«

»Wofür denn Verständnis? Dafür, dass du mich sexuell ausbeutest, mich misshandelst, mich wie ein Stück Dreck behandelst und dann nichts mehr von mir wissen willst?«

Ann fallen keine Worte ein. Ihr Ausschlag juckt.

»Komm mit zu mir!«, bettelt Pauline. »Das tust du so selten, du hast noch kein einziges Mal bei mir übernachtet. Aber du sprichst von Liebe. Warum muss ich dauernd in deine Welt, warum kommst du nicht öfter mal in meine?«

»Ich interessiere mich für deine Promotion –«, murmelt Ann.

»Aber ich interessiere mich nicht für meine Promotion!«, schluchzt Pauline. »Meine Promotion kommt auch aus deiner Welt. Ich habe ja gar keine eigene Welt mehr, das erklärt natürlich auch, warum du mich dort nicht besuchen kommst!«

Ann versucht, die weinende Pauline zu trösten. Aber es tropfen bloß ihre eigenen Tränen in Paulines Haar.

»Weißt du, was du mir antust, wenn du mich jetzt wegschickst?«

»Pauline, ich kann nicht –«

»Klar, schlagen kannst du mich, aber mich auffangen, das kannst du nicht, ja?«

Pauline sieht Anns Gesicht. Es ist müde und alt. Sie hat Augenringe, weil sie nicht gut schläft in letzter Zeit. Sie ist blass, und unter ihrer Bluse leuchtet die Haut ungesund rot. Anns Augen sind klein, nass und traurig. Ihre Haltung ist eingefallen. Sie ist mindestens einen Meter kleiner als vorhin im Studio. Pauline erfasst das alles blitzschnell, während sie aufspringt und den Raum verlässt. Sie geht schnell, doch sie spürt trotzdem schmerzhaft konkret die Anwesenheit der in sich zusammengesunkenen, müden Ann hinter sich, und sie spürt, wie die Distanz wächst zwischen ihnen mit jedem Schritt, den sie tut.

Z. sitzt mit einem Longdrink und übereinandergeschlagenen Beinen am Esstisch.

»Wie geht's, Pauline?«

Pauline rauscht grußlos hinaus.

*

Die Nacht – es ist nach eins, als Pauline zu Hause ankommt – verbringt sie mit Wein und Weinen. Diese kleine hysterische Angst in ihrer Brust ist zu einer handfesten Panik gewachsen. Pauline schluckt ein paar von Franzis Schmerztabletten, dazu jede Menge Baldrian. Nichts wird besser, und die Nacht ist ein endloser Zustand.

49

Am Morgen klingelt das Telefon. Ann. Wie es Pauline gehe, will sie wissen. »Wie soll's mir schon gehen, Ann? Du fehlst mir unbeschreiblich. Du schlägst Wunden in mich hinein, die größer sind als ich selbst.«

Ann weint.

»Wir müssen uns trennen, Pauline.«

Das ist dieser Moment, in dem alles Blut aus Pauline zu weichen scheint. Sie liegt außer Kontrolle zitternd im Bett, und alles ist weg.

»Ich kann das nicht mehr. Ich bin zu schwach. Ich habe Ausschlag. Ich schlafe nicht mehr. Du machst mich zu einem Tier, Pauline. Ich liebe dich über alle Maßen, mehr als gesund ist für mich und mehr, als ich ertragen kann. Ich überschreite Grenzen, ich werde böse an dir. Ich will dir wehtun und dich beherrschen, und ich will es nicht nur im Bett. Ich will mein eigenes Geschöpf besitzen, dem ich alles antun kann und dessen Liebe ich durch keine Grausamkeit jemals verlieren werde. Ich habe mich nicht mehr im Griff. Und das alles geht nicht.«

»Du verlässt mich, weil du Ausschlag hast?«

Anns Schluchzen.

»Wovon redest du, Ann?« Es sind bloß Silben, Wörter, ohne Sinn und Melodie, die Pauline in den Hörer sickern lässt.

»Ich bin zu schwach, Pauline. Die Universität, meine Ehe – ich verliere alles, wenn ich mit dir weitermache. Ich verliere es für einen Wahnsinn, und das will ich nicht. Und ich denke auch an dich, Pauline. Ich muss dich schützen.«

»Mich schützen. Vor dir?«

»Ja. Vor mir und vor dir und vor uns. Ich muss dich, mich, meine Ehe schützen. Dass du keine eigene Welt mehr hast, geht nicht und auch nicht, dass du mit Schmerzen allein in deinem Bett liegst, weil ich nicht für dich da bin. Aber ich kann es nicht, ich kann es wirklich nicht. Ich bin zu schwach.«

»Ann, ich flehe dich an: Verlasse mich nicht!« Klarer hat Pauline nie gesprochen.

»Ich muss, Pauline, ich bin schwach, und du musst wieder stark werden. Ich darf nicht wollen, dass du mir gehörst, und du darfst das auch nicht wollen. Du bist ein freier Mensch, niemand darf jemand anderen besitzen, und es darf sich niemand jemand anderem ganz schenken.«

»Ann, bleib bei mir.«

»Nein, ich lege jetzt auf, und dann sind wir getrennt. Ich liebe dich, Pauline.«

»Ich liebe dich ebenfalls, Ann.«

Der letzte Atemzug, dann legt sie auf.

*

Franzi erfährt es bei Marius. Sie hatten gemeinsam gekocht und gegessen am Abend zuvor, dann im Bett beieinander gelegen. Ohne Lust – Franzi war immer noch erledigt von ihrem Spiel mit Kelly und Samuel –, aber in Behaglichkeit.

Katharina hatte sich nicht mehr gemeldet seit ihrem letzten Gespräch mit Marius. Er war besorgt.

»Sag mal, Marius«, Franzi richtet sich auf, um ihn besser ansehen zu können, »wo ich doch gerade meine dominante Ader Frauen gegenüber entdeckt habe, könnten wir es da nicht noch einmal zu dritt versuchen, Katharina, du und ich?«

»Und du willst sie dominieren?«

»Mit dir zusammen natürlich.«

»Ich denke, du magst sie nicht.«

»Das tut der Sache keinen Abbruch«, erklärt Franzi. »Ich finde, sie gehört zu diesen Menschen, die wirklich geprügelt werden müssen, so lange, bis ihr ordentlicher Pferdeschwanz und ihr freundliches Lächeln verrutschen, bis sie endlich Manieren und Kontrolle verlieren. Man muss die Schlampe aus der Streberin herausprügeln.«

Marius betrachtet sie argwöhnisch. Er weiß nicht, was er von diesem Plan halten soll. Er findet Franzi ziemlich anstrengend mit ihren ständigen Ideen und ihrem wechselhaften Wesen – vorgestern noch hing sie in Samuels Seilen, und heute will sie Katharina schlagen. Er muss eine Nacht darüber schlafen. Vor dem Wecker klingelt das Telefon.

Franzi eilt nach Hause, so schnell sie kann.

Pauline ist gepackt von diesem kalten Schrecken, der jedes Wort erstickt. Franzi ist da, aber sie kann ihr nicht helfen. Sie kommt mit allem, was sie ist, nicht gegen Anns Abwesenheit an. Franzi hat Argumente für ein Abklingen des Schmerzes, für die Wahrscheinlichkeit von neuem Glück, für ein Genesen, für das nahende Ende des Horrors. Aber ihre Argumente berühren nicht die brüllende Panik und die weit aufgerissene Wunde in Pauline, das weiß sie. Man kann nichts machen, wenn einer in seinen eigenen Abgrund fällt.

Es ist der 8. Dezember 2007, und Pauline leidet wie nie.

*

Die Tage sind. Die Kälte ist. Die Schritte sind und die Worte von irgendwoher. Es gibt Krimis in Büchern und im Fernsehen. Aus den Wasserhähnen fließt Wasser. Es gibt bergende Arme, fürsorgliche Gesten und beruhigende Stimmen. Es gibt erstaunlich oft den Satz: Du kannst mich jederzeit anrufen. Was es nicht gibt: Ann.

*

Franzi und Marius schmiegen sich fester aneinander. Sie sind froh, nicht dort zu sein, wo Pauline jetzt ist, mit ihren von Verlust verdunkelten Augen und den ständig zitternden Lippen.

Letztes Jahr an Weihnachten fuhren Marius und Franzi mit dem Auto zu ihren Eltern, und sie sahen sehr viele Unfälle. Autos, bei denen der vordere Teil fehlte, weiße Airbags und Krankenwagen. Es kam ihnen vor, als würden sie verlangsamen und in Zeitlupe an diesen Wracks vorüberfahren. Ihr eigenes Auto blieb heil, sie waren knapp davongekommen. Der Schrecken lauerte nur dicht neben, nicht bei ihnen.

Jetzt wird Franzi wieder zur Lebensretterin. Pauline rennt vor Lastwagen und merkt es nicht.

Karla, Paulines Schulfreundin, muss sich zwar immer wieder anhören, dass sie nichts versteht, aber sie hört trotzdem nicht auf zuzuhören.

Roland ist ganz Mitgefühl, er öffnet seine zärtlichen Arme weit und weiter für das Mädchen in Trauer.

Simone vergisst den Glasnudelsalat und ihren Geburtstag, sie ist an Paulines Seite, wenn Franzi nicht da ist.

Thorsten und Sven wissen offiziell von nichts und brechen trotzdem in anteilnehmendes Schweigen aus, ist Pauline in der Nähe.

*

Wenn Pauline sich einmal irgendwo niederlässt, dann bleibt sie dort über Stunden. Sie spürt nicht den Fluss der Zeit, sie spürt ihren Schmerz. Sie kauert in der Küche, auf der Couch, steckt ihre Hand in ihre Hose und berührt Anns Piercing. Sie hätte Lust, sich umzubringen, aber es fehlt ihr die Kraft. Das Brotmesser. Sie könnte sich die Pulsadern aufschneiden, doch es krampft sich alles in ihr zusammen, bei dem bloßen Gedanken an die schlimmen Schmerzen und keine Ann, die tröstet, die lobt, die Dankbarkeit ist.

Ann, mein Arm. Mein Arm blutet so schrecklich und es hängen rote Schnüre hinaus, das sind meine Venen. Ann, da ist Blut auf dem Boden, ich stehe in Blut. Ann, dieser Schmerz und mein Fleisch ist so hell. Ann, ich liege in Blut.

Keine Ann mit Verband und Erste-Hilfe-Kasten. Wenn sie käme, um die Wunde zu nähen – ihre Stiche wären köstliche Schmerzen.

Aber keine Ann weit und breit und ohne Ann kein Brotmesser.

50

Pauline weiß das nicht, aber die Welt dreht sich immer noch und Zeit verstreicht.

Katharina war ebenfalls argwöhnisch, als Marius ihr vorschlug, sich von Franzi dominieren zu lassen.

»Sie mag mich doch gar nicht.«

»Doch, doch, natürlich mag sie dich!«, beteuert Marius. »Sie war bloß eifersüchtig, aber das ist ja jetzt vorbei. Sie findet dich verführerisch.«

Katharina ist unschlüssig.

»Du hast doch gesagt, du sehnst dich danach, von einer Frau dominiert zu werden.«

»Jaaaa. Aber Franzi?«

»Gefällt dir Franzi nicht?«

»Ich glaube, ich habe Angst vor ihr.«

»Umso besser! Das erhöht doch die Spannung beim Spiel, oder nicht?«

Katharina lässt sich überzeugen. Wenn sie tief in sich hineinhört, muss sie zugeben, es klingt verlockend, sich dieser aggressiven, beängstigenden Frau, die sie offensichtlich verachtet, hinzugeben. Es ist riskant und folglich sexy.

*

Franzi dreht die Heizung in Marius' Wohnung schon mittags voll auf. »Sie soll doch nicht frieren. Wenn sie leidet, dann durch uns!«

Franzi versammelt alles, was sie an Kissen und Decken finden kann, im Wohnzimmer.

Sie geht mit Marius einkaufen. Ein kleines kaltes Buffet werden sie herrichten.

»Und Gurken brauchen wir, Marius, für all ihre schönen, gastfreundlichen Öffnungen!«

Vor der Kiste mit Gurken überkommen Franzi dann doch Skrupel.

»Wir können ja diese ganz kleinen nehmen, du weißt schon, die so aussehen wie Zucchini?«, schlägt sie vor.

»Warum nehmen wir dann nicht gleich Zucchini?«

»Es müssen Gurken sein«, erklärt Franzi bestimmt.

Also macht sich Marius auf die Suche nach ganz kleinen Gurken, die, *du weißt schon,* aussehen wie Zucchini. Er begreift Franzi nicht, aber er begreift, was sie jetzt will, und das genügt.

Als Franzi den Einkaufswagen mit Prosecco füllt, erklärt Marius: »Wir müssen auch Saft kaufen, sie trinkt nicht so gerne Alkohol.«

»Oh, sie trinkt nicht so gerne Alkohol ...«, murmelt Franzi.

»Franzi, wenn du mit ihr spielen willst, kannst du nicht andauernd die Augen verdrehen!«

»Entspann dich, Marius, ich verdrehe meine Augen überhaupt nicht.«

Marius kennt Franzi gut genug, um zu wissen, was ihre Augen treiben, auch wenn er nur ihren Rücken sieht. Aber er beschließt, nichts zu sagen, sondern sich zu entspannen.

*

Franzi hat sich eigens für diesen Anlass einen kurzen, schwarzen Lederrock gekauft.

Darüber trägt sie eine weiße Bluse mit gewaltigen Rüschen, die ihre Mutter ihr vor ein paar Jahren mit stundenlangen Geschichten über ihre wilden Jahre als Hippie in diversen Kommunen überreicht hatte. Sie knöpft die Bluse so weit auf, dass man die Spalte zwischen ihren Brüsten sieht.

Dazu schwarze Netzstrümpfe und schwarze Stiefel, dunkle Augen, rote Lippen. Die langen dunklen Haare im Pferdeschwanz. Nur ein paar Zotteln und ihr fransiger Pony umrahmen ihr Gesicht.

Marius trägt einen schwarzen Anzug mit weißem Hemd. Franzi überlegt, ob ihm Kord stehen würde, schätzt aber, dass er dafür zu massiv gebaut ist.

*

Katharina erscheint in einem schwarzen knielangen Kleid mit langen Ärmeln.

»Zieh das aus, aber ganz schnell!«, befiehlt Franzi.

Franzi und Marius nehmen auf dem Sofa Platz.

Marius lässt Katharina sich Franzi präsentieren. Ihre Brüste ihr entgegenrecken, ihre Beine weit spreizen vor ihr, ihren Hintern ihr zeigen und dabei die Arschbacken zur Seite ziehen. Er hat einen Rohrstock in der Hand, mit dem er Katharina anstupst, will er, dass sie sich dreht, streckt oder beugt. Franzi hält ein Proseccoglas in der Hand und wirkt desinteressiert. Aber nach der Vorstellung gibt sie zu: »Ohne diesen Streberinnen-Fetzen sieht die Kleine gar nicht so übel aus.«

Katharina muss auf Knien Franzi und Marius die Spießchen, Canapés und Obststückchen kredenzen, die sie vorbereitet haben. Marius lässt sie aus seiner offenen Hand Oliven naschen. Franzi wischt ihr danach grob das Gesicht ab.

Katharina verwöhnt ausführlich alle vier Beine mit Lippen und Zunge. Das Lecken ihrer Stiefel kickt Franzi mitten hinein in diesen ihr ganz neuen Machtrausch. Als Katharinas Zunge die bloße Haut ihrer Schenkel zwischen dem Strumpfhosennetz trifft, schockt sie die pure sinnliche Erfahrung, mit der sie nicht gerechnet hätte. Sie hören die Doors, *Alive She Cried*, Marius dreht die Musik laut und tanzt mit Franzi.

»Gefällt dir das?«, fragt Franzi die kniende Nackte, die ihnen zusieht. Katharina nickt. Franzi lächelt. Katharina gefällt jetzt alles, Franzi kennt das.

Franzi sitzt wieder auf dem Sofa, Katharina stützt sich links und rechts von ihr mit den Armen ab, reckt Marius ihren Hintern entgegen und lässt sich mit der flachen Hand schlagen. Franzi spielt mit Katharinas Gesicht. Streichelt die Wangen. Erstaunlich vertrauensselig legt Katharina ihren Kopf in Franzis Hände. Franzi fährt die jetzt ziemlich vollen Lippen mit den Fingerspitzen nach. Katharina öffnet den Mund, zeigt ihre fleischige rote Zunge, leckt Franzis Finger und saugt bereitwillig an ihnen, als Franzi sie in ihren Mund steckt. Franzi öffnet ihr weit den Mund und erkundet dessen Inneres. Nimmt die Zunge zwischen zwei Finger und drückt, fährt die Innenwände der Wangen entlang und die scharfen Kanten der Zähne, schnippt an den Gaumen. Katharina lässt all das mit sich geschehen, den Mund so weit geöffnet, wie Zahnärzte es sich nicht vorstellen können. Marius schlägt ihren Arsch, reibt sein Becken an ihren Backen, dringt mit ein paar Fingern in sie ein. Franzi hält dieses Gesicht. Sie hält es mit der einen Hand und streichelt es mit der anderen. Sie hebt die flache, gestreckte Hand ruckartig an. Katharina zuckt. Wie sie zuckt. Vor Ohrfeigen scheint sie Respekt zu haben. Aber als Franzis Finger sich wieder sanft auf ihre Wange legen, entspannt sich Katharinas Gesichtsmuskulatur sofort. Sie ist ganz Vertrauen jetzt und Hingabe. Franzi wiederholt dieses Spiel ein paar Mal. Dann schlägt sie – unerwartet und Auge in Auge mit ihrer Dienerin – tatsächlich zu, ganz leicht nur, aber Katharina schreit trotzdem. Kriegt sich gar nicht mehr ein, atmet heftig und zittert. Beruhigend Marius' Hände auf ihrem Rücken und Franzis in ihrem Gesicht. Franzi küsst die Wange, küsst den vollen, den bebenden Mund.

»Wie fandest du das?«, murmelt sie, ganz freundlich.

Es dauert, aber dann flüstert Katharina: »Aufregend.«

Katharina ist nicht Kai, doch auch dieses Spiel ist schön.

Später fesseln sie Katharina mit gespreizten Beinen in einen Sessel, den sie eigens hierfür vom Schlafzimmer ins Wohnzimmer manövriert haben. Sie stecken ihr einen Dildo in ihre Möse, den sie nicht verlieren darf.

Marius und Franzi schlafen auf dem Sofa miteinander. Der Sessel ist in Reichweite, und zu Beginn, während Marius schon sein Becken hebt und senkt, schlägt Franzi mit einer Gerte auf die Oberschenkel der jammernden Katharina. Die schlanken roten Striemen, die dort sofort entstehen, peitschen Franzis Lust auf. Sie mag es, wie sich Marius' schwerer Atem mit Katharinas leisem Wimmern mischt.

Nachdem Franzi gekommen ist, verbannt sie Marius' noch steifes Glied aus ihrem befriedeten Leib. Er wechselt das Kondom, tritt an Katharina heran und schafft es durch akrobatische Fähigkeiten, die Franzi bei ihm gar nicht vermutet hätte, sein Glied der Gefesselten in den einladend geöffneten Mund zu schieben.

Franzi vögelt Katharina mit dem Dildo, während Marius in ihrem Mund Erlösung findet.

*

Der Höhepunkt ist das Gurkenspiel. Nach einer kurzen Erholungspause für alle, in der Katharina von ihren Folterknechten zärtlich liebkost wird, schieben Franzi und Marius gleichzeitig der im Vierfüßlerstand auf dem Boden kauernden Katharina Gurken in Fotze und After. Franzi heult dabei vor Erleichterung. Lässt ihre Tränen auf Katharinas Rücken tropfen und putzt sich die Nase an Marius' Schulter. Das Bild in Marius' Handy, sein Sprung zum Telefon, das erleuchtete Fenster und Katharina im Gehen, ihre Tage allein, ihr Computer, ihr Schreibtisch, das Gefängnis, ihre Unberührtheit, ihre lähmende Angst und das leichte Gleiten der Gurke in dieser engen, verheißungsvollen Öffnung, Katharinas Geräusche voll schmerzvoller Lust, und auch Marius hat Tränen in den Augen. Beide Gurken auf einmal, Franzi erobert zum ersten Mal in ihrem Leben ein Arschloch und Marius zum wiederholten Male diese von ihm so geschätzte Möse. Die Gleichzeitigkeit ihrer Bewegungen und der Kuss voller Liebe, salzig wegen Tränen und Tapas, warm in Vertrautheit.

Sie wollen Katharina nicht beschädigen, sie wechseln sich nach einer Weile ab. Franzi stößt ein paar Mal und zieht sich zurück, Marius ist an der Reihe und wieder Franzi. Katharina kann wohl inzwischen kaum mehr unterscheiden, welches Loch gerade gevögelt wird, ob da etwas raus geht oder rein. Katharina schluchzt vor Schmerzen, und sie liebt das. Sie kommt zuckend sich krümmend, in einer Lautstärke, die selbst Marius noch beeindruckt. So nah war er ihr selten, und trotzdem bleibt sie bei sich in ihrem fernen See. Ein fremdartiges Wesen, das sie beide in ihrem Boot unter der Wasseroberfläche glitzern sehen. Sie können die Hand ausstrecken und sie in das Wasser tauchen, in dem sie treibt. Mehr können sie nicht.

Katharina muss die Gurken selbst aus sich herausziehen, die Kondome herunterrollen, das Gemüse waschen und Gurkensalat für ihre Herrschaft bereiten. Sie wird damit gefüttert, darf ihnen aus der Hand fressen. Sie hat jeden Tropfen Öl sorgsam abzulecken.

51

Während Franzi und Marius Hand in Hand auf ihrer Katharina-Wolke schweben – Franzi wird unverhofft beschenkt von der großen Intimität, die Analsex freisetzt –, steckt Pauline reglos und ruhelos in ihrer Trauer fest. Bei ihrem letzten Treffen mit Ann und auch, als Ann sie verließ, trug Pauline Jeans, ein schwarzes Trägerhemd, ein schwarzes Shirt und einen grünen Rollkragenpullover. Das behält sie seitdem an. Und duscht nicht. Nichts passiert jetzt noch. Nichts geht mehr.

Fettiges Haar, rote Augen, immer weniger Körper.

»Ich bin sinnlos ohne Ann«, sagt Pauline zu Franzi.

Franzi redet auf sie ein, stundenlang. Mit wedelnden Händen und zurückgeworfenem Haar, mit verdrehten Augen und wippendem Oberkörper. Dass sie Ann nicht bräuchte. Dass sie wunderbar sei und vollkommen – als dieser eine, selbstständige Mensch, der sie sei. Dass sie sich selbst endlich zurückgewonnen habe. Dass sie ihr falsches Leben in Form ihrer Doktorarbeit verbrennen und Ann die Asche zuschicken solle. Dass sie sich ihr Piercing aus der Haut reißen und Ann vor die Füße werfen müsse. Dass sie sich neu verlieben werde, ganz bestimmt. Pauline starrt aus kleinen roten Augen vor sich hin und registriert: Franzi begreift nichts.

*

Ich danke auch dir, Franzi, für diesen außergewöhnlichen Abend. Du hast mich glücklich gemacht. Ich denke an dich. K.

Ein Geschenk, das Franzi enthusiastisch mit Marius teilt.

*

Ich könnte über die Rettung der Welt nachdenken, ich könnte mein Spanisch verbessern, meine Promotion voranbringen, Teil meiner Umwelt werden. Ich könnte Hingabe für meine Arbeit entwickeln und Ehrgeiz und Träume.

Ich denke Ann. Morgens, mittags, abends, nachts, ich denke Ann. Wenn ich rede, dann über dich, und das öfter als mein Gesprächspartner denkt. Wenn ich schlafe, träume ich dich, Ann.

Pauline schreibt unzählige Briefe an Ann, die sie nicht abschickt, und E-Mails, die sie ihr manchmal tatsächlich sendet. Sie schwankt zwischen Wut, Ergebenheit, Hass und Demut. Hauptsächlich spürt sie ihre Verletzung.

*

»Ach, bitte, Marius! Ann hat etwas in der Art auch mit Pauline gemacht, und sie fand's toll!«

Franzi hält ein grellgelbes hautenges sehr kurzes Stretchkleid in der Hand. Darauf ist ein rotes Herz und das Wort Bitch gedruckt.

Marius fährt sich durchs Haar. Eigentlich wollten sie bei Woolworth nach einem billigen Bräter Ausschau halten, aber Franzi interessiert sich nicht für Bräter zurzeit. Sie interessiert sich genau genommen für relativ wenig, was nicht mit Katharina zu tun hat.

»Na ja, Pauline – aber weißt du, Katharina steht, glaube ich, wirklich nicht auf diesen Schlampenkram.«

»Gut, dann kannst du ja den Retter spielen, und ich bin die Böse!«

Es ist überflüssig, zu diskutieren, wenn Franzi sowieso schon die Kasse ansteuert.

*

Ich könnte Zeitungen lesen, mich für die Welt interessieren und die großen Themen, für Politik, Kultur, Wirtschaft von mir aus. Terroristen basteln Bomben und Innenminister wetzen Messer, weltweit. Irgendwo ist etwas explodiert und etwas anderes abgestürzt. Menschen sterben, erkranken, werden gefoltert und ermordet. Es finden Dialoge statt und werden Abmachungen gebrochen. Die Korruptionsaffäre in irgendeinem Unternehmen zieht unvermutet weite Kreise, Köpfe rollen über Köpfe, Hip-Hopper machen Stimmung gegen Schwule, und es gibt wieder mehr Wölfe in Europa. Ann, wo bist du, was denkst du, denkst du auch an mich, manchmal? Wie oft sprichst du stimmlos meinen Namen, Ann?

Paulines gesamtes Leben scheint konzentriert in diesem halben Jahr mit Ann zu stecken. Dass sie vorher und auch danach ein- und ausatmet, erscheint Pauline als ein fataler Irrtum.

*

Pauline isst einen Apfel, ist überwältigt von der Geschmacksexplosion in ihrem Mund und muss sich übergeben.

*

»Katharina wird mich lecken, während du sie fickst. Das ist der Klassiker!«, sagt Franzi aus der Badewanne heraus.

Marius vor dem Spiegel nickt. Vollkommenes Einvernehmen.

*

Jede Nacht ist Ann bei Pauline, und alles ist gut. Pauline kniet zwischen Anns gespreizten Beinen in schwarzen Hosen, schwarzem Jackett, weißer Bluse. Ann streichelt Paulines nackten Busen.

»So ein schöner Körper. So schöne Brüste. Die schönsten der Welt«, murmelt Ann. Es ist grausam, wenn das Erwachen den Traum als Traum kenntlich macht.

*

Franzi möchte nicht taktlos sein, aber sie muss ihrer Freundin einfach von Katharina und den Gurken erzählen. Pauline freut sich für sie, freut sich ehrlich. Sie weint sogar vor Freude. Es tröstet sie, dass es Glück gibt auf der Welt, auch wenn es von ihrer eigenen Person Abstand genommen hat.

»Weißt du«, sagt Franzi, ein Stück Pizza im Mund. *»Ich lade dich jetzt zum Essen ein, und du bekommst die gesamte Macht meiner neuen Dominanz zu spüren, wenn du nichts isst!«, hatte sie vor gut einer Stunde erklärt.* »Diese Ebene, auf der Marius mich begurkt, ist uns leider verlorengegangen, aber das macht nichts. Beziehungsweise, das macht doch etwas, aber es ist nicht das Ende der Welt, weil wir ja immer noch unsere Partnerschaft haben, die jetzt stärker ist denn je!«

Pauline lutscht an einer wässrigen Tomatenscheibe.

»Zwischen Ann und mir gab es keinen Funken Partnerschaft, nicht eine Sekunde.«

»Na ja, ihr hattet ja auch eher so etwas wie … eine Affäre?«

»Wir haben uns geliebt!«, begehrt Pauline auf. »Und wenn man sich liebt, sollte man doch partnerschaftlich sein.«

»Ich weiß nicht, ob das immer so sein muss«, wendet Franzi ein. »Kinder und Eltern lieben sich schließlich, aber ihre Beziehung ist nicht unbedingt partnerschaftlich.«

»Ja, das finde ich auch ziemlich furchtbar«, entgegnet Pauline. Dann knabbert sie an einem geschmacksneutralen Rucolablatt, trinkt ihr Weinglas leer, schenkt sich nach und lässt Franzis Worte über Katharina, Ann und Liebe an sich vorüberziehen.

»Und Analsex hatten wir auch nie«, murrt sie schließlich.

*

Das ist der Soundtrack zu Paulines Kummer. Tom Waits: *Martha*, obwohl Franzi mit den Augen rollt. Element of Crime: *Das alles kommt mit.* Ich will deine Haare, ich will deine Haut, und den ganzen Kummer will ich auch. Rammstein: *Die Liebe ist ein wildes*

Tier, und zwar laut, bis ein Nachbar sich beschwert und Pauline in Tränen ausbricht. Außerdem Rosenstolz, rauf und runter. Marius verkneift sich seinen Protest aus Respekt vor Paulines Schmerz.

*

»Das tut wirklich weh, Franzi!«, stöhnt Katharina ins Telefon.

»Freut mich zu hören!«, erwidert Franzi. Marius nimmt ihr den Hörer aus der Hand. »Hast du genügend Gleitgel genommen?«

»Mhmmm«, stöhnt Katharina an der Schnittstelle von Schmerz und Lust. Franzi räkelt sich vor Vergnügen auf Marius' Schreibtisch, die Hand vor dem Mund, damit Katharina ihren Genuss nicht hört.

»Schöne, du darfst eine Gurke deiner Wahl herausnehmen und damit deinen Kitzler reiben«, schnurrt Marius in den Hörer.

»Aber entscheide dich bloß nicht für die falsche Gurke!«, mischt Franzi sich lautstark ein.

Katharina stimuliert folgsam Kitzler und Darm, bis sie gut hörbar kommt. Marius' Schwanz füllt inzwischen die Möse seiner Freundin, die breitbeinig auf dem Schreibtisch sitzt.

»Kondome ab, waschen und essen, hast du verstanden?«, kommandiert Franzi in den Hörer, der im Rhythmus von Marius' Stößen an ihrem Ohr wackelt.

Die Geräusche von sich zusammenziehendem Gummi und fließendem Wasser.

»Soll ich einen Salat machen?«

»Nein, das dauert zu lange!«, antwortet Franzi.

»Lutsch an einer Gurke und denk an meinen Schwanz!«, befiehlt Marius.

»Lutsch an beiden Gurken und denk an zwei Schwänze!«, fordert Franzi.

»Das kann ich nicht ... mein Mund tut weh ... «

»Streng dich an!«, unterbricht Franzi ihr Jammern, als Marius in ihr kommt. Sie legt ihre Hand auf ihren Kitzler und macht sich selbst glücklich, während Marius immer noch mit Katharina telefoniert.

*

Pauline besitzt zwei Fotografien von Ann. Ein Portrait, auf dem sie ungewöhnlich stark geschminkt in die Kamera lächelt, gefallsüchtig und unsicher. So kennt Pauline sie gar nicht.

Und dann Ann in weißer Bluse mit Brille an ihrem Schreibtisch, wie sie verärgert aufsieht – sie wird nicht gerne von Z.s Kamera heimgesucht, schon gar nicht in ihrem Arbeitszimmer.

Diese Fotografien sind Paulines Schatz, aber sie sind unbefriedigend. Jetzt, wo Ann Pauline nicht erlaubt, sie tatsächlich zu sehen, ist auch ihre Erscheinung auf dem Fotopapier sonderbar bedeutungslos.

*

Es ist Vorweihnachtszeit. Alle kaufen Geschenke oder reden darüber, dass sie keine kaufen, obwohl sie eigentlich welche kaufen müssten. Pauline hat tausend Ideen für Geschenke für Ann und nicht die geringste Lust, sich über Geschenke für andere Gedanken zu machen. Sie muss es irgendwie schaffen, genügend Elan aufzubringen, um ihren Eltern etwas zu kaufen, und vor allen Dingen Katharina, Franzi und Marius.

*

»Sag mal, wir könnten doch eigentlich Katharina fragen, ob sie mit uns Weihnachten feiern möchte, oder nicht?«, fragt Marius Franzi im Karstadt-Weihnachtsgewühl. »Was hältst du davon?«

Gar nichts hält Franzi davon. Zum ersten Mal würden sie dieses Jahr zu zweit in Berlin feiern, anstatt ihre Familien zu besuchen. »Haben wir beide denn überhaupt keine eigene Beziehung mehr? Existiert unsere Beziehung nur noch dann, wenn Katharina da ist?«, faucht sie, während sie CDs zurück ins Regal knallt.

»Doch, natürlich! Das war doch nur so ein Einfall!«, versucht Marius sie zu besänftigen, ziemlich erfolglos allerdings.

»Weißt du, ich habe eigentlich überhaupt keine Lust, meinen Samstag damit zu verschwenden, nach Geschenken für deine Familie zu suchen«, ließ sie ihn wissen. »Ich geh jetzt was essen.«

Eine vietnamesische Nudelsuppe später hat sich ihr inneres Unwetter gelegt.

»Na gut, lade die Kleine ein, aber dann fragen wir auch Pauline!« Pauline hatte eigentlich mit Ann und Z. und vielleicht irgendeiner Freundin von ihm feiern wollen.

Marius grinst. »Vielleicht fährt Katharina ja eh lieber zu ihrer Familie«, brummt er, während er mit seinen Stäbchen versucht, ein flüchtiges Paprikastück zu erlegen.

52

Es gibt die schlimmen Tage und auch die, an denen es unverhofft ein kleines bisschen weniger wehtut, an denen plötzlich Raum da ist und Kraft, einzuatmen. Sich vage am Horizont so etwas abzeichnet wie die Möglichkeit zu überleben. Schön ist das.

An einem dieser Tage hält Franzi Pauline ihren Kontoauszug unter die Nase. *Ann Raben* steht da, *Miete Pauline, 1500.*

»Sie hat mir deine Miete für das nächste halbe Jahr überwiesen!«, erkennt Franzi ganz richtig. »Ist das nicht unglaublich?«

»Sie will sich ein reines Gewissen kaufen«, mutmaßt Pauline.

»Und lassen wir sie?«

»Natürlich nicht!« Paulines Urteil.

»Aber – tausendfünfhundert – wenn sie ihr Geld unbedingt loswerden will ...«

»Vergiss es, Franzi, ich nehme keinen Cent von Ann mehr an. Ich will kein Geld, ich will Liebe!«

»Aber wenn ich ihr das Geld, das sie nicht möchte, wiedergebe, kommt sie trotzdem nicht zu dir zurück, Pauline.« Manchmal braucht es einen Mutigen, der die Wahrheit ausspricht.

»Ich hätte ja große Lust, ihr von diesem Geld Geschenke zu kaufen«, seufzt Pauline.

Über Paulines Gesicht legt sich dieser gefährliche Schatten, der, das weiß Franzi inzwischen, in der Regel Verzweiflungsschübe und Tränenausbrüche ankündigt.

»Oh ja, Pauline, wir kaufen ihr Blumen von dem Geld!«, ruft Franzi begeistert. »Stell dir vor, sie macht die Tür auf, und da steht einer dieser charmanten jungen Männer von Fleurop. *Ich habe Blumen für Sie!*, sagt er und drückt ihr einen kleinen Strauß in die Hand mit einer Karte, auf der steht: *Vielen Dank für deine Sorge! Die allerliebsten Grüße sendet dir deine Pauline*. Sie nimmt diese Karte und ist etwas perplex, wahrscheinlich auch den Tränen nahe. Dann tritt unser tapferer Fleurop-Lieferant zur Seite, um seinen Kollegen Platz zu machen, die containerweise Blumen in Anns Wohnung laden!« Franzis Augen glänzen. »Sie hat nicht zufällig eine Blütenstauballergie?«

»Nein, aber Ausschlag wird sie trotzdem davon kriegen«, vermutet Pauline. »Blumen für tausendfünfhundert Euro – wie viele das wohl sind?« Ein Moment des gemeinsamen Eintauchens in das vorgestellte Blumenmeer. »Aber Franzi, irgendwie ist es nicht richtig, so viel Geld für Blumen zu verschleudern, wenn anderswo Menschen verhungern!«

»Meine Meinung zu Geld ist ja, dass man dessen Unwichtigkeit zum Ausdruck bringen sollte, indem man es verschwendet und dabei in Genuss umsetzt. Ich meine, ein Berg von Blumen, die ja ganz schnell kaputtgehen, deren Verfall täglich sichtbarer wird und die trotzdem so viel Freude spenden – ein sinnlicheres Zeichen für die Vergänglichkeit von Reichtum gibt es doch gar nicht!«

»Ja, Franzi, aber das hier ist kein Theaterstück, sondern das Leben!«

»Und das sagt mir eine, die seit einem halben Jahr die besessene Protagonistin ihres eigenen Dramas über Macht und sexuelle Hörigkeit gibt!«

»... und über Liebe!«

»Und über Liebe natürlich. Also, was ist mit den Blumen?«

»Was, wenn wir die Hälfte für Blumen ausgeben und die andere Hälfte an Care spenden?«

»In Ordnung.« Franzi überlegt kurz. »Oder aber fünfhundert für Blumen, fünfhundert für Care und fünfhundert für uns – als Förderung von Kunst und Wissenschaft, quasi. Durch die Stiftung Professor Doktor Ann Raben!«

Pauline ist einverstanden. Ein paar Stunden später überweisen sie vierhundert Euro an Care, kaufen für vierhundert Euro einen Fair-Trade-Blumenladen leer und sichern mit dem Rest ihre eigene vorläufige Liquidität.

53

Eine Woche vor Weihnachten fährt Pauline noch einmal Richtung Universität. Ihr Doktorvater möchte sie dringend sprechen.

Sie nimmt das Fahrrad, obwohl es einer der wenigen wirklich kalten Tage dieses Winters ist. Sie registriert das nicht, Temperaturen und ähnliches.

Pauline fährt nicht bis zur Universität. Sie hält am Volkspark Schöneberg und ergibt sich hemmungslos weinend den Messern, die ihren Brustkorb ausweiden. Menschen gehen an ihr vorüber und starren sie an, Pauline ist es gleich. Sie sucht nach Anns und ihrem Baum, sie findet ihn nicht. Sie setzt sich in das gefrorene Gras, den Rücken an irgendeinen anderen Baum gelehnt. Ihr Handy klingelt, sie schaltet es aus.

»Als Max mich verlassen hatte, musste ich meiner Therapeutin hundert Gründe aufschreiben, warum ich mich liebe«, hatte Karla Pauline gestern erzählt. Jetzt sucht Pauline nach Gründen, sich selbst zu lieben. Sie findet keinen einzigen. Sie weiß plötzlich auch, warum: Es interessiert sie nicht. Gründe für Anns Liebe zu ihr, früher, könnte sie massenhaft aufzählen, und nur das ist von Belang. Pauline betrachtet ihren Körper, die roten, rissigen Hände, die verschmutzte Jeans, das Stück Wade, das zwischen Hose und Schuh leuchtet, sie betrachtet ihren wahrscheinlich frierenden Körper und spürt ihn nicht. Ihr ist klar, woran das liegt: Dies ist nicht mehr ihr Körper, es ist der Anns. So wie auch sie selbst, sie in ihrem gesamten Sein Ann gehört. Der Beweis dafür steckt zwischen ihren Beinen. Die silbrige Hundemarke, das langstielige Etikett. Pauline hört ihren Atem als etwas Fremdes. Sie ist sich selbst fern. Und es liegt, das weiß sie, es liegt nicht an Ann. Wenn sie einmal Ann nicht mehr gehören wird, wird sie einer anderen gehören und sich in der Zwischenzeit auf das Fremdgehören vorbereiten. Sie hat es immer schon gehasst, sich für sich selbst zu haben. Sie hat sich niemals besessen. Sie hat sich ihr Leben lang bloß verwaltet für ihren künftigen Eigentümer. Sie wird damit fortfahren, sie weiß es. Sie leidet an dem fundamentalen Unvermögen, für sich selbst zu sein.

Ich muss in einen Mutterkörper, blitzt es unerwartet durch ihren Kopf und: Ich brauche Hilfe. Danach gleich die Erkenntnis: Ich werde mir nicht helfen lassen, und es wird nicht anders werden, wenn Ann verschmerzt ist.

54

Weihnachten ist ungefähr das Letzte, was einer braucht, der an Liebeskummer erkrankt ist, aber mit Franzi, Katharina und Marius gemeinsam erscheint es Pauline immerhin erträglicher als mit ihren Eltern.

Marius' Wohnung ist ihrer Zentralheizung wegen als Austragungsort der Feierlichkeiten ausgewählt worden. Katharina besucht am Nachmittag ihren Bruder und seine Frau in Potsdam, denn wenn sie am nächsten Tag zu ihren Eltern nach Dresden fährt, wird er schon wieder weg sein, auf dem Weg zu seinen Schwiegereltern in Lübeck.

Pauline verbringt den Nachmittag heulend mit Anns Fotos und Anns alten E-Mails, Kurzmitteilungen, Karten – neue hat sie nicht – im Bett. Sie schreibt einen Stapel kitschiger Karten voll mit Worten von Bedeutung, die nicht mehr interessieren, adressiert sie an Ann und verstaut sie zwischen ihren Slips.

Demzufolge ist es an Marius und Franzi, sich um die Einkäufe zu kümmern. Kaufhausbesuche am vierundzwanzigsten Dezember sind in der Regel eine harte Probe für Beziehungen. Die beiden bestehen sie mit ein paar blauen Augen. Warum eigentlich immer nur sie einen Rucksack mitnähme, der werte Herr hingegen nie, fragt sich Franzi laut. Ob sie beim Tütenpacken irgendeinem System folgen würde, möchte Marius wissen, als seine Tüte platzt und Milch sich über seine Schuhe und Hosenbeine ergießt.

Ente ist bei Karstadt aus, vielleicht könnte man anderswo – regt Franzi an, aber Marius winkt ab. Man hätte auch etwas früher, merkt er an – Franzi findet das einen kaum konstruktiven Gesprächsbeitrag.

Die Planung des Menüs war nicht ganz einfach: Katharina hat eine Allergie gegen Nüsse, Milchprodukte und Weizenmehl, außerdem verträgt sie Paprika, Knoblauch, Zwiebeln und Lauch nicht. Pauline isst zurzeit, wenn überhaupt, ausschließlich Spaghetti mit Tomatensauce, was Marius als Festessen kategorisch abgelehnt hat. Also wird es Spaghetti mit Tomatensauce für Pauline geben und für die anderen zuerst eine arabische Linsensuppe, dann Schweinebraten mit Sauerkraut (welches nur Franzi und Marius essen können, da Katharina, was sie vergessen hatte zu erwähnen, auch kein Sauerkraut verträgt). Zum Nachtisch dann Franzis herrliches Tiramisù.

*

»Lass mich die Tomaten in die Hand nehmen, Marius, ich bin inzwischen Spezialistin in Sachen Tomatensauce!«, erklärt Franzi später, am frühen Abend. Das Tiramisù steht bereits im Kühlschrank, der Schweinebraten ist mit Kräutern gespickt. Mit Knoblauch leider nicht.

»Eigentlich sind mir Menschen suspekt, die Knoblauch nicht mögen«, moniert Franzi Tomaten hackend. Marius sieht sie scharf an. Sie hebt beschwichtigend die Hände.

Franzi hat ein Kleid aus Netz, dazu Netzstrümpfe, Stiefel und Stulpen an.

»So wirst du kaum an den Türstehern der Kirche vorbeikommen!«, orakelt Pauline.

Franzi nimmt es gelassen.

Pauline trägt ein weinrotes, enges Kleid aus schwerem Samt, schulterfrei. Ann hatte es ihr für das gemeinsame Weihnachtsfest geschenkt.

»Also gut, du kannst das Weihnachten anziehen, aber am nächsten Tag schneiden wir es in Stücke und verbrennen es im Ofen!«, hatte Franzi gefordert. Pauline hatte gelächelt und dabei gewusst, sie würde dieses Kleid mit ihrem Leben verteidigen.

»Ich bin gespannt, was Katharina trägt«, sagt Franzi munter schnippelnd. »Ich habe sie angewiesen, als Weihnachtsengel zu erscheinen. Wehe, sie sieht nicht nach Engel aus!«

»Katharina ist immer engelsgleich!«, Marius lächelt verträumt.

»Aber sicher!«, säuselt Franzi und verdreht die Augen dabei.

Katharina trägt ein knielanges weißes Kleidchen mit rundem Ausschnitt und weiten Puffärmeln. Das sieht etwas albern aus, aber genau dies und die Tatsache, dass Katharina es weiß, verleihen ihrem Aussehen etwas Rührendes.

»Ist sie nicht ein Engel?«, fragt Marius. Franzi nickt anerkennend.

»Man könnte meinen, das Jahr sei um einiges besser gewesen, als es tatsächlich war, wenn man dich schöne Jahresendflügelfigur anschaut«, konstatiert Franzi. Pauline bricht in Tränen aus. Dieses Jahr, das Einzige, das zählt. Katharina wirkt bestürzt, Franzi reagiert gar nicht. Das gehört zu Pauline dazu erst einmal, die ständigen Tränen im Gesicht, so wie früher der Name Ann. Erstaunlich, wie viel Salzwasser dieser kleine Körper produzieren kann. Aber erstaunlich auch, zu wie viel Hingabe die träge, zierliche Pauline fähig war.

Katharina wundert sich über die Zusammenstellung des Menüs.

»Das ist eben ein Kreuzberger Weihnachtsessen«, lässt Franzi sie wissen. »Davon hast du als Prenzlbergerin natürlich keine Ahnung.«

»Nimm das nicht persönlich«, beschwichtigt Marius Katharina, die, wie er weiß, erst seit einem Jahr in Berlin lebt. »Die Verachtung des Prenzlauer Bergs ist wesentlicher Bestandteil des Kreuzberger Selbstverständnisses.«

»Alles ist besser als Schöneberg«, mischt sich Pauline ein. »Ich hasse Schöneberg.«

»Da hat sie natürlich recht«, gibt Franzi zu. »Schöneberg ist ein Bezirk für Menschen, die gemeinsam mit ihren Büchern und Skulpturen verstauben wollen. Schöneberg ist Scheitern mit glanzvollem Anstrich sowie Menschen- und besonders Mädchenopfern.«

»Gibt es etwas Ungerechteres als zickende Frauen?«, fragt Marius.

»Du musst dich aber auch immer beschweren!«, kontert Franzi. »Da verteidigen wir den Bezirk, in dem deine Katharina wohnt, und trotzdem meckerst du. Wobei sie wahrscheinlich in ein paar Jahren nach Schöneberg ziehen wird. Sie ist der Typ dafür. Was denkst du, Katharina?«

Katharina lächelt unsicher. Ist das sexy, wenn Franzi sie außerhalb des Spieles kränkt, oder ist es schlimm?

Marius, Franzi und Katharina decken gemeinsam den Tisch, wobei sie sich im Vorübergehen Klapse und Küsse geben, an der Musikanlage drehen und Kerzen anzünden.

Pauline betrachtet die drei mit einem sanften Schmerz in der Brust. Franzi und Marius versuchen, ihr Leben bestmöglich zu meistern, und es gelingt ihnen gut derzeit, sie sind zufrieden. Eine leise, melancholische Wehmut bemächtigt sich Paulines. Sie wird niemals erleben, was Franzi und Marius gerade erleben. Denn sie hat kein Interesse daran. Sie will nicht überleben, sie will radikal glücklich ein. Sie spürt mit aller Deutlichkeit ihre fundamentale Fremdheit.

Das Kreuzberger Weihnachtsessen verläuft befriedigend. Pauline wirkt nicht so traurig, wie Franzi befürchtet hatte. Sie weiß nicht, dass Pauline bereits wieder dabei ist, sich in ihrem Schmerz und dem Gefühl, am falschen Ort zu sein, einzunisten.

Katharina ist zwar jung, still und angehende Juristin, aber man kann sich trotzdem ganz gut mit ihr unterhalten, muss Franzi sich eingestehen. Marius ist liebevoll und glücklich.

Katharina, die gerade mit, wie sie selbst findet, rasantem Tempo in diese für sie noch fremde und doch immer gewusste SM-Welt eintaucht, betrachtet die ramponierte Pauline mit leiser Furcht. Die Radikalität ihres Begehrens scheint sie hart getroffen zu haben. Davon abgesehen ist Pauline schwer fassbar. Gleichzeitig lässt sich Katharina von Franzi betören, von ihrer lebhaften Lebendigkeit, von der unverhohlenen Direktheit ihres Verlangens. Und sie ist froh um den beruhigenden, distanzierten, verliebten Marius. Marius an ihrer Seite, Marius zwischen ihr und Franzi.

Marius ist erstaunt über die Tatsächlichkeit seines Glückes und wie einfach alles geht.

Pauline denkt manchmal ganze zwanzig Sekunden nicht an Ann oder zumindest nur halb bewusst.

Nach dem Essen gibt es Geschenke. Franzi überreicht Pauline Kelly Calesh, das Parfum, das sie am liebsten trug, bevor Ann ihr Armani schenkte – flüssiges Gold, von dem Franzi sich den einen oder anderen Tropfen für sich selbst erbittet. Pauline möchte die Bücher, die sie verschenkt – Jean de Bergs *Das Bild* für Katharina beispielsweise – gerne selbst lesen, Marius hat sich seine CD-Geschenke bereits gebrannt. Amy Winehouse prägt ab jetzt den Rhythmus des Abends. *We only said goodbye with words ... You go back to her, and I go back to, I go back to us.* Katharinas Ohrringe für Pauline darf Franzi sich ausleihen und auch Marius, wenn er will. Franzi und Marius bekommen von Katharina eine handgefertigte Peitsche mit abgerundetem Griff aus lackiertem Kirschholz – fickkompatibel, wie Franzi begeistert feststellt.

Besonderes Aufsehen erregt die Tasche der Dominanz, die Pauline Franzi überreicht. Es ist ein kleines, schwarzes Handtäschchen aus den Sechzigern mit scharfen Kanten. Als Franzi den Schnappverschluss aufspringen lässt, findet sich im Inneren ein dünnes, aber langes schwarzes Tuch, das kleine Rädchen, das Franzis Mutter in der Küche der Mädchen entdeckte, ein Zigarettenetui, ein aufklappbares Feuerzeug und vor allen Dingen ein Paar schmaler, eleganter Klammern, die an einer dünnen Kette hängen. Wie sie Ann die gleichen Ketten schenkte und Anns Hände und ihre Brüste ... und Pauline heult schon wieder.

»Ka-tha-ri-na«, gurrt Franzi mit gierigem Blick, während sie die Klammern wie Zangen bewegt, als sei sie ein Krebs.

»Brüste raus!«, kommandiert sie.

»Du links, ich rechts«, wendet sie sich an Marius, der sofort zur Stelle ist.

Katharina zuckt, aber sie scheint sich auch zu entspannen.

»Du glaubst doch nicht, dass dieser Abend für dich weiterhin so ruhig verlaufen wird?«, fragt Franzi ihr Opfer. Sie lacht in Katharinas ängstliches Gesicht hinein. »Wir werden dich mit sämtlichen hier vorhandenen Kerzen quälen. Wir werden dich mit Tannenzweigen peitschen und dir einen Weihnachtsmann in die Möse schieben. Oder diesen Stern aus Stahl, wer weiß.«

Franzi redet sich in Fahrt. Pauline bemerkt, dass sich ihre Stimme dabei genauso verdunkelt, wie Anns Stimme es immer getan hat. Anns Stimme, Anns Worte, Pauline weint.

»Macht dich feucht, was ich sage, Katharina?«

Franzi erhält keine Antwort. Interessanterweise hat sie sich mit steigender Erregung von dem Objekt ihrer Begierde entfernt. Sie sitzt jetzt auf dem Sofa, Marius neben ihr auf der Lehne. Pauline bleibt mit Katharina am Tisch zurück.

»Pauline, denkst du, sie ist feucht?«, fragt Franzi.

»Sicher ist sie das«, antwortet Pauline mit schlichter Gewissheit.

»Und?« Franzi fixiert wieder ihr Opfer. »Hat sie recht?«

Katharina schweigt.

»Wenn Franzi dich etwas fragt, solltest du ihr in deinem eigenen Interesse eine Antwort geben«, greift Marius ein.

»Ja«, haucht die Gequälte beschämt.

»Na bitte!« Franzi freut sich. »Was ist mit dir, Marius, geht's dir gut?«

»Wunderbar, danke der Nachfrage.«

»Katharina, wenn du so feucht bist, dann erlauben wir dir jetzt gnädigerweise, auf dem Esstisch kniend zu onanieren!«

Nach ihrem entsetzten Blick zu urteilen, scheint Katharina wenig angetan von der Gnade ihrer Herrin, aber sie gehorcht. Sie lässt sich Zeit bei dem Besteigen des Tisches, dem Spreizen der Beine, dem Griff dazwischen.

»Spinnst du, Katharina?«, faucht Franzi, gefährlich leise, wie Pauline findet. »Zieh gefälligst dein Kleid hoch, damit wir etwas sehen können. Wir sind hier nicht im Mädcheninternat! Klemm dir den Saum in den Ausschnitt und bete zu Gott, dass du deine Strafe hierfür überstehst.«

Katharina tut, wie ihr geheißen, ohne Gedanken an Gott dabei.

»Sieh dir das an, Marius«, redet Franzi weiter. »Unser Engel trägt keinen Slip.«

»Unser Engel ist eben brav«, lobt Marius. »Und so schön anzusehen!«

»Ach ja? Rück etwas nach vorne, damit wir dich besser sehen können!«, befiehlt Franzi. »Noch etwas. Noch etwas. Jaaaa!«

Katharina kniet jetzt wirklich direkt vor Pauline, über deren Händen, die eine Orange schälen. Sie onaniert mit geschlossenen Augen, bis Franzi sie bittet, ihr Publikum anzusehen. »Und ein freundliches Lächeln könntest du aufsetzen!«

Franzi erzählt Katharina, was ihr passieren wird, heute Abend noch, in Kürze, gleich. Wie sie Marius' Schwanz in ihren Mund aufnehmen, ihn tief in ihre Kehle hineingleiten lassen wird, während Franzi sie schlägt und Pauline sie mit Wachs beträufelt. Warum es so lange dauere, bis sie käme, will Franzi wissen.

»Wenn ich es ihr mache, geht es schneller«, sagt Marius.

»Du solltest das Onanieren üben«, empfiehlt Franzi. »Ab jetzt onanierst du dreimal am Tag. Und du denkst dabei an Marius und mich. Ich will deine Fantasien schriftlich mitgeteilt bekommen. Und du wirst natürlich bestraft dafür, dass das hier so lange dauert. Du wirst in nächster Zeit nicht mehr von uns gefickt, du musst es dir selbst machen. – Pauline«, Franzis Stimme wird freundlicher. »Hättest du Lust, unsere kleine Schlampe musikalisch zu begleiten?«

Pauline holt ihre Geige, setzt sich dann neben Katharina auf den Tisch und spielt etwas Kontemplatives, ein Stück, das Julia Kent fürs Cello geschrieben hat. Tränen laufen dabei ihre Wangen entlang. Wird sie jemals wieder Töne leben können, ohne zu weinen dabei?

Franzi mustert die beiden zarten, dünnen Mädchen. Sie sind sich ähnlich in ihrer Bereitschaft zur Unterwerfung, denkt sie, und trotzdem so verschieden. Katharinas Ergebenheit ist zeitgebunden, hat einen Anfang und ein Ende. Sie verschenkt sich, ohne sich aus den Augen zu verlieren dabei. Paulines Hingabe dagegen ist eine Forderung, ihre Ergebenheit eine lebensfüllende Aufgabe. Wenn sie sich verschenkt, dann allumfassend.

Franzi möchte von Katharina hören, was sie sich gerade vorstellt. Sie stellt sich das vor, was Franzi ihr eben noch ausgemalt hat.

»Und nichts Eigenes?«, bohrt Franzi. »Gar nichts?«

»Ich denke, da ist noch etwas«, vermutet Marius.

»Dass ich beschimpft werde«, gesteht Katharina mit brüchiger Stimme. »Dass ihr beide Pauline erläutert, wie mein Körper und meine Lust funktionieren, dass ich Schläge brauche beim Blasen. Solche Sachen.«

»Du brauchst also Schläge, damit du gut bläst?«, hakt Franzi nach.

»Ja, ja!«, schreit Katharina. Pauline ist erstaunt von der stimmlichen Gewalt, mit der Katharinas Erlösung vonstattengeht.

Spät in der Nacht beschließt Franzi, alle Anwesenden sollten sich gemeinsam schlafen legen. »Das Bett ist groß genug für uns vier«, sagt sie. »Oder für drei. Es ist ja noch gar nicht ausgemacht, dass Katharina unter unsere Decke darf. Vielleicht schläft sie auch auf dem nichtvorhandenen Bettvorleger.«

*

Pauline putzt sich im Bad die Zähne. Danach betrachtet sie ihr Gesicht mit Anns Augen. Sie erinnert sich an das nächtliche Meer, wie Ann sie gehalten hat. Genauso möchte sie ihr Leben haben. Sie ist definitiv nicht bereit, sich selbst zu tragen.

*

»Pauline musste bei Ann immer auf dem Bettvorleger schlafen!«, behauptet Franzi derweil im Schlafzimmer. »Morgens hat Ann sie dann über ihre Knie gezogen und mit der Bürste verdroschen. Anschließend musste sie Kaffee servieren.«

»Die Frage ist doch, ob Katharina es verdient hat, bei uns im Bett zu schlafen«, sagt Marius.

»Verdient hat sie ja immer alles, die kleine Streberin! Das ist ja die Krux mit ihr!«

»Na ja, das Onanieren vorhin ließ doch durchaus zu wünschen übrig!«, gibt Marius zu bedenken.

»Das stimmt. Vielleicht sollte sie uns beweisen, dass sie das auch besser kann, wenn sie ins Bett will?«, schlägt Franzi vor.

»Katharina, willst du ins Bett? Zu uns?«, fragt Marius.

»Ja.« Ihre Antwort klingt flehentlich.

»Wir sind keine Unmenschen, wir helfen dir beim Feuchtwerden.« Franzi überschlägt sich heute vor Großzügigkeit. »Willst du ihr wehtun, Marius?«

Katharina muss sich im Türrahmen positionieren, nachdem Pauline gerade noch durchgeschlüpft ist. Marius schlägt sie mit seinem Gürtel. Franzi testet ihre Feuchtigkeit.

»Na ja, Marius, richtig flüssig ist sie nicht. Das heißt, die kleine Musterschülerin braucht mehr, oder?«

Katharina stöhnt.

»Damit schlägt er mich auch oft«, flüstert Franzi in das Haar der Leidenden, während sie mit ihren Brüsten spielt. »Tut ganz schön weh, nicht wahr? Aber mich schlägt er noch schlimmer, und wie du siehst, überstehe ich es ganz gut.«

Marius schlägt härter.

»Pauline, würdest du mir einen Gefallen tun?«, ruft Franzi in das Schlafzimmer hinein.

»Sicher.« Pauline erhebt ich aus dem Bett, in dem sie es sich gerade erst bequem gemacht hatte.

»Könntest du mir diese wunderschöne Peitsche aus dem Wohnzimmer holen, die uns die liebe Katharina geschenkt hat?«

Pauline tut ihr den Gefallen. Sie fühlt sich gut, während sie im Wohnzimmer nach dem Instrument Ausschau hält. Endlich kein Gedanke im Kopf, die Ausführung von Franzis Befehl beansprucht sie voll und ganz. Ich muss mich in Acht nehmen, denkt sie, während ihre Hände den kühlen Peitschengriff umfassen und ein Hauch entfernter Erregung sie streift. Ich darf mich jetzt nicht an Franzi verlieren. Aber sie genießt diesen Augenblick, in dem sie der vor Energie strotzenden Franzi die Peitsche überreicht. Wie Franzi »danke sehr« sagt und sie sich eine Spur bewusster ansehen als für gewöhnlich. Ganz sanft streicht Franzi mit den Peitschenschwänzen über Katharinas Vorderseite, im Wissen, dass Pauline sie dabei beobachtet, während Marius mit seinem Gürtel Katharinas Hintern prügelt und Pauline sich ins Bett kuschelt. Dann dreht Franzi den Griff in ihrer Hand und nähert sich mit ihm Katharinas Möse. Katharinas Becken zuckt, ihr Atem geht schneller.

»Willst du, dass ich dich damit ficke?«

»Ja!«, keucht Katharina. »Ja!«

Franzi lacht leise. Sie klopft mit dem Holzgriff auf Katharinas Vaginahügel. Katharina stöhnt, keucht, wimmert. Franzis Schläge. Erst sacht, dann prägnanter. Marius' Kraft auf ihren Arschbacken, Franzis Bosheit auf ihrem Schamhügel und Flüssigkeit an den Schenkeln.

Schließlich lässt Marius den Gürtel fallen, um Katharina nahezutreten, ihr geschundenes Fleisch zu liebkosen. Franzi tut es ihm gleich.

Dann springt das Paar zu Pauline ins Bett.

Katharina muss sich selbst ihre Onanierposition aussuchen.

»Wehe, sie gefällt uns nicht!«, droht Franzi.

Katharina masturbiert breitbeinig im Bett stehend, dicht vor ihren Zuschauern, Marius' Unterleib zwischen ihren Beinen, die Frauen links und rechts von sich.

Sie kommt schnell, schneller als Franzi sich und Marius mit jeweils einer Hand befriedigen kann. Pauline weint.

»Pauline«, sagt die erfüllte Franzi, während sie über Marius hinweg zu ihrer Freundin krabbelt, »an Sylvester lassen wir uns zu Beginn des Abends von Katharina bekochen und verwöhnen. Anschließend kann Marius sich allein mit ihr amüsieren, während wir beide auf eine Party ins Expedia gehen! Du wirst dort jede Menge toller Frauen kennenlernen, und vielleicht spielst du auch mit jemandem. Es wird der Anfang deines neuen glücklichen Lebens ohne Frau Professor sein!«

»Ich weiß nicht«, murmelt Pauline mit weinerlicher Stimme.

»Das war keine Frage, Pauline!« Franzi ist nicht mehr zu bremsen in ihrem frischen Dominanzwahn.

Pauline lächelt von weit weg in das rundum zufriedene Gesicht ihrer Freundin. Pauline glaubt nach diesem Abend tatsächlich an die Möglichkeit von schönen Momenten, aber das ist nicht, was sie sucht. Was sie sucht, ist, was sie zerstört hat, und sie wird nicht aufhören, genau das zu wollen.

Marius hat Katharina derweil zu sich heruntergezogen, mit Küssen belohnt.

»Ich finde, sie hat es sich verdient, bei uns zu schlafen, oder was denkt ihr?«, fragt Marius.

»Ja, von mir aus, sind wir mal nicht so«, grummelt Franzi grinsend.

*

Pauline umschlingt Franzis Hüften, Franzis und Marius' Hände kreuzen sich auf Katharinas Brust.

Auf dem nicht vorhandenen Bettvorleger ringelt sich der Gürtel und tut so, als sei er bloß ein unschuldiger Gürtel.

ANAIS

Lust und Literatur

ANAIS IST DIE NEUE REIHE
LUSTVOLLER LITERATUR VON FRAUEN

ANAIS präsentiert aufregende Geschichten von Frauen, die den Leser mal verspielt und leichtfüßig, mal direkt und selbstbewusst in die Welt der Erotik entführen.

Die ANAIS-Autorinnen erzählen ganz natürlich und authentisch von Sex, Liebe und Beziehungen: ohne Umschweife – einfach nur gute Literatur.

ANAIS steht für spannende, intelligente und lustvolle Romane und Erzählbände. Wir haben großartige Autorinnen im Programm, die Erotik im Alltag aufspüren, deren Heldinnen locker und offen durchs Leben gehen, und die unverkrampft und explizit über Sex schreiben, ohne beim Porno zu landen.

Wir glauben fest daran: Erotische Romane können Frauen selbst am besten schreiben. Wir wünschen Ihnen anregende Unterhaltung mit ANAIS!

Ihre Jennifer Hirte
Programmleitung ANAIS

ANAIS

Lust und Literatur

DAS AKTUELLE
PROGRAMM

ANAIS 1
Rebecca Martin: Frühling und so

ANAIS 2
Cornelia Jönsson: Spieler wie wir

ANAIS 3
Burton/Stacey/Hardin: Lara, Jill & Lea

ANAIS 4
Anna Clare: Adele hat den schönsten Mund

ANAIS 5
Tanja Steinlechner: Wahrheit oder Lüge

ANAIS 6
Anna Bunt: Subjektiv

ANAIS 7
Nikki Soarde: Julie mit dem besten Freund

ANAIS 8
Alaine Hood: Anna und ihre Männer

Kontakt für
Leserbriefe und alle Anfragen:
info@anais.de

Die Autorin

Cornelia Jönsson, 1980 geboren, studierte Theaterwissenschaft und Philosophie in Wien und Berlin. Sie arbeitete als Assistentin, Dramaturgin und Autorin an verschiedenen Theatern. Ihr Monolog ›Fressen Lieben Kotzen‹ wurde im Mai 2008 im Kölner Theater der Kulturen uraufgeführt. Sie ist Walter-Kempowski-Preisträgerin der Hamburger Autorenvereinigung. Bei Schwarzkopf & Schwarzkopf erscheint von Cornelia Jönsson 111 GRÜNDE, SM ZU LIEBEN. Unter Einsatz ihres Leibes recherchiert sie für weitere erotische Romane.

Cornelia Jönsson
SPIELER WIE WIR
Roman

ANAIS Band 2
ISBN 978-3-89602-548-7

ANAIS ist ein Label des Berliner Schwarzkopf & Schwarzkopf Verlages.

Lektorat: Ulrike Fischer
Titelbild: © Mayer George Vladimirovich / shutterstock.com

Katalog
Wir senden Ihnen gern kostenlos unseren Katalog
Schwarzkopf & Schwarzkopf Verlag GmbH / Leserservice ANAIS
Kastanienallee 32 | 10435 Berlin
Telefon: 030 – 44 33 63 00 | Fax: 030 – 44 33 63 044

Internet | E-Mail
www.anais.de | info@anais.de